TORMENTAS DE DEPURYA

Ilegítimos - Livro 1

Beatriz G.Prado

ÍNDICE

PREFÁCIO

A série de livros intitulada 'Ilegítimos' era inicialmente um livro único publicado no site Wattpad, mas por questões de padrões da indústria e de consideração a quem tem preguiça de ler livros gigantes e descrições, decidi dividir a história. Mas, esse não é o objetivo desse prefácio.

Este livro é o início de uma jornada pessoal. Tudo aqui foi feito por mim com sangue, suor e lágrimas, por mais que eu tenha tentado correr atrás de revisores e outras ajudas, parece que o universo disse: "Faça você mesma." E aqui estou eu, admitindo que qualquer erro que encontrar é culpa minha.

Toda a série Ilegítimos tem algo especial para mim, pois eu a escrevi sem ao menos planejar. Era para apenas ser um complemento quase superficial para os livros que viriam a seguir e um guia para minhas mesas de D&D. Entretanto, conforme fui criando as personagens, aprofundando no meu próprio mundo, isso se tornou maior que eu. Ilegítimos se tornou algo essencial, não só para mim, mas para todas as histórias que passarão na Província da Trindade.

Fantasia, romance, magias, dragões e bruxas, tudo isso você encontrará aqui. Verá influências claras de jogos de RPG, piadas de internet adaptadas para um contexto de fantasia medieval, e principalmente de um dos jogos que mais me marcaram e que me incentivaram a começar a escrever. The Legend of Zelda. Não negarei e nem tento fingir que não, meu mundo é influenciado pela magia do Zelda, só que dentro da minha visão dramática, sanguinária e um pouco romântica.

Espero que possam se apaixonar e odiar as personagens.
'Tormentas de Depurya' é só a ponta do iceberg.

PRÓLOGO

Na forte tempestade, o navio que voltava para o reino de Depurya naufragou, levando com ele muitas vidas inocentes. A notícia da morte dos tripulantes entre eles a princesa Olivia, a única filha da família Gagnon trouxe uma extrema tristeza para a população, principalmente no coração da mãe que quase não aguentou tamanha dor e desespero.

Por meses a rainha manteve-se isolada do mundo, vivendo seu luto profundo, acreditando que por conta dos atos de seu marido, a fúria das deusas caiu sobre seus ombros. A beira de um colapso, enquanto pensava seriamente acabar com tamanho sofrimento indo em direção ao penhasco, naquela noite igualmente tenebrosa pela intensa chuva, uma mulher saiu da floresta, ainda mais desesperada que a própria rainha interrompendo seu caminho.

Machucados e sangue por todo seu corpo, as orelhas pontiagudas denunciaram sua raça élfica, os olhos arregalados a encararam assustada, apertou contra o peito aquilo que carregava enrolado a panos escuros e dera passos para trás. A visão de Isma ficou turva por instantes, a elfa pareceu distorcer-se e desapareceu de repente, ficando invisível.

Era uma feiticeira.

A rainha colocou a mão sobre o peito, a muito tempo não via um elfo, muito menos feiticeiros, acreditava que todos eles tivessem fugido ou morrido pelos caçadores arcanos. Ficou naquela posição por alguns instantes de baixo da chuva, virou-se na direção do penhasco, pensativa.

Quantas pessoas não estão no mesmo estado de desespero daquela elfa, lutando para sobreviver num lugar como aquele.

Sendo atormentados pelas ações cruéis de seu marido e a intolerância do reino. Isma sentiu-se tão egoísta, a morte da filha a levou para o fundo do poço, a perda dela fora de longe o pior dia de sua vida, mas parando para pensar.

As famílias que perderam seus entes queridos também estão sofrendo, essas criaturas perseguidas também têm sentimentos... E não há paz alguma, vivem o medo, escondidos.

O que a faz tão especial? Ou o que a faz ser melhor que eles? Nada, todos eles têm seus medos e desejos. Ela não é especial por ter um título de "prestígio".

O sofrimento de sua perda deve tornar-se a força dela, a morte de Olivia deve ter um lado "positivo", abrir os olhos da mãe para as tormentas do reino. A cegueira do seu egoísmo acreditando que a dor dela é maior do que dos outros.

— Oh deusas... eu me tornei tão cruel e mesquinha quanto meu marido? – perguntou atormentada pelos seus sentimentos e pensamentos.

Ela se calou assim que ouviu o choro alto de uma criança, os olhos percorreram a escuridão cegamente, mas não se importou em puxar a barra do vestido e correr pela floresta seguindo aquele som. Foram alguns minutos até encontrar uma clareira onde a elfa estava caída ao lado do bebê que chorava.

Aos tropeços se aproximou, tocou sobre o rosto da elfa, estava viva, apenas exausta, assim, seus olhos foram na direção daquele bebê e seu coração quase parou. Havia cabelos levemente cor-de-rosa, a pele alva parecia uma pérola de tão bonita, os olhinhos brevemente abertos, revelavam uma tonalidade diferente de sua íris, um rosado quase cristalino. Era a criança mais linda que já viu na vida, a aura dela, fazia seu coração palpitar em puro amor, arrancava toda a dor e tristeza que um dia teve.

Não entendia, não mesmo, apenas a pegou nos braços, acariciando o rosto choroso, viu o pequeno colar em seu pescoço, pegou o pingente que havia um nome gravado.

Aimee.

— *Por favor...* – a voz rouca e exausta da elfa chamou sua

atenção. — *Não a machuque...*

    — Não, não irei. – tocou sobre a cabeça da feiticeira. — Vou proteger vocês.

CAPÍTULO 01
AS LEMBRANÇAS DO VERÃO

O céu estava um azul tão bonito, sem nuvem alguma para esconder a bela visão, o vento quente do verão, trazia uma sensação tão gostosa, alegre, ficar deitada no gramado do jardim é uma das coisas que Aimee mais gostava de fazer durante os dias quentes. O único problema é que a menina consegue dormir em qualquer lugar que encosta. E essa não foi uma situação diferente.

Aquele breve cochilo a vez mergulhar num sonho antigo, na verdade, uma lembrança de exatos nove anos atrás. Quando a carroça onde ela e Cornélia viajavam fora atacada por "bandidos", sinceramente, ainda conseguia ver as armas e como atravessavam facilmente a pele de uma pessoa, a vida desvanecendo nos olhos das vítimas. Tinha apenas oito anos de idade, não entendia muito das coisas, vivia no castelo junto a elfa. Um dia o rei as mandou embora para uma escola do outro lado do reino e assim, foram atacadas e quase mortas.

Ela abriu os olhos novamente, encarando o céu e suspirou pesado. Naquele dia tudo virou de cabeça para baixo em diversas maneiras.

O dia em que a rainha Isma declarou publicamente que Aimee era sua filha, mesmo não sendo verdade. Estranhamente, o povo gostou da ideia, a menina acreditava que pelo fato da princesa Olivia ter morrido de forma trágica, eles verem um novo rosto trouxe esperança. Mas, para ela… Apenas trouxe mais problemas com o rei que a odiava e dedicou-se a infernizá-la durante esses dezessete anos.

Rei Lyonel Gagnon, o homem impetuoso e rígido. O ódio e desprezo estava sempre presente nos olhos azuis dele, só faltava cuspir quando a encontrava pelo corredor.

Aimee sentou-se e ergueu o olhar para o jardineiro que

acenou e sorriu para ela, sem pensar duas vezes retribuiu o gesto. Viu o homem se afastar depois de terminar o trabalho. Se levantou alongando os braços e limpou a grama presa no tecido da saia. Começou seu caminho de volta para dentro do castelo em direção ao quarto, seus pensamentos ainda pairavam no sonho, as cenas tão frescas.

Ela mais uma vez acenou de maneira educada para os soldados que faziam a ronda dos corredores, alguns deles evitavam contato visual, apenas batiam continência. Aimee se acostumou com isso, no geral os empregados são gentis ao vê-la, apesar de não manterem uma conversa longa.

Assim que entrou no aposento dirigiu-se a penteadeira analisando a própria aparência, passou os dedos entre os fios escuros e sentou no banquinho apoiando os braços na mesa.

— As poções da Cornélia estão mais fortes, isso é bom.

Falou sozinha enquanto devaneava. Desde criança, Cornélia e a rainha Isma lhe dão uma poção que lhe permite mudar a cor de seus cabelos e olhos na intenção de esconder a coloração natural dos seus fios, assim fortaleceria a farsa. Com o tempo, a feiticeira fora aperfeiçoando a receita. Antes a poção durava apenas dois dias, aumentou para uma semana e agora, já consegue manter-se por um mês. A questão é que essa não é a única coisa que Aimee têm que esconder. Assim que fora crescendo, sua aptidão a magia ficou mais forte, descobrindo que conseguia curar os outros.

Cornélia suspeita que seja mais do que isso. Entretanto, a magia é proibida, se alguém suspeitar disso, ela e Cornélia serão jogadas na fogueira. Isso traz muita frustração para a menina que sente a necessidade de ajudar os outros, ela pode sentir um ser vivo ferido de longe, o coração fica apertado em ansiedade.

O rei não faz ideia de nada disso. Ele apenas aceitou essa farsa para benefício próprio, Aimee é usada como artifício o tempo todo, em jantares, conversas políticas, está claro que Lyonel está sempre disposto a se livrar dela e ganhar muito com isso. Se imaginar esse resquício de magia, com certeza estará morta. Durante esses dezessete anos sofre nas mãos daquele homem, é jogada de um lado para o outro, um mero objeto de desejo pois de acordo com os conselheiros, aristocratas que aparecem, a beleza dela é estonteante demais.

Sem mencionar o dote que viria junto.

Ela suspirou pesado novamente, encarou a pequena caixa de joias e a puxou para perto. Uma caixa de madeira escura, ornamentos de ouro nos cantos da tampa, a bela gravura no centro dela era de um dragão dourado com uma lacuna como se segurasse algo entre as patas. Aimee puxou a corrente do pescoço tirando o pingente com uma bela joia, um quartzo rosa encaixando-a perfeitamente na tampa que se abriu. Sorriu timidamente e riu baixo, alegre tirando aquela carta de dentro.

Desdobrou-a com cuidado e continuou sorrindo vendo aquela caligrafia. A mensagem era curta e simples, mas a enchia de felicidade.

"Você é a pessoa mais importante do meu mundo, sempre será.

*Seu melhor amigo, **Yone**."*

Apesar de sorrir, as lágrimas tomaram rapidamente seu rosto, abraçou a carta, apertou-a próxima contra o peito e chorou.

— *Onde você está?* – ela soluçou abaixando a cabeça. — *Eu sinto sua falta.*

Aimee cobriu a boca tentando controlar aqueles soluços, levantou indo em direção a cama, deitou-se escondendo o rosto no travesseiro e em nenhum momento soltou a carta. Talvez tenha chorado o suficiente para todo o mês, infelizmente era sempre assim quando a mente decidia lembrar-se daquele rapaz, o seu único amigo, o estranho e corajoso menino que enfrentou os bandidos para salvar ela e sua governanta. Assim que os outros chamavam Cornélia.

Depois de tanto chorar naquela tarde, Aimee acabou caindo no sono mais uma vez.

••••

A nove anos, após a rainha Isma conseguir deixar as duas

"intrusas" viverem no castelo, na parte mais escondida daqueles muros, ambas foram tratadas – pela parte do rei – como lixos, sanguessugas. Entretanto não impediu a mulher de cuidar da doce criança e a talentosa feiticeira que também a salvou de situações embaraçosas e outras, perigosas. Isma, lutou e quase brigou intensamente com o marido quando disse que pagaria pelos estudos da pequena Aimee, o homem achou um absurdo, a discussão fora tão intensa que de alguma forma, murmúrios chegaram as cidades próximas, deixando a entender que o rei e a rainha estavam com problemas em seu matrimônio.

Isso trouxe diversas teorias, instabilidade, traição, a morte da única filha. Fofocas podem ser perigosas, elas aumentam de tamanho, tornam-se monstros, parte delas são feitas por mentiras e línguas venenosas.

Lyonel então, arranjou a solução para todos os seus problemas. Permitiu que a mulher pagasse os estudos, mas a menina e a servente viveriam longe do castelo, um internato distante, assim, nunca mais teria que ver a face de nenhuma daquelas criaturas aproveitadoras.

Mas, essa, não fora sua única ideia.

No dia marcado, as poucas malas foram feitas, a carruagem preparada, havia apenas o cocheiro esperando em uma saída mais reservada do castelo, na parte de trás. Isma amável como de costume, as acompanhou, abençoou ambas com suas palavras sobre as deusas e assim entregou um bracelete de prata para Aimee, havia o símbolo real da família, um hipogrifo.

No final daquela despedida, Isma sentiu um aperto no peito, tendo um pressentimento horrível, doloroso. Assim que via a carruagem se afastar, assimilava a sensação como a da noite da fatídica notícia, a morte de Olívia.

Isma, com a mão sobre o peito, rezou, fervorosamente, pedindo a proteção daquelas duas jovens, seja de qualquer mal. Não aguentaria perder mais pessoas importantes em sua vida.

A viagem seguiu monótona por aproximadamente duas horas, ainda estavam longe do destino quando de repente a carroça parou abruptamente. Cornélia estendeu o braço direito segurando o corpo da menina que quase tombou para frente, a mulher, olhou através do pequeno véu que cobria a janela da porta. Pararam próximos demais do precipício, apesar de uma bela visão do entardecer, a queda dali seria mortal.

— O que aconteceu? – perguntou a menina assustada.

— Ainda não s-

Cornélia não teve tempo de responder, a espada atravessou a carruagem onde deveria estar o cocheiro, logo a frente, encharcando-se de sangue, a lâmina foi retirada. Tampando a boca de Aimee para evitar que gritasse, Cornélia as manteve imóveis. As portas foram abertas com violência, homens encapuzados apareceram em ambos os lados, encararam um ao outro confusos e irritados.

— *Está vazia!*

— *Como assim?! Não havia nenhuma outra carroça no caminho!*

Puderam ouvir a conversa e pela quantidade, havia mais que aqueles dois.

Cornélia soltando a menina, fez um sinal de silêncio e logo apontou para a porta. Aimee deveria sair dali correr para o mais longe que conseguisse, sua magia cuidaria para mantê-las invisíveis. Apesar de tremer de medo e muito assustada, a menina obedeceu, caminhando com cautela, passou ao lado do corpo do homem que continuava parado no canto da porta. Pode sentir sua respiração, o olhou de cima a baixo reconhecendo as roupas escuras e o símbolo dos caçadores arcanos. Aimee se virou para a elfa que mais uma vez fizera um gesto sutil para que fosse embora.

Cerrando as mãozinhas com força, a menina caminhou para fora, analisou a frente da carruagem, o corpo do homem caído para o lado pingava sangue. Cobriu a boca assustada e acabou tropeçando batendo em um dos homens, esse mais alto e assustador que os demais cercando o local.

Cabelos curtos, havia cicatrizes pelo rosto, do lado esquerdo da cabeça, vestia uma armadura, diferente dos outros, os seus olhos castanhos tinham crueldade transbordando e a encararam após o baque. Mas, ele não a via.

— Vasculhem a área, não devem estar longe.

Disse o homem de voz intensamente grave que ainda encarava aquele ponto onde sentiu a batida, estendeu a mão para frente, mas não encontrou nada.

— Alguém as avisou, chequem o veículo novamente, o perfurem se for preciso.

— *Sim, senhor.*

Foi a resposta uníssona de seus homens. O capitão caminhou lentamente, sem pressa alguma, segurava a bainha da espada casualmente, enquanto voltava para perto da própria égua. Acariciou a cabeça dela, checou as amarras e abriu a bolsa que carregava no lombo das costas, empurrou algumas coisas retirando um livro mediano de capa de couro também escura.

Mais uma vez passou o olhar pelo campo, depois para o penhasco, abriu o livro foleando as páginas, assoviando uma canção antiga, se virou, ouvindo os murmúrios dos soldados reclamando destruindo a carruagem.

Com o livro em mãos, coçou a cicatriz no rosto e ergueu o olhar na direção deles proferindo palavras que ninguém compreendeu, mas, atrás de um dos seus homens, surgiu a mulher de longos cabelos negros passando a adaga na garganta do desavisado que caiu a sua frente.

— *Contrafeitiço.* – resmungou ela dividindo atenção para os outros seis homens.

Não esperava por isso.

— Acha mesmo que *eu* cairia nisso... Feiticeira? – disse o capitão com certa arrogância fechando o livro.

— Eu estou cagando para quem você é... – o sorriso de canto foi provocativo. — Mas é hipócrita, já que pode usar um livro de magia, *mago.*

— Hm. – analisou de longe, respirou fundo como se quisesse sentir algo, encarou a floresta. — Vocês três, cuidem da feiticeira, os outros venham comigo, a criança ainda está próxima.

Ordenou enquanto guardava o livro de volta na bolsa. Cornélia enfureceu-se, tentou usar sua magia, mas nada aconteceu, aquele homem de alguma maneira a impediu de conjurar suas ilusões e com a expressão vitoriosa na face dele, estava certa.

Quem era ele? Como as encontrou? E quem o mandou? Sinceramente, ela tinha uma pista do autor de tal atrocidade, mas no momento, tinha que se preocupar com Aimee que correu para a floresta. E o maldito, ia em sua direção.

Entretanto, não tinha condições de lutar contra os três homens, não é uma guerreira, apesar de saber defender-se, não será o suficiente para caçadores como eles. Ela ergueu a mão esquerda, a barreira de energia repeliu a flecha que viera em sua direção, ajeitou a adaga na outra mão e manteve-se na defensiva.

Eles são fortes e rápidos, desviar é difícil, mesmo Cornélia sendo mais ágil, caçadores arcanos são criaturas malditas que se adaptam a presa, e no momento, ela é a caça preferida deles. Não entendia como conseguiam se mover daquela maneira e não ficarem cansados, a lâmina de um deles atravessou o quadril dela, a dor fora horrível, mas, não desistiu ficando ainda mais longe. Flechas, investidas...

A morte dela era certa.

Uma flecha acertou-lhe o ombro, a fazendo cambalear para trás, um deles pulou em sua direção com a espada, Cornélia ergueu ambas as mãos, o escudo mágico a protegeu, mas a explosão da energia lançou-a para trás, a beira do penhasco, o pedaço que pisou em falso cedeu fazendo-a cair. O único braço bom agarrou a pedra, os dedos ralaram, unhas quebraram e seu ombro estralou, um músculo distendeu com toda a certeza, mas, por um curto tempo, não despencou para a morte.

O arqueiro aproximou-se da borda, sorriu para ela, ajeitando a flecha em sua direção. Cornélia o encarou de volta, morreria, olhando no fundo dos olhos de seu assassino. Mas, ele não se moveu, instantes depois, a cabeça do caçador pendeu para frente quicou no solo e caiu penhasco abaixo. Sem palavras, outra pessoa surgiu usando uma máscara que cobria até o nariz. Ele se inclinou, agarrando seu punho e a força dele fora sobrenatural, pois pode puxá-la sem dificuldade alguma.

Assim que estava segura, o encarou. Era um garoto, não deveria ter mais do que 13 anos, mas carregava uma katana presa ao cinto, usava roupas velhas, quase trapos, estavam sujos de sangue e lama. Estava prestes a dizer algo quando o grito feminino veio de dentro da floresta, Cornélia tentou levantar mais caiu de joelhos.

— Merda... – quase chorou encarando as árvores. — Aimee!

O garoto segurou em seus ombros, não disse nada, mas seus olhos foram expressivos o suficiente. Ele a salvaria.

Ele se levantou com rapidez e correu. Cornélia deu uma última olhada pelo campo, os caçadores estavam mortos, decapitados. Não ouviu nada, nem gritos, luta, apenas... surgiu. Exausta, sangrando demais, a mulher não conseguiu manter-se desperta e desmaiou assim que aquele menino saiu do seu alcance de visão.

O grito não seria de outra pessoa que não Aimee. A menina havia corrido máximo que conseguiu, escondeu-se dos caçadores, mas aquele homem armadurado a encontrou escondida dentro de um tronco velho. Fora arrastada para fora, o rosto ficou ralado, o corpo inteiro ardeu, ele a jogou para o lado, batendo violentamente contra a rocha, ela quase desmaiou, perdeu o ar e a visão ficou turva. Sua mente só conseguia pensar em Cornélia.

Tentou arrastar-se, entretanto mais uma vez o homem a pegou, dessa vez, erguendo-a pelo pescoço, apertando sua garganta. Inutilmente, segurando o braço dele, Aimee chorou, desesperada a procura de ar. O homem, ergueu as sobrancelhas assim que viu aquelas lágrimas cristalinas, um breve feixe de luz solar a fez brilharem de maneira multicolorida, os olhos daquela criança eram levemente rosados, assim como o cabelo antes escuro, rapidamente, tornou-se rosa. Ela brilhava como uma joia, especificamente...

— *Madrepérola...*

Murmurou ele surpreso e de certo modo impressionado, puxou a espada pronto para atravessá-la no estômago dela, mas soltou a criança assim que alguém tentou feri-lo. Defendeu o golpe com facilidade encarando os olhos ferozes do garoto que lhe acertou o chute no joelho, o próximo chute foi impedido pelo capitão com apenas uma das mãos. A lâmina da katana passou certeiramente nas aberturas da armadura, mas, não o feriu.

Riu baixo empurrando o garoto para longe que caiu de pé.

— Não pode me ferir com uma arma tão fraca como essa, criança. – deu uma breve olhada por cima do ombro, seus homens já estavam mortos. — Hm, que intrigante... Não o percebi chegar.

Via-se que o garoto tinha habilidade com aquela arma, sem mencionar sua agilidade e precisão de corte. Coçou a ponta do nariz e sorriu de lado.

— Cuido de você daqui a pouco, garoto.

O homem nem se deu ao trabalho de desviar a atenção do menino ao tentar enfincar sua espada no corpo caído da criança, mas, nesses segundos, o encarando, ele simplesmente, desapareceu e sua espada, ficou presa no chão. Resmungou, se virando para o lado direito, encontrando ambos um pouco mais distante.

— Você não é humano. – puxou a espada. — Tampouco, elfo, na verdade... Não consigo saber o que é... A magia que o envolve te esconde.

O rapaz certificou-se que a criança respirava, estava acordada, o encarava, mas não parecia enxergá-lo, tocou brevemente no rosto dela e então levantou. Tirou a máscara finalmente revelando seu rosto, puxou o cabo da katana, a lâmina fora quebrada assim que tentou ferir o homem, então, soltou a fivela do suporte deixando cair no chão.

— Avisei, não pode me ferir. – disse enquanto dava alguns passos para o lado, analisando-o. — Mas, admito, você é bom para uma criança. Diga-me, qual nome devo anotar na minha longa lista de extermínios?

Caminhando para frente, a pouca luz que atravessou os cumes das árvores deixou a face do garoto nítida, ele tirou as luvas de couro jogando-as no chão.

— *Capitão Krul'llu Jaffar.* – falou o menino cujo olhos

brilharam naquele azul acinzentado.

Aquele era o nome do capitão que empunhou a espada, deu um sorriso em escárnio.

— Não vai conseguir me matar, moleque.

— Errado... – com sua velocidade absurda, desapareceu. — *Você vai viver, porque eu quero que viva.* – a voz soou ao lado de seu rosto, a sombra distorcida projetada a frente do homem o fez arregalar os olhos. — *Viva, para se lembrar de quem te tornou um* **inválido**.

Naquele momento, Aimee apoiou-se na árvore, tentou levantar, mas as pernas estavam trêmulas demais, encostou-se de lado e ergueu o olhar, mas não conseguiu ver o que houve por conta da visão embaçada, o grito que ouviu fora abafado. Então, assustou-se ao sentir alguém tocar sobre seus ombros e tentou se afastar.

— Não, por favor, não tenha medo... – disse o rapaz tocando as mãos dela. — Não vou machucá-la.

— Cornélia... onde ela...

— A feiticeira? – recebeu um aceno silencioso. — Está muito ferida, mas viva, vem, posso te levar até lá.

Aimee colocou a mão na cabeça latejante, para ser sincera, o corpo inteiro doía, então de maneira tímida e gentil, o rapaz segurou seu braço colocando-o sobre o ombro ajudando-a levantar.

— Se não conseguir andar, posso te carregar nas minhas costas.

— E-Eu consigo...

A verdade é que não conseguia, o primeiro passo que dera o tornozelo ardeu, provavelmente uma torção. O rapaz se ajoelhou no chão, esperando que subisse em suas costas, a menina ficou constrangida, mas, aceitou a ajuda, assim, ele levantou sem problema algum, nem parecia incomodar-se com seu peso.

Alguns instantes de caminhada, ele parecia evitar alguns pontos.

— É Aimee, não é?

O encarou e acenou.

— Sim, como sabe?

— A mulher, como a chamou? Cornélia, certo? Estava muito preocupada.

— Obrigada, por nos ajudar... – ficou em silêncio sem saber seu nome.

— Yone.

— Muito obrigada, Yone, não vou esquecê-lo.

Ele deu um sorriso tímido, ninguém nunca havia o agradecido, muito menos sido gentil.

— Por favor, feche os olhos. – pediu ele parando de repente encarando a saída da floresta. — Não precisa ver isso.

Aimee os fechou com força, assim ele voltou a andar. Não precisou da visão, o cheiro do sangue invadia o olfato, misturado com a grama e lama. Mas, ela sentiu outra coisa, como se algo a atraísse, como as batidas de um coração. Confusa e curiosa, abriu os olhos em direção ao corpo desacordado da elfa. Acabou se mexendo demais querendo descer e correr em sua direção. Yone pediu para se acalmar e colocou-a no chão.

Ela correu para Cornélia, tocou sobre a flecha que saiu facilmente, isso surpreendeu a ambos, a mão dela, formigava, a luz fraca brilhou sobre o ferimento, viu a pele dela se fechar, assim, seguindo sua intuição, colocou a mãos no quadril onde já havia sangue demais e a sensação do formigamento aumentou.

Cornélia, lentamente voltou a consciência e recebeu um abraço apertado. Ela chorou em alegria, acariciou os cabelos rosados e depois encarou o rapaz que manteve o silêncio, evitando chamar atenção.

— Ei, garoto... Nunca vou me esquecer do que fez, mas preciso pedir um favor, se puder cumpri-lo.

Ele apenas assentiu.

— Corra para o castelo Gagnon. – tirou o bracelete que a menina usava. — Grite aos sete ventos *que a filha mais nova da rainha foi atacada*, entregue isso aos guardas.

Pareceu ficar arredio ao ouvir aquele nome.

— Não acreditarão em mim.

— Assim que isso chegar à rainha, ninguém mais precisa acreditar em você, confie em mim. – lhe estendeu o objeto novamente. — Posso estar exausta, mas... consigo conjurar mais algumas ilusões, estará protegido. *Seu segredo está seguro comigo.*

Aquela última frase fora em outra língua a qual ele entendeu perfeitamente, Yone desviou atenção para a Aimee que o observava em silêncio, ainda tremia um pouco pelo nervosismo, então apenas acenou pegando o bracelete.

Ele se questionou durante o caminho, por que elas voltariam para um lugar onde com toda certeza era a moradia do inimigo? Foram atacadas pelo líder dos caçadores arcanos, aquele homem só aceita missões prestigiosas e perigosas, eliminar duas mulheres, não se encaixava em seus padrões. Então, qual o real motivo para Krul'llu vir pessoalmente matá-las?

Uma feiticeira e uma sacerdotisa...

Seja qual tenha sido a razão, ele não se envolveu mais do que o necessário.

No final da tarde, os gritos dele espalharam-se pela cidade, as vilas, chegaram rapidamente nos ouvidos dos guardas, logo, ao castelo, onde ele mesmo correu até a porta. Da maneira que o encaravam, logo entendeu que a magia da mulher era deveras poderosa, as pessoas viam uma jovem menina, ferida, carregando consigo aquele símbolo real. Fora uma movimentação intensa, os soldados saíram em disparada, logo depois, antes mesmo do rei tirano, surgiu a bela mulher, Isma, com olhos vermelhos de chorar.

Ela não lhe disse nada, apenas pegou a joia em mãos, tocou em seu rosto olhando no fundo de seus olhos. Isma sabia a verdade, sabia que aquela não era sua verdadeira aparência. A rainha ouviu os passos rápidos se aproximando e por fim, segurou em seu ombro e o empurrou na direção oposta. Yone deu uma última olhada, a maneira como segurava o bracelete contra o peito indicava sua afeição a quem usava.

Os murmúrios, especulações começaram. Isma assumiu sozinha na frente de toda a população que aquela criança era sua filha, escondida dos olhos perversos do mundo. Assumiu a culpa de querer mantê-la longe por proteção, isso, dava a vasão dos rumores, brigas entre ela e o marido cujo desejava que a filha fosse apresentada a população.

Houve cochichos, mas nenhum protesto, pelo menos, não de seus súditos. Ninguém aqui gostaria de narrar exatamente qual fora a reação do rei Lyonel, a fúria indomada do homem que por pouco quase espancou a própria esposa. Ele teria a matado junto com aquela criança, mas, as notícias espalharam mais rápido do que qualquer um poderia imaginar e o deslumbre dessa jovem princesa acendeu a maldita chama dos demais governantes.

O rei prometeu, quase como uma maldição que depois desse dia, a menina viveria sob seu teto, mas, deverá obedecer a cada ordem caso contrário, ela, Isma e a serva seriam expostas e mortas em praça pública.

Estavam presas as vontades do rei.

CAPÍTULO 02
SEGREDOS ENTRE AMIGOS

Se lembra dos longos meses de pura tortura psicológica ao lado do rei. Suas ordens e desordens. O que podia e não poderia fazer. Soldados atrás da pobre menina o tempo inteiro, lições atrás de lições, caminhadas longas pelas cidades para que o povo possa "admirá-la". Isso mesmo, Aimee tornou-se como o centro das atenções, exposta como uma pintura, escultura.

Entretanto não dizia uma palavra se quer, sorria sempre, mantinha-se alegre e gentil todo o tempo. Temia que qualquer expressão errada pudesse resultar a um ferimento a Isma ou até mesmo Cornélia, as ameaças do rei eram reais demais para a pobre criança que tinha pesadelos com o rosto dele quase todas as noites.

Sinceramente, a infância de Aimee foi o verdadeiro misto de inferno e paraíso.

Em seus sonhos, revivia todos esses momentos bons e ruins, agridoces se assim podemos dizer. E em especial, como de costume, as melhores delas são ao lado do jovem Yone.

Estava no final do outono naquela época, o vento gélido já castigava o reino de Depurya. Cornélia fazia aquela caminhada entediante pela cidade um pouco distante do castelo junto a pequena Aimee que sempre fica em silêncio. Não reclamava mesmo se entrassem em todas as lojas que a feiticeira indicava. Naquele dia em específico, Aimee parecia um pouco mais distraída, os olhos percorriam o grande mercado como se procurasse algo ou *alguém*, mas sempre acabava em frustração. O soldado falou algo para Cornélia que revirou os olhos e bufou irritada, mas, mesmo assim, acenou com a cabeça.

— Aimee, espere um pouco aqui, está bem? – pediu a mulher.

— Sim, senhora. – se curvou brevemente e a viu se afastar.

— Posso me sentar ali?

Perguntou de repente apontando para a fonte no centro da praça comercial, o soldado ao seu lado dividiu atenção entre ela e o local e apenas assentiu. Seguiu para lá, sentou ajeitando o vestido e o manto cobrindo-se melhor do vento, pousou as mãozinhas delicadamente sobre o colo ficando naquele silêncio costumeiro. Não pensava em nada, apenas, observava o mercado, as pessoas, a diferença entre o povo que mora dentro dos muros do castelo para essas são discrepantes.

Não era apenas a qualidade das vestimentas ou aparência, ali, Aimee sentia tristeza, desesperança, não compreendia bem. Entretanto, nota-se a falta de suprimentos para os moradores locais, pelo que escutou, os melhores produtos vão direto para o castelo ou exportados. Ainda não entendia por completo a diferença do "importado e exportado", Cornélia já tentou cinco vezes, mas ela ainda não compreendia.

O vento soprou um pouco mais forte bagunçando seus cabelos, ela cuspiu alguns fios da boca enquanto tentava ajeitá-los. Virou-se colocando o capuz sobre a cabeça e viu um grupo de adolescentes um pouco mais distante levar algo para um dos becos. O maior deles, olhou para os lados e então desapareceu na viela. A voz de Cornélia soou chamando o outro soldado que dera um pulo de susto e apressou-se na direção dela, reclamava de alguma coisa pesada.

Aimee ficou instantes dividindo atenção entre os soldados ao longe e o beco vazio. A curiosidade estava aguçada, não se considerava uma menina muito bisbilhoteira, pelo contrário, prefere seguir as regras para evitar qualquer problema, mas, naquele momento, uma vozinha baixa dizia para ir até lá.

E aproveitando o momento de distração, cobriu um pouco o rosto com o capuz e correu na direção do beco. Devagar, aproximou-se da parede, o cheiro ali é forte, azedo, embrulhava o estômago, o lugar estava mal iluminado, os altos muros das construções não deixavam passar tanta luz do sol. Deu um pulo ao ver um rato correr próximo a suas botas, deu passos para o outro lado, ouvindo vozes masculinas, pareciam brigar, logo um estrondo de algo quebrando.

Aimee cautelosamente, inclinou-se, assustou-se assim que o rapaz, o maior deles deu um chute muito forte no rosto do garoto caído entre os escombros de madeira. Reconhecendo-o, ela não conseguiu conter o desespero.

— Yone! – gritou correndo em sua direção. — Parem! Parem já com isso!

Ele ergueu as sobrancelhas ao vê-la. O que estava fazendo ali?

— Vejam só... – o maior deles disse sorrindo assim que agarrou sem dificuldade a menina pela roupa. — O órfão tem uma namoradinha! Que ridículo.

— Veio vê-lo apanhar também? – outro se aproximou apertando-lhe o rosto para encará-lo. — Nossa... que bonitinha. – riu. — Que sorte a sua Yone.

— Oh, realmente, parece aquelas bonecas de porcelana.

— Soltem ela! – tentou se levantar, mas recebeu um golpe na barriga com aquele pedaço de ferro.

— Parem! – Aimee gritou de novo.

— Ah que gracinha! – zombou o maior. — Eles são mesmo um casalzinho!

— Ei Fred... Não queria provocá-lo? Então por que não brincamos um pouco com ela?

— Não sejam retardados. – rosnou o garoto. — Se encostarem nela, morrem.

A gargalhada foi alta.

— E quem vai nos matar? Você?

— Serei a segunda opção caso a primeira falhe. – cuspiu sangue no chão. — Soltem ela, agora!

— Cala a boca, seu merda!

Outro golpe da barra de ferro fora em sua direção, mas diferente de antes, ele aparou o movimento, encarando o agressor.

— Cansei de ser bonzinho.

Puxou com força o ferro do rapaz que caiu de cara no chão, pisou em suas costas e arremessou a barra no rosto de Fred, o mais velho sentiu o corte, mas conseguiu desviar evitando algo pior e soltou a menina. Yone segurou sua mão a puxando para perto e saiu correndo.

Ele era muito rápido fazendo com que ela acabasse tropeçando algumas vezes, mas, conseguiram ter mais distância saindo dali. Pararam próximos a uma taverna, onde Yone verificou se não os seguiam, virou para ela que apoiava as mãos nos joelhos, esbaforida.

— Tudo bem? – perguntou ele afagando suas costas e apenas a viu acenar. — O que faz aqui? E onde estava com a cabeça de ir enfrentar esses caras?

Quando ela ergueu a cabeça para encará-lo, as lágrimas escorriam, estava assustada, ao mesmo tempo, preocupada. Percebeu que reparava em seus ferimentos, no sangue escorrendo pelo canto da boca, ele logo passou o polegar limpando-o, desviou o olhar do dela.

— Você não lutou com eles... por quê?

O viu ergueu os ombros ainda sem encará-la.

— Não valia meu tempo, não me importo em apanhar, sei que posso acabar com eles mais rápido que respiram. – observava as pessoas que entravam e saíam da taverna.

— Mas, se ficasse muito machucado? Se te amarrassem e...

— Não me conhece. – interrompeu ele um pouco mais rude. — Sei cuidar de mim mesmo, já você.

— Me perdoe...

Yone fechou os olhos com força, se amaldiçoando por tamanha grosseria, ela só estava sendo gentil, mas é ingênua demais. Se virou a vendo de cabeça baixa novamente, reparou nos cabelos agora escuros, teria tingido ou era outra ilusão da feiticeira? Vendo-a agora com mais calma, realmente parecia uma princesa, as roupas, a pose. Quanto tempo se passou?

— Estava me procurando?

Aimee o encarou.

— Não, não exatamente, mas queria vê-lo de novo.

— E por quê?

— Porque você é meu amigo.

Ele não conseguiu segurar a risada, a expressão confusa da menina o fez gargalhar.

"*Fofa.*" Disse mentalmente.

Ao recuperar o ar e colocar a mão sobre a barriga tentou se recompor.

— Que absurdo! – segurou o riso. — Como pode me chamar de amigo se nem ao menos me conhece, nos vimos uma vez. Desse jeito vai acabar morta facilmente, não pode confiar em qualquer um.

— Mas, você não é qualquer um. – ainda confusa Aimee se aproximou. — Salvou nossas vidas, nos protegeu... Não vejo maldade em suas atitudes, muito menos crueldade em seus olhos.

Ela colocou a mão por dentro da capa procurando o bolso, retirou dali um lenço e limpou o rosto sujo de sangue e suor dele.

— Podia vencer aqueles valentões, mas não quis machucá-los, talvez, eu tenha trazido mais problemas e ainda quis me proteger... A rainha diz que pessoas assim são dignas de confiança e orgulho. Por que não posso chamá-lo de amigo?

— *Princesa? Princesa Aimee!*

A menina escutou a voz dos guardas ao longe e então entregou o lenço para ele.

— Eu tenho que ir, estou muito feliz em encontrá-lo finalmente e me desculpe. – acenou e logo segurou a barra do vestido correndo para longe. — *EU QUERO SER SUA AMIGA!*

Gritou tomando distância até desaparecer na multidão.

Yone não soube o que falar ou como agir, encarou aquele lenço confuso. Ela queria ser sua amiga..., mas por quê? Ninguém gostava dele, sempre foi maltratado, é tratado como um gato sarnento e irritante. Apesar de falhar na sua tentativa de ajudá-lo, ficou grato... pelo esforço.

Depois daquele encontro, foi ele que começou prestar um pouco mais de atenção na multidão, não tem costume de perambular durante a manhã, principalmente nos locais mais movimentados, gosta da privacidade da sua humilde casa escondida próxima a floresta. Como percebe-se, Yone não é um garoto muito sociável, a população também não tem vontade de tratá-lo bem. Um órfão que vive à custa de fazer trabalhos alheios para sobreviver, é temperamental e problemático, abaixar a cabeça não é algo que saiba o significado. A educação dele depende muito de como está sendo tratado, geralmente, Yone arranja brigas com facilidade.

Durante algum tempo, quando a encontrava caminhando, cumprimentando os cidadãos junto a babá e os soldados, ele apenas, observava. Aos poucos, aproximava-se sem ser notado deixando uma única flor chamada astromélia. Havia alguns motivos por escolher exatamente esse tipo, mas, um deles é que a cor de suas pétalas são brancas rosadas, lembrava muito dos cabelos de Aimee.

Ela é delicada, bonita por sua simplicidade. Assim como a menininha que sorria toda vez que o via.

Tornavam-se cada dia mais próximos, mesmo sem conseguir cumprimentar-se com palavras, aprenderam a comunicar-se através dos olhares, longe um do outro no meio da multidão. Um ano aquela amizade cresceu, Yone teve confiança e ousadia o suficiente de começar invadir o castelo aparecendo de repente na sacada do quarto da menina. Na primeira vez, Aimee quase desmaiou com o susto. Eles conversavam quase todas as noites, se Cornélia não intervisse, ambos não dormiam, já que o garoto tinha muitas histórias para contar. A elfa não se incomodou, muito pelo contrário, Aimee nunca teve amigos, não lhe era permitido ter contato com outras crianças, não deveria ter amizades.

O motivo? Sabem lá as deusas... O rei Lyonel é um grande desgraçado que se divertia ao torturar a menina.

Cornélia descobriu com facilidade que ambos se encontravam, Aimee não sabe mentir, mas como dito antes, ela não se importava. Enquanto sua menina estivesse feliz, esquecendo-se do inferno que vivia, esconderia o tempo que fosse necessário. Eram aquelas poucas horas durante a noite que via um sorriso sincero, ambos se davam bem.

Entretanto, Cornélia sabe o segredo dele, é perigoso demais deixá-lo próximo de Aimee, mas... Não tinha o direito de arrancar o resto de felicidade que lhe restava. Yone, é solitário, a vida também não fora tão gentil com ele.

Uma noite, ele não apareceu, sem explicação, depois, mais uma e outra noite sem notícias. Até que os soldados e o próprio rei entraram no quarto da menina no meio da madrugada fazendo uma vistoria. Alguém o informou que sua filha recebia visitas a noite e às vezes fora do castelo nas caminhadas. Não encontrou nada, nem ninguém com tal descrição, Aimee e Cornélia foram vigiadas por mais algumas noites até finalmente desistirem.

Não sabem o que aconteceu, quem mais sabia sobre Yone, nada. Aquela caixa de joias foi o único sinal de vida que o menino lhe deu e nunca mais voltou. Isso a magoou tanto, doeu demais, a saudade, confusão, sentiu-se revoltada, mas não entendia os motivos.

Quem teria sido tão cruel? Por que ele desapareceu? Para onde foi? Havia muitas perguntas para nenhuma resposta.

CAPÍTULO 03
TEMPESTADES PRÓXIMAS

[Dias atuais]

Aimee estava com o rosto apoiado na palma da mão, mexia o chá com a colher, distraída.

— Querida, sente-se bem?

Isma acabara de deixar a xícara sobre o pires, era a terceira vez que notava a menina suspirar. Estendeu a mão para tocar a dela.

— Aconteceu alguma coisa?

Aimee ergueu o olhar e sorriu.

— Estou bem, perdão, só estou... dispersa. – mexeu nos talheres. — Há algumas noites meus sonhos são lembranças do passado... Acordo com o mesmo sentimento, medo, tristeza às vezes alegria.

— E quais são esses momentos?

Aimee suspirou ansiosa, a mulher reparou na maneira que mexia naquele pingente do colar. Deu um sorriso triste.

— Oh, meu amor... – acariciou as costas da mão dela e depois encarou o jardim. — Por que não vamos passear um pouco pela cidade hoje?

— *Ninguém vai a lugar nenhum.*

A voz veio de longe, mas aproximando-se rapidamente. Os criados presentes se curvaram, Isma e Aimee puseram-se de pé e fizeram o mesmo diante ao homem.

— Majestade.

— Sente-se, ainda tenho tempo antes de sair.

Disse ele de maneira grosseira como sempre. Lyonel usava armadura naquela manhã, o símbolo do hipogrifo cravado no peitoral, deixou a espada de lado e ajeitou-se na cadeira esperando os serviçais fazerem o trabalho.

— Bom dia querido, posso perguntar o motivo da proibição?

Ele acenou pegando um pedaço do pão logo dando uma grande mordida.

— *Criaturas do caos chegaram as terras.* – falou de boca cheia. — *Há mais monstros...* – pigarreou. — A província da Trindade está tão empesteada que chegou as nossas terras.

— Me surpreende não ter chegado mais cedo. – comentou a mulher respirando fundo. — Os tempos andam complicados, se as províncias principais não estão contendo a corrupção...

— A culpa é toda deles, deixando que praticassem a magia, agora, nós que temos que lidar com a bagunça.

— O caos não é algo de se brincar Lyonel.

— E eu não sei? – apoiou cotovelo na mesa encarando-a. — Essas coisas são poderosas, desmortos se levantam, as terras apodrecem... É como a praga, uma doença. Se espalha rapidamente.

— O que é o caos?

Lyonel passou a língua nos dentes dando atenção a menina que quase se arrependeu de perguntar.

— Magia sombria, vinda da necromancia, a arte de levantar os mortos, profanar corpos, criar monstros com parte de outros.

— Toda a vida é perdida.

— Que horrível.

Aimee sentiu o corpo se arrepiar em medo, pegou a xícara terminando de tomar o chá. O homem comeu mais um pedaço do pão, estava muito concentrado naquela manhã, realmente o assunto dessas criaturas chegando ao reino o deixou preocupado.

— Então, ficarão no castelo. – ambas acenaram em silêncio. — Sairei a essa caçada, esses monstros estão aniquilando meus homens.

— O caçador ainda está na cidade.

— Você nem brinque, quero aquele filho da puta longe de mim. Oportunista, tenho certeza de que a culpa é dele... Viajante desgraçado, trouxe a praga para eliminá-la como se fosse um herói.

— Sua arrogância e egoísmo vão matar todos um dia.

— A sua língua afiada a matará também.

— Alguém têm que colocá-lo no lugar, *meu marido.*

Isma passou o guardanapo nos lábios delicadamente, ele maneou a cabeça sem responder aquilo.

— Não deveria desejar tão mal a esse homem, os restos dessas criaturas são obra dele, sabe, não?

— É exatamente isso o que me irrita.

— Então, é inveja.

— Isma, não me provoque essa hora da manhã.

— Oras meu amor, está com inveja de um jovem caçar monstros, totalmente normal, a idade está te alcançando.

— Não é possível...

— Chame-o, se quer viver mais um dia. – finalmente o encarou. — Não interessa seus sentimentos, mas a segurança do reino, da sua família... Engula seu orgulho Lyonel.

Levantou-se, acenou para a filha que a seguiu.

— Com sua licença, majestade. – pediu Aimee vendo um gesto desleixado do homem.

Seguiram de volta para dentro do castelo.

— Mãe, não o provoque tanto assim, por favor, tenho medo de um dia, ele não ser tão paciente.

A mulher parou para encará-la, Aimee ergueu as sobrancelhas sem entender aquele sorriso dela.

— Meu coração se enche de alegria toda vez que me chama assim. – acariciou sua bochecha. — Obrigada, por me aceitar Aimee.

— Eu amo você. – sorriu de volta e lhe deu um abraço.

— Sobre seus sonhos... – afagou seus cabelos. — Não se preocupe, logo passarão.

Ela esperava ansiosa, pois, mesmo depois de uma longa noite de sono, acordava cansada. A menina seguiu para a biblioteca, teria um dia cheio, havia livros para ler a tarefas a fazer, então, era melhor dedicar-se assim esqueceria um pouco daqueles pensamentos.

Isma, após despedir-se da filha, fora até a estufa, o local onde Cornélia está boa parte do tempo, fazendo seus medicamentos e feitiços. A magia da elfa desenvolveu-se muito, trazendo benefícios não somente a ela, mas para o castelo também, motivo pelo qual, o caos não os alcançava. As runas em élfico protegem os muros criando uma barreira invisível, sua magia ilusória esconde os pontos fracos, sem mencionar algo que a mulher nunca entenderia. Um feitiço rastreador, qualquer criatura que aproximar-se mais de vinte metros dos terrenos do castelo, Cornélia saberá.

A feiticeira envolveu toda a área, é impossível algo ou alguém se aproximar sem que ela saiba primeiro.

— Cornélia? – chamou a rainha após fechar a porta. — Querida, está aqui?

— *Onde mais eu poderia estar?*

A resposta abafada soou da casa de madeira, onde ficam suas poções.

— Não sei minha elfa, ultimamente você tem sumido.

— Em minha defesa...

Apenas a cabeça de Cornélia pareceu da porta com o rosto sujo de terra e outra coisa não identificável.

— Não precisa, tenho certeza de que é por uma boa razão.

— De fato, minha rainha. – voltou para dentro assim que a mulher a seguiu. — Por mais que estude e pesquise, ainda não consigo entender o motivo pelo qual, as poções perdem o efeito quando Aimee usa os próprios poderes... Eu não encontro nada!

— Hm, queria poder ajudá-la, mas... sou leiga nesses assuntos. – colocou as mãos à frente do corpo. — Na verdade, tenho apenas dinheiro e influência... Não uma inteligência e habilidades como vocês.

— Ah Isma... – a elfa a encarou. — Seu "poder" é muito mais forte que eu meu, acredite.

Ambas riram.

— De fato. – concordou a rainha. — Entretanto, em certas situações, só você pode nos salvar.

Viu a outra erguer os ombros.

— Escute querida... – começou Isma. — Tenho certeza de que está a par dos rumores. As criaturas caóticas e ataques ao reino...

— Sim, senhora... – parou o que estava fazendo limpando as mãos no avental. — Há desmortos próximo a baía, a caminho do porto... Não queira saber como descobri isso.

O suspiro pesado de Isma acusou a preocupação.

— Cornélia, terá que tomar cuidado, não pode mais sair sozinha, é do caos que estamos falando.

— *Eu também sei disso...* – murmurou.

— Temos condições de lutar contra essas coisas?

Cornélia negou.

— Senhora, o caos é mais forte que qualquer lâmina ou magia... A escuridão chegará mais rápido do que podemos correr, não sei como conter isso.

— Bem, infelizmente não temos muito o que fazer, Lyonel saiu com os homens para caçar essas criaturas ou achar as carcaças. – deu de ombros. — Pode encontrar o caçador?

— Hm, a senhora está interessada?

— Você me respeite. – lhe deu um tapa no ombro. — É para que meu marido não morra e nenhuma de nós. – cruzou os braços. — Pague-o bem.

Cornélia bateu continência.

— Sim, senhora general.

— Besta. – brincou a mulher que lhe deu as costas seguindo para a saída. — Ah, depois... converse com Aimee, ela anda um pouco desanimada esses dias.

Cornélia não respondeu, apenas acenou no silêncio encarando as plantas e as poções nas prateleiras. Ela sabe bastante coisa, infelizmente, esse conhecimento não servirá muito, a magia dela pode ser poderosa, mas limitada para a situação. Há problemas demais dentro e fora do castelo e não será uma elfa que vai resolver todos eles. A questão do caos vai além daquele reino.

Depurya faz parte de Saranyu, uma das três províncias. Depois da guerra dos humanos e dragões, as regiões, em principal Elderin cujo é o lar da família real dracônica, decidiu não ter mais contato com essa parte do reino.

Afinal, eles dizimaram dezenas de dragões, caçaram criaturas mágicas, tornando o local praticamente humano. Agora, a região é isolada, dificilmente recebem estrangeiros, o comércio é precário, por esse motivo, o rei, se vê obrigado a viajar para conseguir suprimentos, apesar das terras serem férteis, não é o suficiente para sustentar um povo.

É uma situação na qual eles mesmos se colocaram. Cornélia como uma das poucas elfas que sobreviveram sabe o quão cruel é a caçada. A província da Trindade está longe de ser perfeita, eles também têm a fama de caçarem mulheres, odiar a magia, não é algo peculiar do povo de Depurya, isso se estende a anos. Elfos e dragões tinham sua própria paz, eram dominantes até a chegada dos humanos que começou a quebrar o equilíbrio. Brigas, intrigas e agora as raças não se suportam... Na verdade, apenas se suportam, pois sabem que no momento, não podem fazer tudo sozinhas.

E é aí que se encaixa o caos. A magia necromântica. Entretanto, Cornélia apesar de tentar coletar o máximo de informação possível, não sabe explicar exatamente de onde ela veio ou quem iniciou essa desgraça nas terras. Mas, é um poder corruptor, não há criatura que sobreviva a ela. Você morre ou torna-se parte dela.

Cornélia vestiu roupas limpas antes de sair do castelo, cobriu-se para não chamar tanta atenção, afinal, não é comum uma mulher entrar profundamente nas florestas densas, ainda mais sozinha. Ouviu sobre o caminho do rei e seus soldados, estavam dispostos a eliminar as aberrações ou encontrar quem está por trás dessas invocações, por esse e outros motivos, ela evitou cruzar com essa caravana de imbecis.

Foram bons minutos de caminhada pela mata, aproximando-se do morro, avistou a entrada da caverna a frente, mas ergueu o olhar para casa velha logo no topo. O lugar é de difícil acesso, cercado pela floresta, é bem fácil alguém se perder por ali.

Ela suspirou jogando a grande bolsa no chão e colocou as mãos na cintura.

— Então... Vou ter que subir ou você já se acostumou a viver como um ogro dentro dessa caverna?

Perguntou em alto e bom som aos ventos, ela deu um sorriso de canto levemente irritada.

— *Ficou tão animalesco que não consegue mais se comunicar na língua comum?*

Aquele idioma, ela já usou algumas vezes, raras podemos dizer. Era carregado, não perfeito, afinal, Cornélia a estudou sozinha então pronunciá-la é de certa forma, complicado para um elfo. Mas, aparentemente fora eficaz.

O vento que balançou suas vestes, veio da direção oposta, ela olhou por cima do ombro e sorriu novamente.

— *Um animal por fim.* – provocou ela.

— *Não sou o rei.* – a voz dele soou abafada, mas próxima a ela.

Cornélia se virou. Lá estava o homem um pouco mais alto, usava roupas pretas, um chapéu e uma máscara que apenas deixava seus olhos ferozes a mostra. Estava de braços cruzados, encarando-a. Ela notou as duas espadas presas ao cinto, não havia nenhum detalhe que se destacasse, como se quisesse manter-se neutro, pronto para se camuflar em qualquer lugar.

Ela inclinou brevemente a cabeça, analisando-o de baixo para cima.

— *O que quer aqui?* – ele encarou a bolsa do chão. — *Com tanto ouro.*

— Acho que sabe... – pegou a alça jogando em sua direção. — A rainha precisa dos seus serviços.

— *Eu não presto serviço, ainda mais... para a "família real".* – ergueu o olhar para a mulher. — *Não sou um cãozinho como você.*

Cornélia bufou.

— Ainda guarda rancor de algo que não foi minha culpa. – esbravejou. — Quantas vezes tenho que provar que não fiz nada?

Ela dera um passo para frente, mas a ponta da lâmina negra daquela katana parou próximo a seu queixo. Cornélia impressionou-se com rapidez que pôde empunhá-la, enfim ele baixou a máscara, encarando-a com aquela fúria.

— Eu culpo todos dentro daquele castelo. – apesar de

furioso, o tom de sua voz não havia mudado. — São mentirosos, traiçoeiros, todos almejam um patamar altíssimo, mesmo que sejam acéfalos funcionais. Nunca aceitaria esse ouro banhado a sangue de inocentes. Se o rei quer morrer caçando essas criaturas que assim seja. A morte, é o que ele sempre mereceu.

Ele guardou a espada aproximando-se um pouco mais.

— Vá para casa, Cornélia.

Passou ao lado seguindo em direção a caverna.

— Yone.

— *E nunca mais volte aqui.*

O rapaz parou por alguns instantes para lhe dizer aquilo e simplesmente desapareceu dentro da caverna.

Cornélia não pode fazer mais nada, ela carregava uma culpa que estava longe de ser realmente dela, mas pelo visto, todos esses anos não foram o suficiente para Yone acreditar nela.

O rancor dele, nunca desapareceria.

CAPÍTULO 04
COISAS DO DESTINO

Aimee passou o resto da tarde tentando convencer seu professor Alvres a lhe dizer coisas sobre o Caos com a desculpa de manter-se longe dele caso visse algo. Mas, o velho simplesmente a destratou, nada sobre magia, monstros, a ignorou e a mandou de volta para o quarto estudar.

Ele vivia repetindo como deve tornar-se uma dama para um casamento apropriado, a famosa conversa que deve trazer orgulho a família já que não pode ser nada além de uma mulher indefesa. Ela não quer se tornar uma guerreira, é apenas curiosa, mas a tratam como inútil.

Estava jogada na cama, encarando o teto, deu aquele longo suspiro.

— Não posso ter amigos, não posso conversar com os serventes, não posso caminhar, não posso ler o que quero... – fechou os olhos. — Oh deusas... não quero ser ingrata, mas... não aguento mais essa solidão.

Quase chorou, mas pode se conter.

— É tudo tão sufocante!

Ela sentou na cama encarando a porta ao ouvir alguém bater, assim uma das empregadas apareceu, se curvando.

— Senhorita, o almoço logo será servido, quer que o traga até seus aposentos?

Aimee deu seu melhor sorriso.

— Não, muito obrigada, irei logo a sala de jantar.

— Como desejar, com vossa licença.

A mulher saiu e Aimee continuou ali sentada, perdida nos próprios pensamentos. Demorou alguns minutos para descer até a sala de jantar, o desanimo lhe tirava o apetite, ficou um pouco pior ao saber que almoçaria sozinha, já que o rei estava fora caçando e a rainha teve outros afazeres naquela tarde. Comeu no silêncio corriqueiro, encarando os quadros, as pratarias expostas no salão, deixava a mente devanear em coisas que nunca aconteceriam, assim, pelo menos, distraía-se.

Já estava na sobremesa quando aqueles passos apressados e fortes vieram em direção a sala de jantar, pelo bufar na porta do recinto, Aimee já sabia quem era.

Se virou com a colher na boca reconhecendo Cornélia, mas ergueu as sobrancelhas ao ver seus olhos avermelhados.

— Cornélia... – engoliu o doce sem mastigar. — Você estava chorando? O que houve? Onde estava? Tudo bem?

A mulher apenas balançou a mão para que esquecesse, puxou a cadeira a frente sentando-se.

— Estou frustrada... – passou os dedos nos cabelos e olhou brevemente para os lados, não avistando ninguém. — Por acaso... acha que tenho culpa pelo que aconteceu com o Yone?

Aimee se calou, aquela pergunta a pegou de surpresa.

— Será que fui tão descuidada deixando que fossem amigos? Alguém descobriu e nos denunciou? Nos perseguiram por semanas, procuraram por ele também... toda aquela desgraça... Acha que é culpa minha? Sente raiva de mim?

— E-Eu... não estou entendendo, o que isso têm a ver com a situação? – questionou confusa. — Claro que não foi culpa sua. Nada do que aconteceu, não foi culpa de ninguém. – balançou a cabeça. — Raiva? Cornélia, está me assustando. Nunca teria raiva da pessoa que mais me ajuda, a vida inteira, não teria motivo. A culpa pode ser de qualquer um, menos sua.

A mulher acenou limpando a lágrima solitária. Aimee deixou a colher no prato apoiando as mãos sobre a mesa, preocupada.

— Cornélia, o que aconteceu? Por que isso tão de repente?

— É um peso que carrego, Aimee. – suspirou novamente.

Cornélia tinha muitos segredos, ainda não chegou a hora de dizer tudo a ela, mas isso destrói a feiticeira, odeia mentir. Entretanto, a proteção dela vem em primeiro lugar.

Ergueu o olhar para a menina do outro lado da mesa que estava visivelmente confusa e preocupada. Tentou sorrir.

— Me perdoa, não queria que ficasse assim, foi só um momento de peso na consciência.

— Tenho sonhado com Yone algumas noites. – Aimee encostou-se novamente na cadeira abaixando a cabeça. — Na verdade, parece que estou revivendo as minhas lembranças, não sei explicar.

— Isma comentou que anda desanimada, é por conta desses sonhos?

A viu erguer os ombros.

— Não sei..., mas você falar dele tão subitamente, me deixou tensa.

— Esses sonhos podem ser por causa do caos, Aimee. – não estava mentindo. — Tenho certeza de que escutou o rei mencionar.

— Sim, mas meu professor não quis me explicar o que é.

— Ele nem tem como, é burro.

A agressão foi gratuita.

— O caos é mais do que magia. São sussurros, ações impensadas, agressivas, algo no ar que contamina o ambiente, somos "atacados" energeticamente ou seja... Seus sentimentos às vezes não são seus, os pensamentos maldosos, são influências desse poder. O caos se alimenta do que é cruel, da inveja, rancor, vingança... Todos os seres vivos são corrompíveis.

— Mas, como isso se encaixa nos meus sonhos?

Cornélia ficou alguns instantes em silêncio, pensativa.

— Memórias do passado, tristeza, raiva, você não é uma menina que expressa muito o que pensa ou sente, fica tudo acumulado. Esses sonhos, podem ser apenas sonhos..., mas com essa influência caótica, faz com que se tornem pesos, ao ponto de levar-te ao limite até... Se corromper.

— E como não se corromper?

A mulher sorriu.

— Não sei se tenho essa resposta, Aimee. – disse sincera. — Acredito que um coração puro, não é assombrado com tanta facilidade. Manter-se sã sobre seus atos, pensamentos... talvez, seja o caminho. É pesado pois, todos nós temos recordações rancorosas... Perdoar é difícil, mas necessário.

Ela riu baixo.

— Digo isso para mim mesma o tempo todo..., mas como eu disse... é complicado.

Cornélia a observou acenar em silêncio, perdida nos próprios pensamentos, notou a pedra rosada no colar. Respirou fundo.

— Mesmo depois de todo esse tempo, ainda sente falta dele?

Aimee apenas lhe lançou o olhar.

— Ele era meu único amigo e desapareceu. Não sentiria falta? Não consigo pensar no que ele pode ter sofrido, talvez, se machucado... ou morto. – ela não gostava daquela ideia. — Além de vocês, nunca tive ninguém tão próximo, então, sim, sinto muita saudade dele.

— É que o tempo passa, as pessoas crescem, mudam, então... É comum deixarmos de pensar em algumas coisas.

— Eu sei aonde quer chegar.

Aimee deixou o guardanapo sobre a mesa, empurrou a cadeira e se levantou.

— Quer que eu pare de sofrer por alguém que pode nunca mais aparecer.

As unhas da feiticeira bateram de forma ritmada sobre a madeira.

— Não quero que se decepcione Aimee, a dor da perda é bem menor do que a da decepção. – viu a menina se curvar brevemente. — Só tome cuidado com suas expectativas.

— Sim, senhora.

Aimee não soou irônica, muito menos irritada, é extremamente difícil a menina ser tão presunçosa. Aceita opinião alheia e sabe bem discernir as palavras, a questão, é que fica chateada. Cornélia a acha muito inocente e bondosa, motivo pelo qual pode se magoar facilmente, sem mencionar o quanto se sente sozinha. Queria ajudá-la, mas, onde moram, a vigília que fazem sobre ela, é demais... Não pode arriscar.

A feiticeira quase caiu da cadeira ao jogar boa parte de seu peso para trás, mas logo se recuperou, bufando em irritação.

Aquela conversa com Yone ainda pairava em sua mente, não tinha culpa alguma, mesmo assim, ele ainda a odiava, depois de tudo que tentou fazer para ajudá-lo. Cornélia tinha o peso na consciência, mas, depois desses anos, o que ele se tornou, nunca deixaria que voltasse a aproximar-se dela novamente.

O tempo, nunca foi gentil com ele.

Sem ter muito o que fazer, a menina seguiu de volta para o quarto. Pegou um dos livros que ainda precisa terminar e sentou-se na cadeira que fica em sua sacada. Soltou os ombros, admirou a paisagem esverdeada, as árvores que cercavam o castelo eram altas e robustas, ao longe, bem longe mesmo, Aimee podia ouvir o som do mar, o cheiro também era sentido, um pouco mais fraca, mas, ainda assim, reconfortante. Ela não lembra muito bem como era o mar, talvez, nunca realmente tenha o visto, apenas nas representações dos livros.

Ela ergueu o olhar admirando o céu, logo, os andares mais altos do castelo, tinha certeza de que se subisse em uma das torres viria não só o mar, mas boa parte de Depurya. A questão é que nem mesmo nesses outros lugares do castelo ela podia andar e nunca soube o motivo.

Outro suspiro. Ela deveria parar de sonhar acordada, Cornélia têm toda razão. Suas expectativas de viver fora daquele lugar é alta demais, o tombo e a realidade vão atingi-la em algum momento e será cruel.

Abriu o livro e concentrou-se na leitura. Pelo menos, daquela vez, conseguiu terminar três capítulos antes de adormecer sentada.

Ela teve outro sonho com Yone. As noites que passaram sentados na sacada de seu quarto, as histórias incríveis que ele contava de todas as suas aventuras. Ele tinha o costume de ser meio rude com as palavras, mas, a verdade é que o menino não pensava antes de falar, então, estava frequentemente pedindo desculpas para Aimee.

Em uma das noites, ela o abraçou animada, feliz por sua presença. E ele disse algo em uma língua que não compreendeu, mas sabia que era algo bom, por que sorria enquanto dizia.

"*— Não há solidão com você.*"

Pode sentir os beijos carinhosos que ele espalhava em seu rosto toda vez que a via triste. Foi uma sensação tão boa, mas dolorosa, como se fosse real.

"*— Me perdoe.*"

Aimee acordou num sobressalto, o coração palpitava ao ponto de fazer o corpo inteiro tremer, passou a mão no rosto tendo a sensação de ainda sentir aquele beijo na pele. Encarou o quarto escuro, a janela estava encostada, a luz da lua iluminava parcialmente a sacada.

Foi então que depois de alguns instantes até se acalmar que parou para pensar. Quando ela deitou na cama? Cornélia a tirou da cadeira? As empregadas? Não se lembra de muita coisa além de ler algumas páginas e depois, ter aquele sonho.

Deu um pulo com o barulho alto, fora longe, mas, ainda assim, perturbador o suficiente para alcançar o castelo. Aquilo era o som de um animal? Um monstro?

Aimee levantou-se da cama indo na direção a janela, abriu brevemente sentindo a brisa quente, mas, havia algo diferente. Parecia que a atmosfera estava pesada, sufocante, arrepiou sua pele da maneira mais sinistra que já pôde sentir na vida. Colocou a mão sobre o peito, sentindo um forte aperto, aquela sensação, uma dor horrível... Havia alguém muito ferido por perto. Não, havia muitos feridos!

Gritos abafados e longínquos chamaram sua atenção, vinham do portão principal, não conseguia ver nitidamente pois seu quarto ficava do lado oposto, mas era possível ter o deslumbre das silhuetas das tochas. Ela não pensou duas vezes, pegou as botas largadas ao lado, vestiu-as da melhor maneira que pode e saiu correndo pelos corredores.

O vozerio estava tão alto que podia se escutar até mesmo das escadarias onde a menina desceu pulando degraus, segurou no corrimão, assim que avistou soldados carregando colegas ensanguentados, muitos sem membros do corpo, eram arrastados deixando rastros pelo chão. A cena não lhe trouxe boas memórias, mas despertou daquele transe ouvindo a voz de

Cornélia ao longe.

Correu seguindo os soldados até a grande cozinha que fora usada como aposento, já que era o maior deles, as mesas largas serviram de cama para os feridos. Havia homens e mulheres apressados de um lado para o outro, carregando baldes com água, ataduras, remédios. A confusão estava tanta que acabavam esbarrando umas nas outras.

— Aimee? O que faz aqui?

Cornélia praticamente gritou terminando de ajudar a colocar outro homem sobre a mesa, as mangas do vestido estavam erguidas, havia sangue em seu rosto, na roupa, suava e claramente sentia-se cansada.

— E-Eu acordei com barulhos. – comentou tendo que falar um pouco mais alto e aproximou-se ajudando-a parar o sangramento. — O que aconteceu?

— *Aimee, por favor, não fique aqui.* – Cornélia teve que juntar o rosto ao dela para que não gritasse. — *Se usar seus poderes...*

— *Não vou, prometo.*

Cornélia não acreditava muito naquela promessa, não por não confiar na menina, mas porque o instinto de Aimee é querer ajudar os outros. E cercada de tanta dor e sofrimento, controlar-se será o maior desafio de todos.

A feiticeira lhe entregou um balde com pano e água e apontou para outra mesa.

— Ali, termine de limpar os ferimentos antes de colocar os curativos.

Prontamente, a princesa acenou e apressou o passo. O soldado a sua frente havia perdido o braço esquerdo, metade da armadura pesada, arrancada, havia marcas de presas e garras tanto no metal quanto na pele. O homem nem se mexia, desmaiado com tamanha dor. Ao passar o pano sobre o ferimento, os dedos dela formigaram, as articulações pareceram latejar, suplicando para que acabasse com aquele sofrimento. Ela afastou-se um pouco, levando o trapo sujo dentro da água e respirou fundo, controlando-se.

Foram 10 ou 15 minutos cuidado de cada homem

que entrava naquela cozinha, mas Aimee sentia que estavam horas naquele lugar. Seu coração doía demais ao ver soldados morrerem, o desespero começava a tomar conta, pois, sabe que pode salvá-los, mas se fizer isso, se condenará.

Ao que disseram, fora um grande alcateia de lobos que invadiu a cidade, eram maiores do que os comuns, chegavam a quase 1 metro e pouco de altura. Ninguém acreditaria muito nessas histórias, se o próprio povo não tivesse visto aqueles animais enormes. O problema é que o rei desapareceu na luta, algo era maior que os próprios lobos e ficava a questão:

O que andaria com uma alcateia que não outro lobo?

Isma estava em alerta, preocupada, receosa e não se importou em também sujar as mãos de sangue para tentar salvar aqueles homens. Mas, a mulher não conseguia se concentrar pensando no marido que pode ter morrido. Também observava a aflição da filha que constantemente afastava-se, a expressão na face da menina era tensa e desamparada. Estava lutando contra os próprios instintos.

Até que enfim, a viu sair correndo para o lado de fora aos prantos. Isma, limpou as mãos e chamou a feiticeira para que terminasse o que estava fazendo e seguiu para o quintal. Alguns dos empregados passaram ao lado carregando mais baldes com água limpa, caminhou um pouco até avistar a menina caída de joelhos próxima a parede.

Isma segurou seu rosto com ambas as mãos, os olhos dela tinham desespero e tristeza. Sem conseguir parar de soluçar, a menina escondeu o rosto no ombro dela. Isma a envolveu num abraço apertado.

— *Por que não posso ajudar? Pra que ter um poder se não posso usá-lo em momentos como esse?*

Isma não tinha a resposta, não havia como confortar a filha sendo que ela mesma se sente desamparada, entendendo a frustração de Aimee. Esse ataque foi tão de repente, foram tantos monstros espalhados pela cidade e infelizmente essa tragédia apenas deixa mais claro o imenso e cruel poder do caos, começando a devastar o reino.

Um dos empregados se aproximou preocupado, curvando-se ainda para manter o respeito. Ela disse para o homem descansar, já tinha feito demais, e repetiu a mesma coisa para a filha. Acariciou seus ombros e depois seu rosto triste.

— Fique aqui, por favor, não sofra mais.

Isma se levantou, seguindo o empregado. Entretanto, Aimee não concordava com a situação, ela sentia o desespero, a dor, a ardência das feridas na própria pele, como se fossem dela. Os soldados estão debatendo-se em torturante latência, a mente deles não aguentará mais sofrer, morrerão gritando, pois, aquelas garras dilaceraram a pele tornando-as carne viva. Gangrenariam e morreriam.

Ela encarou o céu noturno, rogando as deusas que a escutassem, lhe enviassem um sinal, alguma coisa, não poderia deixar que morressem assim.

— *Por favor mais rápido, tragam os baldes!*

Gritou alguém da porta para os demais empregados ao lado do poço um pouco mais a frente. Eles pegaram o máximo que poderiam carregar e correram para dentro outra vez. Aimee os observou desaparecerem pela parte interior, depois, encarou o poço tendo uma ideia.

Adiantou-se para perto dele, desceu o balde coletando uma quantidade qualquer de água, checou os lados, certificando-se que não havia ninguém por perto e então, impôs as mãos sobre o líquido fechando os olhos. Seu maior desejo era que a ferida dos soldados curasse, que a dor horrenda desaparecesse, orava no próprio silêncio, pedindo com o todo coração que aquela água possa salvá-los de qualquer enfermidade futura.

A sensação formigante na palma das mãos se fez presente, um calor aconchegante sobe por seu corpo. Quem pudesse presenciar tal momento, poderia ver os fios castanhos tornarem-se gradualmente cor-de-rosa, o brilho azulado que se formava nas mãos não era tão forte, mas bonito de se admirar. Ela abriu os olhos conseguindo ver o próprio reflexo na água calma, agora, mais cristalina que antes. Usou a corda para descer o balde na intenção de misturá-la com o resto.

— ***ABRAM OS PORTÕES!! É O REI. É O REI!!*** – gritou alguém dentro do castelo.

Aimee olhou para trás, a movimentação ficou ainda mais intensa e ela tratou logo de correr para o lado oposto escondendo-se nas árvores do quintal, aproveitando a escuridão. Viu os homens correrem para o poço, ela lançou o olhar pelo caminho que levaria ao portão principal e esgueirando-se próxima as paredes de pedra caminhou, mantinha-se abaixada passando perto das janelas.

Ainda era influenciada pelas emoções alheias, o estômago revirava-se, assim como peito doía em ansiedade. Parou de repente, ouvindo o tilintar das armaduras correndo, olhou cautelosamente vendo os soldados passando pelo caminho de pedras atrás de um cavalo que estava extremamente ferido, mas, mesmo assim, continuava andando.

— *É o caçador?* – pôde ouvir um deles.

— *Ele trouxe o rei. E que merda é aquela que está carregando?* – respondeu o companheiro.

Aimee não conseguiu ver do que falavam, seja quem for, entrou com o cavalo e tudo na sala do trono. Ela lentamente, aproximou-se da grande janela, espiou um pouco, não podia ouvir o que falavam, mas a agitação foi certa. Isma e Cornélia correram para amparar Lyonel, o homem parecia balbuciar, machucado, entretanto, estava vivo. O breve olhar de canto da feiticeira para o caçador era de certo descontentamento misturado com aflição, a menina não tinha como entender. Fora um alvoroço quando aquele homem retirou o pano encharcado de sangue, descobrindo uma enorme cabeça peluda e horrenda com olhos avermelhados e presas afiadas. Ele jogou no meio do salão e deu as costas indo embora.

Ela abaixou cobrindo a boca com a mão assim que ele saiu. Nunca havia sentido uma energia tão poderosa quanto daquele homem, arrepiava sua pele, a presença dele é imponente, mesmo estando a uma boa distância, isso a deixou assustada.

Entretanto, pode ver que não era somente o cavalo que estava ferido, mas ele também. Aimee deu um passo em falso, fazendo um barulho entre os galhos dos arbustos, a obrigando a quase se deitar no chão, pois, pelo visto, até a audição daquele homem era aguçada. Os olhos dele passaram pelo local atento, mas, ignorou voltando a caminhar diretamente para o portão.

Ficando mais alguns instantes escondida, ela finalmente voltou a respirar soltando os ombros logo em seguida. Engatinhou pela grama afastando-se dali, mas assim que se levantou, seu coração palpitou, as costas arrepiaram e então, se virou encarando o portão onde já não havia ninguém.

— O cavalo... – falou mais para si. — Ele vai morrer.

Colocou a mão sobre o peito, fechando os olhos. Ela não poderia dar-se ao luxo de tentar salvar o pobre animal e expor-se para o caçador. Concentrando-se deu outro passo para voltar ao seu quarto, mas, parou de novo, como se as pernas não quisessem obedecê-la.

— Pelo amor das deusas. – reclamou para si. — Ande Aimee, ande...

Forçou-se a dar mais um passo, só que voltou a virar para onde o caçador foi, sua intuição dizia que ele estava igualmente ferido.

— *Ele salvou o rei, merece ser salvo também.* – murmurou e logo suspirou ansiosa. — Que droga!

Segurou a saia e saiu correndo.

A intuição dela nunca erra.

Ela correu pelos cantos do jardim, alcançando aquele buraco no muro onde passou apressada. Mesmo no meio da densa floresta noite Aimee enxergava, coisa que nunca quis se questionar, afinal, estava sendo útil naquele momento.

Se guiava pela sensação terrível da dor e de outra coisa, mas essa já totalmente cruel, mexia com seu instinto, o que gritava para tomar cuidado. Ela atravessou a mata e se assustou assim que fora de encontro a uma katana de lâmina negra, caiu sentada, apavorada, encarando a ponta daquela arma.

— Por favor, não me machuque! – suplicou ela que apenas viu o homem recolocar o chapéu e se afastar.

Ele guardou a arma.

— *Não deveria estar num lugar como esse, princesa.* – disse.

— Sabe quem eu sou?!

Aquilo a deixou muito preocupada, mas mudou o foco ao ver o cavalo começar a convulsionar, caído no chão, até mesmo caçador se virou, vendo-a correr em direção ao animal. Tocou sobre a ferida, a luz azulada surgiu na palma dela, a outra mão acariciava o focinho, e aos poucos parou de debater-se. Mas, diferente das outras vezes que usou os próprios poderes, ela sentiu tontura, havia algo estranho, uma sensação pútrida, algo vivo e cruel que não queria ser curado. Como se quisesse continuar ali, corroendo a carne, isso lhe custou muita energia.

Acabou cambaleando para trás, a mente girava, lhe dando enjoou, a nuca doía e tudo ficou turvo de repente.

— *Aimee!*

Aquela voz a chamou, sentiu o toque sutil sobre o rosto, não teve como reconhecer ou memorizar qualquer traço daquele homem, desmaiou.

CAPÍTULO 05
SINAIS DO CAOS

A escuridão que cercava o reino era maior do que a própria noite. Não há lua, estrelas, apenas a pura e densa escuridão. O próprio vento sufocava as pessoas, espalhava o cheiro pútrido, carniça, sangue, fumaça do que podíamos julgar ser de algum incêndio próximo. Gritos de pavor, horror e dor, som de criaturas macabras ecoavam por todos os lados, a população estava fugindo sem rumo, não havia onde se esconder... Eles estavam à espreita.

Observando tudo, no silêncio, Aimee via as pessoas sofrerem, uma chacina sem controle com exércitos e monstros distorcidos. Dragões, elfos, humanos, todos lutavam e pereciam facilmente, a massa densa e pegajosa cobria seus corpos os erguendo novamente, uma horrenda visão dos desmortos cambaleantes. Um homem cujo não havia face, caminhou pela fumaça acinzentada, as criaturas abriam espaço, curvavam-se. Ela nunca viu tais vestes antes, era com uma toga escura, o pano lhe cobria a cabeça escondendo um pouco dos cabelos grisalhos.

E mesmo aquele homem não tendo um rosto, ela soube que a encarava.

— *Eu finalmente a encontrei. Não pode mais se esconder.*

Rastejando-se pelo solo, a grande massa escura ergueu-se ao redor dela que nem conseguiu gritar ou correr, simplesmente fora engolida.

Aimee acordou suando, assustada, as unhas agarravam firmemente o lençol da cama. Puxou o ar pela boca, ofegante, levou alguns instantes para perceber que estava em seu quarto, a luz que invadia a janela já denuncia que passavam das onze da manhã. Ela não lembrava de muita coisa da noite anterior, a cabeça e a nuca doíam demais, seu corpo continuava a tremer pelo pesadelo que tivera.

— Filha...

A voz de Isma a despertou daqueles pensamentos, a mulher entrou rapidamente indo em direção a cama onde sentou ao seu lado. Acariciou seu rosto pálido e suado.

— Querida, está bem? Está pálida.

A menina não conseguiu responder, sua voz não queria sair. Cornélia entrou logo em seguida, fechando a porta e pela face séria, não estava muito feliz.

— Ela teve contato com o caos. – comentou cruzando os braços. — Está exausta e provavelmente infectada por ele.

— Como? Disse que ela apenas abençoou o poço.

Cornélia não estava mesmo contente.

— Ela seguiu o caçador... – suspirou pesado. — Todos os soldados na noite passada estavam sendo corroídos e lentamente corrompidos pelo caos, o lobisomem era uma das criaturas caóticas, mas, como ela não curou diretamente a ferida... Não foi afetada, entretanto... – apertou as pálpebras. — Tanto o caçador quanto o cavalo dele estavam machucados, ao tocar no animal, pode purificar e curá-lo, mas teve um preço.

— Cornélia, pelo amor das deusas, pare de enrolação, está me assustando. – Isma se pôs em pé.

A feiticeira encarou a menina que manteve a cabeça baixa.

— É uma magia necrótica Isma, isso custou boa parte do poder mágico da Aimee. Podia ter morrido se eu não chegasse a tempo.

— Ela se expôs ao...

— Não se preocupe. – interrompeu a elfa. — O caçador não vai dizer nada a ninguém.

Mas, a mulher continuou a encarar a menina que não quis falar.

— Precisa descansar agora, recuperar as energias, o caos suga a vida e você a devolve. Espero que não repita esse seu ato impensado e imprudente, Aimee. – se virou para abrir a porta. — Vossa majestade, por favor, preciso conversar com a senhora.

Isma respirou fundo, acariciou os cabelos da filha que

apenas lhe lançou o olhar. A mulher compreendia aquela maneira fria da elfa, mas não acha justo colocar um peso maior sobre os ombros de Aimee que está sempre seguindo as ordens alheias. Ela salvou muitas vidas na noite anterior, claro, se preocupa com o fato de alguém além delas presenciar o uso da magia, entretanto, deixá-la aflita não ajudará em nada.

— Tenho muito orgulho de você querida – apertou-lhe levemente a bochecha. — Durma mais um pouco, direi ao seu professor que não está disposta para as aulas hoje. Tudo bem?

— Sim, senhora.

A rainha sentiu-se triste com aquele olhar da filha, mas não podia fazer muito, lhe deu um beijo e saiu do quarto.

— Veja bem, Cornélia, sei que...

— O caçador é o Yone.

Isma arregalou os olhos, ficou confusa e surpresa com a informação solta de repente. A feiticeira segurou em seu braço e voltaram andar para longe do quarto. Ambas pararam em frente a grande janela dando visão ao jardim.

— É por isso que não precisa se preocupar. – desviou o olhar. — Mas, ela não pode saber disso.

— Cornélia, como assim? Jurei que esse rapaz estava morto ou muito longe daqui... Como? A quanto tempo mente pra ela?

— Não sei quando ele realmente voltou, senhora, entretanto, faz dois anos desde que o revi. – explicou. — Mas, ele acredita que aquela perseguição é culpa minha e me odeia... Disse também que se afastou para proteger Aimee então, acredito que quer continuar no anonimato mesmo depois de ontem.

— Isso é errado. – a mulher quase interrompeu sua fala. — Sabe quantos anos se passaram e Aimee sofre por conta dele? Como pode achar isso faz bem para ela?

— Senhora...

— Eles podem manter a distância o quanto quiserem, mas o certo, é que ela saiba que o único amigo está vivo! Esconder isso só trará desconfiança e raiva para o coração da menina. Como acha que vai agir quando descobrir?

— Espero que não descubra, sinceramente. – ergueu os ombros. — Mencionei segredos, senhora... E digo, o dele é o motivo pelo qual precisamos mantê-lo longe dela e de nós.

— Ele salvou meu marido

— Tenho certeza de que não era a intenção dele. Deixou claro pra mim que o rei poderia se matar, não interviria, mas alguma coisa o obrigou a isso.

Isma observou o jardim.

— Ainda mantêm contato com a outra feiticeira? A da província da trindade.

— Sim, senhora.

— Então mande-lhe uma carta, convoque-a aqui, explique a situação... Precisamos saber o que está acontecendo lá e como prosseguiremos por aqui.

— Como desejar... – Cornélia se curvou e estava prestes a sair, mas a mulher segurou em seu braço. — Senhora?

— Diga-me onde encontrá-lo.

— Isma...

— É uma ordem.

A feiticeira abaixou a cabeça e se curvou ouvindo os passos da rainha se distanciarem.

"Um cãozinho"

Aquela provocação voltou-lhe a mente. Ela não quer dar vasão as palavras maldosas do rapaz que apenas tem rancor, mas uma pequena parte dela, concorda. Foram muitos anos juntos, Cornélia dedicou-se a ficar ao lado da rainha depois de tudo o que passaram, é grata, mas chega um momento, que a gratidão se torna a própria escravidão. Está presa a eles, aquele castelo, aos criados. Os segredos que sabe... Isma a mataria se um dia dissesse que está indo embora? O rei a deixaria cruzar aqueles portões?

E Yone? Ele não foi curado por Aimee, será que estava bem?

A verdade é que o rapaz parecia mais sobreviver.

Cuidava daquela mordida que mesmo depois de passar as ervas medicinais ainda ardiam.

— Lobisomem maldito. – murmurou ele. — E aquela elfa

também, filha da puta.

Ele estava irritado por conta de toda a situação. De repente, a lembrança daqueles olhos apavorados de Aimee voltaram-lhe a mente.

"— *Por favor, não me machuque!*"

— Que merda!

Resmungou para si mesmo, ergueu a mão direita sentindo as pontas dos dedos formigarem, como se ainda sentisse a pele gélida dela. Suspirou pesado, balançando a cabeça.

— Nem mesmo fora de controle eu seria capaz de feri-la. – comentou lançando o olhar para o velho espelho. — No final realmente me tornei um monstro.

Bufou cansado caminhando pela casa, pode ouvir seu cavalo relinchar próximo a janela, o focinho estava para dentro, balançava a cabeça animadamente de um lado para o outro.

— O que? Não acha que sou um monstro? – riu baixo. — Você me ama é por isso que mente pra mim. – brincou ele sentando-se na cama. — Aimee está certa em ter medo, será melhor assim.

O cavalo bufou também.

— Olha como fala comigo quadrupede.

Zombou, se deitou um pouco, fechar os olhos trouxeram a lembrança da noite anterior, Cornélia surgiu do nada, assim como Aimee, e a levou sem ao menos ver se melhoraria. O poder dela está maior, mas, seja o que for aquilo que curou de seu cavalo Smoky, a machucou.

Abriu os olhos de repente ouvindo trotes longínquos de um cavalo, mas que seguiam em direção onde estava com certa rapidez.

— Sério?

Reclamou ficando de pé, olhou para o relógio, mal notou que cochilou. Abriu a porta, mas não foi para muito longe, ficou apenas em silêncio, pareceu farejar o ar. Franziu o cenho não gostando daquela essência, era familiar e como já percebemos, não têm uma boa relação com colegas do passado. Cruzou os braços encostando-se no batente da porta e esperou.

Assim que o cavalo saiu da floresta, avistou a mulher em

cima dele que usava um lenço sobre a cabeça. Yone não se deu ao trabalho de ajudá-la, apenas observou de longe.

— Pelo visto, além de um animal doméstico, sua feiticeira também é linguaruda. – comentou vendo a mulher descer e tirar o pano da cabeça. — Acredito que ela já tenha lhe dito... Não sairei fofocando pelos reinos.

— Boa tarde, Yone. – Isma se curvou em respeito. — Tornou-se um homem muito bonito, apesar de rude. Como está? A madrugada não fora uma das mais calmas.

— Graças ao estúpido do seu marido, aquele imbecil. Por onde passa traz apenas desgraça e destruição levando todos com ele.

— Ainda assim o salvou, devo agradecer.

— Ah não. – a interrompeu sorrindo de canto. — Não queria salvá-lo, o problema é que o idiota cruzou meu caminho, exatamente quando eu caçava o lobisomem. Meu cavalo quase morreu por conta das atitudes boçais. Não agradeça, estou pouco me fudendo para sua família.

Isma olhou ao redor, calmamente.

— É assim com minha filha também?

— Ela *não é* sua filha. – a encarou seriamente. — Comecemos por aí.

— Pode não ser sangue do meu sangue, mas a amo como se fosse. Não me importo com o que pensa.

— Você nem sabe *o que* ela é. – a viu erguer a sobrancelha. — Então não me venha dizer que a ama, assim como seu marido, usufruiu de uma criança abandonada para tapar um buraco que as deusas fizeram.

— O que...

— Vocês são usurpadores dessa terra, assassinos sanguinários que aproveitam das situações, tornando-a favorável apenas para vocês. – ele apoiou o braço no batente da porta. — A verdade sobre essa *"realeza"* é podre assim como essas palavras que a *senhora* insiste em proferir.

Isma não sabia como responder, ficou paralisada. Sabia que seria uma conversa complicada, mas o rumo daquilo mudou muito depressa, já nem sabe o motivo por que cavalgou até ali. Estar na presença daquele rapaz a fez perder os sentidos, é como se conseguisse impor mais respeito, é quase aterrorizante estar perto dele. Por quê?

— Yone... – ela conseguiu dar um passo para frente. — Por favor, me explique... O que aconteceu? Essa raiva...

— Sua lábia não funcionará comigo, Isma. – a interrompeu novamente. — Têm consciência das atitudes do passado e principalmente daquele homem que se declara rei. Foi ele que tentou matar Aimee e Cornélia, o homem que contratou era o líder dos caçadores arcanos, assassinos.

— Eu sei disso, por esse motivo declarei publicamente que Aimee era minha filha, para protegê-la.

— E acha que conseguiu? – o sorriso de escarnio estava na face dele outra vez. — Aprisionada nas grossas paredes de pedra do castelo, sendo restrita de falar, andar... sorrir.

Yone enfim dera passos lentos para frente. Tinha firmeza, convicção, astucia em cada passo que dava próximo da mulher, uma grandeza invisível, a postura a intimidava mais até mesmo do que seu marido.

— Ela não pode ser o que realmente é, por que as suas leis a tornam "perigosa". Usufruem da beleza dela como um troféu a ser ganhado, mostrando-o para o mundo como uma conquista, será que realmente consegue enxergar o coração puro e cheio de gentileza que possui?

Ele ficou frente a frente a rainha que não desviou o olhar apesar de sentir arrepios ao encará-lo.

— Torná-la sua *filha*, foi apenas um ato de egoísmo e não bondade. Amor não significa prender, mas deixar aquele que ama livre para seguir o próprio caminho. Podia mandá-las para longe desse inferno, do marido carniceiro, mas, está brincando de boneca.

Yone, semicerrou os olhos, sentindo o cheiro do medo exalando da mulher.

— É bom que tenha medo, porque eu não sou mais o garotinho que botaram pra correr anos atrás. Guarde essas palavras, Isma, sei toda a verdade desse reino, da sua família e seus ancestrais desgraçados. Um dia trarei tudo à tona e descobrirão quem realmente são os *ilegítimos* dessa terra.

Ele lançou o olhar para o cavalo e logo lhe deu as costas.

— Volte para aquela masmorra que chama de lar. E não me procure mais.

— Fala tanto em sinceridade, mas continua a mentir para aquela que mais ama. – Isma retomou a postura. — Voltar a Depurya depois desses anos, age como um estrangeiro, caçando monstros, ajudando o povoado... Sua hipocrisia também surgiu com esse crescimento?

A mulher olhou ao redor e balançou a cabeça.

— Veja... – abriu os braços. — Continua isolado e solitário. Tornou-se um homem, mas ainda têm aquele garotinho aí dentro esperando a luz no fundo do poço, eu realmente espero que ainda viva de baixo de todo esse rancor. Não quero que Aimee se decepcione quando ver o que se tornou.

— E lá vai você... – parou e se virou. — Usando a sua "filha" novamente. O que quer? Que eu entre pela janela dela, conte as verdades, como sobrevivi, onde estive? Pare, mulher... Não seja estúpida, Aimee não precisa de mais tristeza, a deixe em paz.

— Pode me odiar, Yone, eu realmente não ligo, mas por favor, não sabe o quanto ela sofre. – ousou a dar alguns passos para frente. — Não quer meu agradecimento por salvar Lyonel, tudo bem, mas por favor, imploro para que se mostre a ela. Nove anos podem ter sido o suficiente para não se importar mais com Aimee, mas, minha filha ainda chora por você e...

— Chega! – a interrompeu e dessa vez furioso. — Não ouse usar chantagem emocional comigo. – apontou o dedo indicador para a face dela. — *E nunca mais, insinue essa asneira.* Fora daqui.

Se virou para entrar na casa.

— Yone...

— **AGORA!** – sua voz ecoou pela floresta.

Isma controlou o grito de pavor, dando passos para trás. Os olhos dele brilharam de maneira sinistra, a voz tomou um tom tão grave e amedrontador que assustou não só o seu cavalo, algumas aves também saíram voando. Ela pode ver brevemente o semblante animalesco na face dele que entrou depressa e fechou a porta com força. Não esperou outro grito daquele, segurou as rédeas do cavalo, subiu e apressou-se indo embora.

Yone cambaleou, podia sentir o sangue do corpo bombear mais rápido e forte, o queimava por dentro, a maldita mordida também ardia insuportavelmente. Ele caiu de joelhos próximo aos armários, as garras deixaram marcas profundas na madeira enquanto tentou se segurar, podia sentir o fogo, as chamas que ardiam dentro dele queriam a todo custo sair.

— *Maldição...* – rosnou em dor e fúria.

Ele conseguia ouvir tudo, a quilômetros de distância, o olfato também apurado encontrava a menor criatura naquela floresta. Dádivas que por algum motivo, de tempos para cá, Yone não consegue controlar, a fúria que o consome o transforma no monstro que Cornélia mencionou.

"Ainda procura a luz no fundo do poço."

A voz irritante de Isma fez-se presente deixando-o ainda mais enfurecido. Entretanto, naquele momento, ela tinha razão. Ele não soube o tempo que passou ou quando caiu desacordado no solo da casa, apenas, despertou atordoado, ouvindo o relinchar do cavalo pela janela. O céu já estava escuro, ao apoiar-se sentiu o sangue escorrendo pelo canto do lábio, a dor na cintura continuava ali e piorando. Yone encostou-se no armário e levantou a camisa.

O curativo estava encharcado de sangue e gosma preta, as gazes tinham aquele tom nojento amarelado, mas não soube identificar se era veneno ou pus. Ele, ainda sentindo que cada parte do seu corpo era corroído, levantou-se com dificuldade, seus passos tortos e pisadas em falso o fizeram tropeçar batendo contra a pequena estante derrubando a maioria das coisas que havia nela. Ele segurou-se na janela, sentindo o focinho de Smoky tocar seu ombro, chutou algo metálico que bateu contra parede, abaixou o olhar, zonzo, mas pode ver aquele lenço caído ao lado. O pegou, mesmo não enxergando bem, não precisava de muito para saber de quem era, havia guardado aquilo, passou o polegar delicadamente tendo lembranças.

Mas a dor o despertou dos devaneios.

— *Inferno...* – resmungou colocando a mão sobre a ferida. — *Por que essa merda não cura?*

Smoky dessa vez tocou o focinho sobre o lenço que segurava, soltou ar pelas narinas e logo empurrou a mão de Yone que o encarou, mas não pôde dizer nada, sentou-se no chão a fim de recuperar o ar. O corpo não estava respondendo suas vontades, sentia como se cada parte perdesse a função aos poucos, algo se espalhava por suas veias, o pulsar do sangue era tão intenso, como uma corrosão. Mais uma vez ergueu a camisa e pode estar enlouquecendo, mas tinha certeza de que as veias estavam saltadas, a cor escura ficava cada vez mais intensa, espalhando-se rapidamente.

— *O caos...* – praticamente sussurrou. — *Isso é corrupção... merda.*

Fechou os olhos, a respiração curta e ofegante, Yone tentou manter a calma, precisava se concentrar e lutar contra aquilo. Os sons, cada vez mais longínquos, abafados até mesmo o relinchar de seu cavalo soou como quilômetros, ele acabou segurando aquele lenço com mais força involuntariamente.

Alucinava, jurou ver a silhueta daquela menina a sua frente, mas não conseguiu alcançá-la. A consciência desvanecia até enfim desmaiar.

CAPÍTULO 06
CHAMADO DAS DEUSAS

Completamente alheia a situação naquela noite, caminhando despreocupada até a cozinha, levando a bandeja da janta, Aimee devaneava sobre seus sonhos do dia anterior. Quem era o homem? O poder do caos está causando tantos pesadelos? Ficaria corrompida por ter tocado na ferida infectada do pobre cavalo? O caçador... será um problema depois de vê-la usar magia?

Estava tão distraída que não reparou a movimentação dos soldados, apenas ouvia um certo murmurinho.

— *Mas, por que aquele cavalo não foi embora ainda?*

— *Eu já joguei, maçã, cenoura e o bicho não some!* – esbravejou outro. — *Não dá pra chegar perto dele, é selvagem demais.*

— *Ele é enorme, se ficar agressivo teremos que matá-lo.*

— *Livrem-se logo daquele cavalo preto de uma vez seus imbecis!*

A outra voz veio de longe logo na porta. Aimee franziu o cenho, confusa. Caminhou pelos corredores, seguindo para o escritório, por ali, poderia cortar caminho, então, conseguiria passar despercebida. Assim que entrou no local, pode ouvir o relinchar alto do animal e gritos enfurecidos dos homens, alguém se machucou já que os olhos dela se dirigiram diretamente de onde viera o som. Abriu a janela, puxou a saia do vestido e pulou para fora, acelerando o passo, havia uma entrada, na verdade, um buraco velho por ali, escondido pelos arbustos e velhas caixas.

Era por ali que Yone passava. Assim que tirou os obstáculos, esgueirou-se pela passagem que estava bem mais apertada, afinal, já não era mais uma criança. Ouviu o som estridente e reclamações, a atração dela pelos feridos aumentou, não era nada grave disso tinha certeza. Escondeu-se atrás de uma das árvores assim que a sombra do cavalo se ergueu, ele dera outra patada na cabeça do soldado que tentou agarrá-lo, o coice forte arremessou outro para dentro do jardim.

Aimee arregalou os olhos reconhecendo aquele animal, era o cavalo do caçador.

De repente, o animal parou de se debater, bufou na cara dos soldados, dera passos para trás e logo se virou correndo. A confusão fora de todos, os homens se levantaram resmungando com a dor de cabeça, alguns até mancavam amaldiçoando aquele maldito e voltaram para dentro.

A menina ficou escondida, apenas observando, não conseguia entender. O caçador estava por perto? Mas, por que voltaria? Será que para caçá-la?

Se virou para trás ouvindo as trotadas, o cavalo balançou a cabeça sacudindo a bela crina branca. Aproximou-se devagar, o nariz a farejou, bufou logo em seguida enfiando o focinho no rosto da menina que quase caiu com tamanha força.

— Oi... – claramente o animal estava sendo amigável. — O que faz aqui? Está perdido?

O cavalo mordeu o tecido da saia e a puxou.

— Ei! Não! Para. – ela tentou puxar de volta, mas quase a rasgou. — Quer parar!

Smoky sacudiu a cabeça novamente, saltitou brevemente mudando a direção, bateu o casco na terra. Aimee estava ficando louca, pois acha que entendeu o que estava fazendo.

— Quer que o siga?

O relinchar fora alto e ela agarrou seu focinho.

— Shh!! Não chame mais atenção.

Ela certificou-se que não havia ninguém por perto e quando voltou sua atenção ao animal, ele havia se abaixado a uma altura que pudesse subir. Parecia saber que seria alto demais para que Aimee pudesse montá-lo.

A questão é que ela não soube se realmente subiria ou simplesmente voltaria para dentro. Cornélia poderia aparecer a qualquer momento por conta do feitiço que envolve o terreno do castelo, localizá-la é mais fácil do que parece. Estava com medo de fazer mais besteira, sentiu-se exausta durante todo o dia, não saiu do quarto em nenhum momento, estudou, leu, sem colocar um pé para fora do local. Agora quer subir nas costas de um animal desconhecido, as chances de várias merdas acontecerem como um efeito dominó, é gigante.

Não sabia o que fazer, ela ajoelhou ao lado do animal o acariciando.

— E-Eu não posso ir... É perigoso para nós dois.

O cavalo gentilmente usou o focinho encostando-se no rosto dela, Aimee passou a mão sobre a crina, logo na lateral dele vendo aquela cicatriz onde estava o ferimento da noite anterior.

— É um agradecimento por isso ou...

Ela se calou após ter flash da memória antes de desmaiar. Havia salvado o cavalo, mas o caçador estava igualmente ferido, não teve tempo para ajudá-lo. Ficou boquiaberta e assim ajeitou a saia subindo finalmente na sela. Agora entendeu o que fazia ali, pedia ajuda.

Com rapidez o cavalo correu pela mata escura, desviava de qualquer obstáculo sem dificuldade e cada vez mais que se distanciavam do castelo, ela podia sentir a presença horrenda do caos. Agora, conseguia identificá-lo, não esqueceria aquela sensação. O arrepio gélido sobe pelas costas, o estômago se revira, é sufocante e desesperador.

Depois da grande subida daquele morro, chegou a uma clareira onde estava a casa solitária, a janela aberta dava visão ao fogo da lareira que continuava a queimar. Assim que o cavalo parou, Aimee não esperou muito pulou de mau jeito batendo os joelhos no chão, mas não se importou, levantou-se depressa abrindo a porta. O olhar fora em direção ao lado direito, passou para o próximo cômodo avistando o rapaz caído ao lado da janela.

Mas, não correu em sua direção. Ela via uma sombra sobre o corpo dele, quase esfumaçada começando a consumir o lado direito por inteiro. Aquilo a assustou, tremeu com a presença caótica, e era disso que Cornélia alertou. Não sabe se será capaz de salvá-lo.

Fora então que avistou outra coisa, quase escondida

na mão esquerda dele. Aimee cautelosamente se aproximou, cobrindo o nariz com o braço, pois o cheiro ácido incomodava o olfato, as madeiras do chão pareciam apodrecer, tudo ao redor envelhecia depressa. Ela parou, ajoelhou incrédula ao reconhecer aquele lenço, encarou o rapaz desacordado e não conseguia reconhecê-lo.

— Y-Yone? – a voz tremulou.

As veias saltadas subiam pelo pescoço naquela coloração azeviche, espalhavam-se velozmente, mas, ele estava lutando contra, apesar de desacordado, ela viu, os pequenos espasmos, uma batalha totalmente interna.

— Yone! – ela tocou nos ombros dele, mas logo tirou as mãos de tão quente. — Por que está fervendo desse jeito?

Aimee não sabia o que fazer. Ela puxou o tecido erguendo a camisa, a ferida estava horrível, extremamente nojenta, algo ali borbulhava escorrendo gosma escura, havia sangue, pus. É como se ele estivesse em decomposição. Levantou depressa, olhou ao redor sem encontrar um balde, correu para o lado de fora, analisou o bebedouro do cavalo e ali encontrou. Pegou o cantil do animal, quando voltou, afundou as mãos na água, o coração batia na garganta, as lágrimas logo tomaram conta de seu rosto.

— Por que você tem que voltar assim?! – chorou desesperada. — Você não pode morrer seu idiota!

Tão desesperada vendo-o ser consumido por aquela magia profana.

— Por favor... – ela fechou os olhos com força. — Não me faça perdê-lo pela segunda vez...

— *Aimee...*

Aquela voz baixa e rouca lhe chamou atenção, se virou encarando o rapaz que a observava, mas não parecia conseguir realmente enxergá-la. Ele lentamente estendeu o braço em sua direção.

— *Estou delirando de novo?*

Ela mesmo sentindo aquela quentura, levou a mão dele até o seu rosto, queimou um pouco, mas ignorou. O polegar dele acariciou sutilmente a bochecha dela, Yone sorriu cansado.

— *Acho que pelo menos… a morte não será tão ruim assim.*

Aimee chorou apertando a mão dele e negou veemente.

— Não vou deixá-lo morrer, idiota!

Ele riu baixo, realmente acreditava que estava num delírio. Pode sentir aquele curativo ser retirado, estava praticamente grudado em sua pele, a sensação gélida e entorpecente foi um choque contra toda aquela ardência, doeu, o corpo inteiro era atingido por agulhadas. Pode se dizer que se assemelhava muito a um osso quebrado voltando ao lugar, mas, há mais partes quebradas nesse corpo.

Yone agonizava em dor, mas não gritou nenhuma vez. Havia um conflito interno entre render-se as vozes, aos desejos de ódio, vingança e aquela sensação de alívio onde todas as culpas, pesos do passado eram retirados de suas costas. Está preso em seu corpo como um sanguessuga, dolorido para arrancar como um carrapato, ele mais uma vez fincou as garras na madeira, controlando o rosnado.

Aimee também não estava na melhor situação, o caos a torturava psicologicamente, as cenas passavam em sua mente, queriam criar pânico, revolta, raiva, o corpo latejava, as veias pulsavam a energia necrótica tentando a todo custo encontrar um ponto para cessar a magia dela. Mas, sua convicção em salvar Yone a mantinha firme, concentrada, o poder puro de sua magia é bela e poderosa, custava muito usá-la, entretanto, não desiste.

Os dedos das mãos dela ficaram brevemente escurecidos, as articulações doíam, difícil é dizer que parte do corpo não doía. Apesar disso, já conseguia ver o resultado da cura, as veias voltavam ao normal, a degradação da pele ao redor do ferimento tornou a coloração comum pouco a pouco, a própria aparência dele ficava mais amena e saudável. Quando a respiração de Yone tornou-se estável e a sombra escura se desfez devagar, Aimee afastou-se sentindo o gosto de ferrugem na boca, tremia, a visão ficou turva como na noite anterior, mas o mal-estar era muito pior.

Ela encarou o balde d'água, mas aquela quantidade não seria o suficiente para ajudá-la a purificar a si mesma. Tentou levantar para caminhar, mas isso lhe custou muito, a casa girava, tudo ao redor estava distorcido, por instantes jurou ver a silhueta daquele homem do seu pesadelo. Segurou-se no batente da porta, ofegava, nem mesmo o ar fresco da noite ajudava, quase caiu ao pisar em falso, mas Smoky parou a frente impedindo que se machucasse.

— Por favor, o rio...

Pediu ela engasgando com as palavras, a garganta estava seca. Aimee não soube bem como, mas, conseguiu subir nas costas do animal que a levou com rapidez até o rio próximo. Aquele cavalo de longe era a criatura mais inteligente que já conheceu, a maneira que ele pode entender as palavras, obedecer e até mesmo proteger alguém é inacreditável. Ao chegar, ele desceu para a parte rasa lentamente, deixando que a menina deslizasse e mergulhasse.

— Obrigada... – ela estendeu a mão para acariciá-lo. — Você é incrível.

Aos poucos caminhou para o lado mais fundo, a água é um reagente purificador natural, sinceramente, Aimee não faz ideia de como sabe disso, mas, pode sentir. Quando mergulhou, manteve-se o máximo de tempo possível submersa apenas tentando acalmar os pensamentos, as dores latejantes, as vozes torturantes dentro da mente.

— *Não se preocupe, minha criança.*

A voz surgiu em sua mente. É calma, gentil, acolhedora, cada palavra dita pareceu hipnotizá-la.

— *Suas atitudes são feitas com o coração, seu amor, empatia, são o que te tornam forte.*

No fundo do rio, Aimee abriu os olhos, a belíssima mulher negra a sua frente, segurava seu rosto com ambas as mãos. Usava roupas num tom azul tão bonito, quase indescritível, as joias que adornavam suas orelhas de elfo, pescoço e braços, misturavam a prata, pedras azuis como as safiras e outros detalhes eram de ouro. O vestido camuflava-se na água como se fizesse parte dela e havia pérolas por toda a silhueta.

Ela sorriu, deixou um beijo sobre sua testa.

— Não existe caos que possa corromper seu coração, lute contra ele e vença. As deusas, estão sempre protegendo vocês.

Seria, Sanya? A deusa do amor?

Era tão gostoso sentir aquela energia, um abraço apertado, confortável, Aimee não queria que fosse embora, não importando quem era aquela mulher. Ficar perto dela, lhe dava segurança, paz, nenhum medo lhe afligia

— Agora, acorde criança...

Mas, ela não saiu daquele transe, afundava, as bolhas de ar saíam da boca indicando que chegava ao limite. Fora tão envolvida, não conseguiu quebrar aquela ligação, estava confortável demais, quando sentiria novamente? Engoliu mais água, não acordaria, mais um pouco e morreria afogada, mas, o corpo fora puxado para cima, levado até a margem do rio onde Yone se ajoelhou ao lado controlando a própria respiração.

— Aimee...

Ele passou a mão sobre o rosto dela e logo aproximou-se vendo que não respirava, nem pensou duas vezes fazendo uma respiração boca a boca. Foram longos segundos para ele até vê-la por fim se virar tossindo água. Yone se jogou para trás, deitando no chão aliviado.

— As deusas estão me testando, não é possível. – resmungou ele com ambas as mãos sobre a cabeça. — Que inferno de semana.

Aimee tentava lembrar-se do que aconteceu, mas, tudo estava em branco depois de ir para o fundo do rio. Encarou as mãos que estavam normais, sem sinal algum daquela corrupção, logo cobriu a boca tossindo novamente, doeu um pouco pela quantidade de água que saiu, mas estava bem. Desgrudou alguns dos fios rosados no rosto e encarou o rapaz deitado ao lado.

Yone ainda estava zonzo de tudo o que havia acontecido, acordou de repente com os altos barulhos que Smoky fazia, nunca o ouviu relinchar tanto na vida. Na verdade, estava tão atordoado que ainda não assimilava a situação direito. Abriu os olhos assim que sentiu o toque sutil sobre o joelho, a íris rosada é inesquecível, assim como seus cabelos que tanto admirava.

Ele apoiou-se nas mãos sentando direito a encarando, deu um sorriso curto com um pouco de ironia camuflado nele.

— O que? – perguntou. — Até parece que não me vê a muito tempo.

— Pois é. – a voz dela saiu mais baixa do que pretendia, acabou desviando olhar. — Muito tempo...

— É engraçado, não? – provocou ele. — Tanto tempo, poderia estar morto agora, mas alguém muito boba me salvou, vai entender. Cada louco que existe hoje em dia. – apoiou um dos braços sobre os joelhos. — Confiando em desconhecidos... só pode ser ingênua mesmo.

Fora a primeira vez depois de anos que a ouviu rir, apesar de baixo, foi um riso. Ela ergueu o olhar novamente, havia lágrimas juntando ali, mas também um sorriso em seus lábios.

— Eu senti sua falta. – confessou ela sem rodeios.

Anos sendo um homem direto e frio, mas Yone só precisou do deslumbre das lágrimas dela para perder a compostura arrogante e insensível.

— Não chora!

Ela soluçou limpando as lágrimas.

— E-Eu não tô chorando.

Yone segurou nos seus ombros balançando-a, conseguiu outra risada.

— Você continua uma péssima mentirosa! – parou de repente vendo aquelas lágrimas misturando-se com o sorriso. — Mas... – encostou a testa dela. — Continua sendo a coisa mais importante do meu mundo.

Tocou em seu rosto acariciando-lhe a bochecha.

— *Não quero que me perdoe... Eu escolhi ir embora depois daquela noite, queria te proteger.* – praticamente sussurrou. — *Se me odeia, sente raiva, entendo completamente e tem toda razão.*

Ela negou, não odiava, sinceramente sentia-se incapaz de odiá-lo. Timidamente, Aimee segurou a mão dele.

— Você sentiu minha falta?

— Que pergunta idiota...

Aimee desviou o olhar envergonhada, mas Yone virou-lhe

o rosto novamente dando um beijo em sua bochecha.

— Não é obvio? – a puxou para perto lhe dando um abraço. — Não sabe o quanto.

— Então, por favor... – retribuiu aquele abraço fechando os olhos. — *Nunca mais me deixe.*

Ele queria prometer, mas, sabe que será mentira. Yone têm medo daqueles que o perseguem, dos próprios segredos, Aimee pode se machucar e isso ele não permitiria. Acariciou os cabelos molhados dela, não queria soltá-la.

— Está ensopada, vem, vamos voltar. – levantou a puxando pelas mãos. — Precisamos descansar também ao ambos cairemos duros nessa floresta.

— Eu preciso voltar pro castelo.

— Amanhã.

— Yone...

— Aimee.

Simplesmente rebateu dizendo o nome dela. Ela soltou os ombros cansada e desistiu, já sabe que discutir com ele não funciona. Começavam a caminhar quando ele segurou sua mão puxou para perto, o sorriso dela cresceu no rosto, não conseguia esconder a alegria em vê-lo. Abraçou o braço dele e não disse nada, apenas seguiram no silêncio até a casa.

CAPÍTULO 07
INCONTROLÁVEL

Antes de todo o alvoroço daquela noite, quando Isma voltou daquele encontro desastroso com Yone. A mulher estava atordoada, a mudança física dele assustou até mesmo os antepassados como ele havia mencionado, aquilo arrepiou e despertou seus maiores medos. Tentou ir o mais depressa possível para os aposentos de Cornélia para descobrir o que exatamente ele é, mas fora interceptada pelos criados informando que seu marido desejava vê-la.

Isma contrariada, encontrou o marido sentado na cama, sendo ajudado a vestir-se.

— Lyonel, onde pensa que vai?

— Ah, você chegou, onde estava? – a encarou. — Vamos, responda, demorou demais.

— Estava fora, pedi para encontrarem o caçador, ele salvou sua vida. – a expressão dele não fora nada amigável. — Não me olhe assim ainda mais com esse olho roxo e inchado, se não fosse ele, morreria.

Ela mudou de postura com a face irada do marido que acenou para o servente sair, o homem se curvou para ambos e se apressou.

— Lyonel.

— Eu não quero ouvir uma palavra. – se levantou mancando, pegou uma carta na mesa e estendeu para a esposa. —Organize nossos pertences, preciso selecionar alguns.

Isma franziu o cenho, pegou a carta a desdobrando. Os olhos passaram rapidamente pela mensagem, mas ela detestou por dois motivos.

— Não. – adiantou-se ela.

— Você não tem poder dessa decisão.

— Lyonel, se Nysma está sendo infectada pelo caos, como

essa aliança vai servir? – deu um passo à frente. — Eu não permitirei isso.

— Rei Kinvaror já está a caminho. – atravessou sua fala. — E com o filho mais velho.

— Minha filha não se casará com alguém 10 anos mais velho! – o enfrentou.

Um grande erro.

Lyonel, mesmo ferido era mais forte e maior, avançou apertando com violência o maxilar da esposa que apenas conseguiu segurar no punho dele.

— Ah, ela vai, porque senão... – a trouxe para perto, deixando marcas avermelhadas no rosto dela. — *Eu a mato.*

— Lyonel, está machucando, para!

Ele a empurrou para longe que bateu as costas no armário.

— Aimee vai se casar e se tentar impedir, farei coisa pior. – acenou. — Fora daqui.

Isma endireitou-se, deixou o papel na cômoda ao lado e se curvou seguindo em direção a porta.

Caminhando pelo corredor, alguns empregados tentaram se comunicar com ela, mas a rainha simplesmente continuou andando, segurava o pranto com tanto esmero, apressou seus passos seguindo para a parte de trás do castelo. Cruzou o jardim, já avistando aquela estufa, entrou e nem conseguiu dizer nada, assim que a porta se fechou, Isma caiu de joelhos. Cornélia, assustada correu em sua direção, vendo a face marcada por hematomas. A mulher chorou nos braços da feiticeira que não disse nada, apenas a acolheu.

Alguns minutos depois, após um chá calmante da elfa, Isma explicou a situação.

— O rei Shavan têm dois filhos. – comentou a rainha. — Elran e Peter.

— Ah, sim. – a elfa pensava sobre o assunto. — Peter é o problemático, não?

— Sim, enquanto o mais velho é exemplar. A questão é que Elran é herdeiro do trono. - suspirou pesado. — Não sei o que essa aliança beneficiará, se tudo está sendo contaminado, logo Nysma e Depurya cairão.

— Espere um pouco, minha rainha. – Cornélia cruzou os braços. — Se entendi bem, estamos falando de Elran Kinvaror.

A elfa procurava as informações na mente.

— Esse rapaz é condecorado na cidade capital, leva o título de "Cavaleiro da Trindade", sabe o que isso significa?

A rainha negou.

— Que Elran tem *poder* em *todas* as províncias, pode comandar os exércitos, seja daqui até os dragões de Elderin. Essa patente Isma dá a esse homem, prestígio e influência com os regentes da cidade capital.

— Céus, mas, a prova não foi proibida a muitos anos

— Proibida não, mas esquecida, pois ninguém nunca chega ao final dela. Antigamente, essa prova era o treinamento dos soldados da guarda-capital, mas sendo impossível de sobreviver, a transformaram em um desafio.

Analisou a estufa.

— Ninguém passa de Elderin. – ergueu as sobrancelhas. — Terreno de dragões.

— Então, está me dizendo que a melhor opção é Aimee casar-se com Elran?

— Estou dizendo que pela fama dele que é boa, e com esse título, talvez, tenhamos chance da cidade capital nos ajudar. Eles seriam loucos em negar um pedido do capitão mais forte deles?

— Cornélia, não quero casar minha filha para sobreviver.

— Eu entendo e concordo, mas Isma, sabe que isso aconteceria cedo ou tarde, e seria melhor agradecer que é tarde. Aimee fará 18 no início de outubro.

— Não justifica. – ajeitou os cabelos curtos. — Mas, não tenho o que fazer, terei que seguir as ordens de Lyonel. Obrigada por me ouvir e desculpe.

— Estou sempre aqui, não se preocupe.

Assim que a rainha cruzou a porta, Cornélia massageou a testa, irritada com a ousadia do rei em ferir a própria esposa. Seu limite estava chegando, mais uma agressão de Lyonel e ela tomaria medidas drásticas contra ele.

Estendeu a mão e um frasco com um líquido escuro voou em sua direção. Ela encarou o vidro.

— Homem desprezível. – resmungou. — O farei sofrer.

Cornélia é uma feiticeira psíquica, apesar de ser capaz de criar poções poderosas, sua especialidade está na parte mental, por isso, as ilusões são suas preferidas, elas podem ser mais reais do que imaginamos e se desenvolveu o suficiente para ter a telecinesia. Ela só não é mais perigosa pois ainda não pode ler mentes ou manipular a matéria, mas podem ter certeza, ela faria qualquer coisa para proteger aqueles que ama.

Tinha muito o que fazer, não podia ficar ali sonhando com as habilidades que ainda não desenvolveu.

Naquela tarde ela deu assistência ao povo que sofreu com ataque noturno, houve mortes, casas e comércios destruídos pelas criaturas. Os soldados ainda se recuperavam, aumentar a guarda no momento não será possível, os turnos de vigília terão que estender-se entre os homens que estão me pleno vigor. E não viu o tempo passar, ainda mais quando se trancafiou na estufa, estudando mais receitas para a poção de Aimee. A noite chegou tão depressa e com ela, o aviso de sua magia de proteção.

Caminhou para a outra pequena sala, tirou o tecido que cobria uma bola de cristal, franziu o cenho e olhou balançando a cabeça.

— Ah, deusas... – apoiou as mãos sobre a mesa. — Por que fazem isso comigo?

Ela reconheceu o cavalo preto, Smoky atazanando a vida dos soldados, assim como a menina curiosa que se escondia na floresta observando.

— Esse cavalo, é um familiar. – suspirou novamente. — Yone não está bem, por isso veio.

Familiares são criaturas magicamente criadas, algumas são mais inteligentes que os comuns, nem todos criam elos com os invocadores, mas no caso, aquele cavalo têm uma ligação muito forte com Yone.

— Deusas, protejam essa menina que não sabe o que faz.

Cornélia poderia impedi-la, mas não o fez, e espera que sua decisão não tenha condenado nem ela ou Aimee. Duas vezes, duas noites... Se isso não é um sinal, ela não sabia o que era.

Ela se afastou, acendeu o lampião para evitar chamar tanta atenção naquela hora da noite e então pegou um papel e pena.

"Cara, Feiticeira das Almas.
Acho que já está na hora de nos vermos
novamente. A situação em Depurya vem piorando, e
precisamos de ajuda. Eu preciso da sua ajuda.
Seris, por favor, venha o quanto antes."

CAPÍTULO 08
QUASE EM CINZAS

Em uma tarde seca e acinzentada uma das casas distantes da vizinhança pegou fogo. Ninguém sabe o que aconteceu, apenas encontraram o corpo de uma criança morta entre os escombros. Todos sabiam quem morava ali, mas pareciam querer ignorar tal fatalidade, assim como faziam com a existência do pobre rapaz. Eles não foram gentis quando estava vivo e isso só fora mais um motivo para não serem após essa morte. Deixaram o corpo ficar ali, deitado na madeira queimada.

O órfão estava morto, bem, pelo menos, foi isso que pensaram.

Yone os viu chegando, caçadores arcanos, os malditos assassinos que atacaram a carruagem de Aimee e Cornélia. Há dias percebeu a movimentação suspeita, a patrulha dos soldados nunca fora intensa, um ou dois homens no máximo andavam vigiando a praça do comércio, além disso... Só em dias comemorativos a segurança era maior.

Eles bem que tentaram aprender os costumes e a rotina do rapaz, mas não contavam com a tamanha inteligência e sagacidade. Yone mora sozinho desde que se lembra, aprendeu a sobreviver, a vaga lembrança de um homem cuidar dele era tão fraca que considerava aquilo uma alucinação, uma memória falsa que a mente cria para confortar o coração solitário. Mas, ele sempre ignorou tais sentimentos, chorar, sofrer não é de seu feitio, concentrar-se e lutar para viver mais um dia, sim.

Infelizmente, a criança morta era apenas um jovem perdido da mãe que adentrou na floresta, encontrou um local seguro e ficou. Tragicamente, pagou com a vida.

O que ficou na mente do rapaz foi:

Quem o denunciou?

Yone abriu os olhos, analisou o quarto, o sol ainda

se escondia. Os relances daquela memória fizeram o coração acelerar em raiva e sede de vingança, mas que logo foram apaziguados com um simples abraço. Ele deu atenção a menina desacordada, dormindo tranquilamente sobre seu peito, os cabelos cobriam um pouco seu rosto. Não evitou sorrir.

Aimee está mais bonita do que podia se lembrar.

"— *Se descobrirem o que ela é... Será morta.*"

Foi como uma assombração. Aquela frase do príncipe dos dragões emergiu das profundezas da memória para recordá-lo do motivo pelo qual voltou a Depurya.

"— *Precisa de provas Yone, nossa palavra não vale nada daquele lado de Saranyu. Não podemos ajudar mais do que isso, prometemos em não nos envolver com os problemas de Depurya.*"

"Provas." Pensou ele.

Se não ligassem tanto para tal política, poderiam, simplesmente dizimar toda aquela parte do reino e ainda retomar o castelo. Mas, então, vinha outra questão.

Matariam todos que estivessem a frente e isso... Incluía a garota adormecida ali ao seu lado.

Ele acabou a abraçando um pouco mais forte com tal pensamento, não podia ser imprudente dessa maneira. Lentamente, afastou-se deixando-a mais confortável sobre o colchão e enfim levantou.

Entrou na sala, lançando o olhar para a janela, a madeira no chão e nas paredes estava apodrecida até um pouco queimada onde ele ficou caído na noite anterior. Não havia nenhum resquício do caos, mas, pelo estado que o local ficou, deixaria marcas para sempre e provavelmente, dentro dele também.

Apesar dos poderes de Aimee o curarem e purificá-lo, a sensação terrível nunca sairá de dentro deles. Esse é o pior poder do caos. Mesmo que tenha o vencido, as sequelas continuarão, pois ele é mais do que algo cruel, é corruptor, a maldade, pequenas coisas que impregnaram a alma. Yone, num gesto involuntário, colocou a mão sobre a cintura, não havia dor, mas jura que o formigamento daquele ácido continuava ali.

Respirou fundo, olhou ao redor e decidiu arrumar aquela

bagunça e preparar algo para o café da manhã.

Foram algumas horas depois que a menina cruzou a porta até a cozinha, estava sonolenta, praticamente se arrastava.

— *Fome.* – resmungou ela.

— Finalmente, pensei que dormiria o dia todo. – zombou ele que colocava aquele prato na mesa. — Toma.

Aimee coçou os olhos daquela maneira meiga, havia frutas, algo frito que pelo cheiro soube que era peixe e um suco avermelhado.

— Isso, é suco de framboesa?! – sorriu e correu até a mesa para pegar o copo.

Ele riu baixo ao vê-la dar pulinhos ao tomar o suco, logo se sentou começando a comer.

— Muito obrigada, Yone! – agradeceu animada.

— Alguém tem que te alimentar. – brincou novamente e sentou na cadeira a frente. — Dormiu bem?

— Sim. – sorriu. — Não tive nenhum pesadelo.

— Que bom.

— E você? – recebeu o olhar dele. — Como está? A ferida sumiu?

— Completamente, graças a você. – apoiou o queixo nas costas da mão. — Obrigado por ter se arriscado.

— Faria de novo. – afirmou desviando o olhar. — Nunca abandonaria você.

Apesar da frase ter sido completamente livre de cobrança, Yone sentiu o peso das palavras.

— Cornélia sabia, não é? – a pergunta repentina dela chamou sua atenção. — A expressão dela ao ver o caçador na sala do trono... Sabia que era você.

— Sabia. – queria colocar a culpa na elfa, mas não fez. — Só que não foi culpa dela esconder, eu pedi.

— Compreendo. – voltou a comer.

— Foi... – fez uma breve pausa. — Tão horrível assim?

Aimee soltou os ombros depois de um suspiro pesado.

— Talvez, os piores anos da minha vida. Medo, dúvidas, ansiedade, todos os dias eu rezava para que estivesse vivo. E que pudesse... Me levar junto e ser livre.

— Solitário, essa é a palavra certa. Minha liberdade não tinha nada a ver com escolhas minhas, eram a única opção. Não escolheria a minha vida se soubesse de tudo o que passei antes de conhecê-la e depois daquela noite...

— Você não voltou por minha causa, não é?

— Aimee, eu não teria outro motivo. – atravessou sua fala. — Poderia ter ficado em Elderin para sempre, mas todos esses anos eu treinei para voltar e te salvar.

Ela franziu o cenho e o fitou.

— Não sou mais aquele garoto, Aimee, em diversos aspectos. Mas, infelizmente as coisas não são mais simples, nunca foram.

— Elderin? A terra dos dragões? – recebeu um aceno positivo. — Mas, por que iria para lá? É o último lugar que qualquer um aqui de Saranyu iria.

— Exatamente. – riu ele. — Dragões, Aimee, não são como nossos livros e contos dizem. Nossa história é uma mentira.

— O que quer dizer?

— Outra hora explicarei. – desconversou.

— Como eles são? – a fitou novamente. — Os dragões.

— Criaturas incríveis. – disse apoiando os braços sobre a mesa. — Às vezes cruéis, não negarei, mas, são fortes e honrados. Dragões possuem uma magia natural que os possibilita de os transformarem em "humanos".

Sorriu ao vê-la erguer as sobrancelhas.

— Bem, a grande maioria fica com o tamanho de um humanoide normal, mas, a magia bruta não permite que se pareçam totalmente humanos, são extremamente raros os casos que conseguem se camuflar perfeitamente.

— Conheceu algum assim?

Yone coçou atrás da cabeça, parecia sem graça.

— O príncipe dos dragões, Alucard Draacta.

— E como ele é?

O rapaz resmungou, ele não tinha outra palavra para defini-lo.

— Lindo. – a ouviu engasgar com o suco e rir baixo. — Ah, inferno.

— Repete.

— Vai se fuder.

— Não sabia que achava homens bonitos. – brincou ela.

— Não têm como descrever o Alucard sem mencionar o quanto aquele desgraçado é bonito. – aquilo lhe trazia recordações. — Eu não sei como um dragão, pode ser daquele jeito, me dá até raiva só de lembrar.

Ela voltou a rir.

— Ficava balançando aquele cabelo escuro e cumprido de um lado pro outro, todo pomposo. A postura elegante e uma presença... Invejável.

— Mas, você é ainda mais bonito, Yone.

Yone ergueu as sobrancelhas e sentiu ela tocar sobre seus cabelos.

— Seus cabelos são brancos, nunca imaginaria, é tão bonito de se olhar. Por que raspava a cabeça?

Ele sorriu de canto, queria lhe contar, mas preferiu ficar calado.

— Chamaria atenção. – disse simplista.

— Como as katanas escuras lá no quarto?

— Tocou nelas?

— Nãão.

— Péssima mentirosa. – a viu desviar o olhar. — Não é uma proibição, mas aquelas são lâminas de ferro negro.

Se levantou, fora até o quarto pegando o suporte do cinto e as duas bainhas.

— O ferro negro, o único material do mundo que pode penetrar a pele de um dragão. Com essa lâmina qualquer coisa vira papel. – tirou uma delas da bainha. — É caro e muito difícil de ser forjado, os maiores ferreiros são os anões Turuks, conhecidos exatamente por serem um dos poucos que conseguem manipular esse material.

Aimee pareceu analisá-la, via algo estranho.

— São... – franziu o cenho. — Mágicas.

— Sim, essas são espadas gêmeas. Alucard e um senhor chamado Icheb as guardaram e me deram como presente. Icheb apenas fez um feitiço para que elas sempre voltassem para mim.

— Para que precisa delas?

— Disse que treinei Aimee, foi um presente, eu vou limpar esse reino. – suspirou guardando a arma. — Coisas piores vem por aí.

— Você diz coisas confusas. – comentou ela se levantando.

— Aimee.

— Você voltou por algum motivo, não por minha causa, afinal, guardou segredo e manteve-se escondido por todo esse tempo. Deve ser algo muito importante.

Yone ficou no silêncio, pensativo. Precisa encontrar as palavras certas, nunca é um trabalho fácil para alguém direto como ele.

— Não precisa mentir. – adiantou-se ela. — Comentou sobre limpar o reino, me conte.

— Não é questão de mentir, Aimee, mas, talvez não acredite em tudo o que eu tenha a dizer. – lhe lançou o olhar. — E tenho certeza de que se ouvir meus planos, não concordará.

— Yone, não preciso ser um gênio para saber que deseja matar o rei. – a menina olhou ao redor antes de continuar. — O que o impediu de deixá-lo morrer?

— Meu cavalo. – ergueu uma das sobrancelhas. — Lyonel entrou no meu caminho, queria a honra e glória de matar aquele lobisomem sem ao menos saber que era um. Quando a criatura atacou, vi o desespero nos olhos dele, eu poderia tê-la deixado destroçá-lo..., mas, foi aí que Smoky avançou e eu o não deixaria morrer por um falso rei.

"Falso rei." Aimee guardou aquelas palavras, mesmo que ainda fosse tudo muito confuso.

Estava prestes a falar algo quando o viu bufar em irritação, reclamou e encarou a janela, logo fora até a porta abrindo-a de repente.

— Eu não tenho um segundo de paz com você.

Aimee se aproximou dele, segurou em seu braço e então

encarou a mulher do outro lado. Cornélia tirou o capuz da cabeça e suspirou pesado.

— Vamos para casa, Aimee.

A menina apertou mais o braço do amigo, o encarou como se suplicasse para que fizesse algo.

— É melhor ir. – disse ele sem encará-la. — É mais seguro.

— *Qualquer lugar é mais seguro longe de você.* – disse a elfa naquela língua estranha.

— *Não me provoque sua vaca ou arranjará um problema.* – a fitou com fúria.

— Parem! – Aimee se colocou entre eles. — Eu não entendo essa língua, do que estão falando?

— *Você é o único problema aqui, Yone, lembre-se disso.* – alfinetou Cornélia.

— Parem de me ignorar.

— É dracônico. – respondeu ele e a encarou. — Vá para casa, Aimee.

— Mas...

Ele acariciou seu rosto.

— *Por favor, vá.* – sussurrou. — *Me verá de novo, não se preocupe.*

Sem realmente querer ela apenas acenou, aproximou-se da elfa que lhe estendeu aquele frasco de vidro com o líquido escuro. O gosto não era tão horrível quanto a aparência, um pouco amargo, mas não durava muito tempo na boca. Pouco a pouco, pode se ver os fios começarem a tornarem-se castanhos, assim como os olhos, Aimee devolveu o frasco e manteve-se em silêncio.

Fora um caminho longo com um silêncio perturbador, Aimee não respondeu as perguntas da elfa, muito menos ligou para a face dos soldados ao verem ambas passarem pelo portão principal. Seguiu diretamente para o quarto, não quis conversar, e não queria ver mais ninguém.

Estava frustrada, irritada e triste. Por que ninguém estava contando as coisas pra ela?

CAPÍTULO 09
SORRATEIRO E OUSADO

Naquele final de tarde, Aimee terminava de ler outro livro, ignorava qualquer batida em sua porta, recusou comida, visitas, não queria conversar. Estava triste e irritada ao mesmo tempo. Não aceitava a maneira que Cornélia tratou Yone, muito menos a troca de farpas de ambos, ninguém ali a escutava, tinha tantas perguntas e mesmo assim, é deixada de lado.

"*A frágil princesa.*" Pensou ela enquanto encarava capa do livro, mas virou para porta ao ouvir a voz da empregada trazendo a janta.

— Leve de volta, por favor, não estou com fome.

—*Mas, senhorita...*

— Disse que não estou com fome. – suspirou pesado, levantou deixando o livro sobre a penteadeira.

—*Não fique sem comer por motivo nenhum.* – disse a voz atrás dela.

O susto que Aimee levou a fez dar um grito, se virou batendo as costas na madeira e encarou o rapaz do outro lado do quarto.

— *Senhorita! Senhorita Aimee! O que houve?!* – gritou a servente.

—Na-Nada... – balbuciou correndo até a porta abrindo-a. — Eu me assustei com o inseto que entrou.

Pegou a bandeja e entrou sem dizer mais nada, fechou a porta com o pé e caminhou encarando Yone que não moveu um músculo de onde estava, escondido, quase camuflado na parte escura do quarto. Ela deixou a bandeja de lado.

— Quer me matar do coração?!

— *Antes do coração do que de inanição.* – zombou ele dando um leve toque para cima no chapéu para encará-la.

Ela lhe apontou o dedo indicador.

— Eu odiava quando entrava de fininho e ainda odeio! – bateu o pé no chão.

— *Mi,mi,mi,mi.* – movia a mão enluvada em chacota.

Aimee respirou fundo e não discutiu.

— O que faz aqui?

— *Disse que me veria de novo.* – passou o olhar pelo quarto. — *E está brava, quero saber o motivo.*

— Só vá embora, Yone. – lhe deu as costas e sentou-se na cadeira da penteadeira.

— *Ainda tenho tempo até anoitecer.* – comentou abaixando a máscara. — Vamos, me conte.

Ele aproximou-se, as mãos dela apoiavam a cabeça baixa, pela respiração, parecia controlar a vontade de chorar, mas dessa vez, pela raiva. Yone, encostou ao lado, encarou o espelho, tirou o chapéu ajeitando os cabelos.

— Acha que não voltei por sua causa. – comentou ainda encarando o reflexo. — Mas, eu já disse, se não fosse por você, não teria motivos para voltar, viveria na cidade de Eltend para sempre e deixaria Depurya afundar-se pelos próprios erros.

Ele virou brevemente a cabeça, a bandeja de comida estava no outro criado-mudo, então, a buscou e deixou sobre a penteadeira.

— Coma, por favor. – encostou sobre o topo de sua cabeça e ela ergueu o olhar. — Não castigue seu corpo pelos meus erros.

Sem responder, Aimee apenas tirou a tampa de prata sobre o prato, não tinha fome, mas se esforçaria. Yone deu um sorriso curto e afastou-se sentando na cama, apoiou os braços sobre as coxas a observando.

— Há mentiras demais nessas terras. – comentou ele descontraído. — Buscar a verdade será difícil e perigoso.

— Que verdade? – ela levava outra garfada até a boca.

— Sobre os dragões. – levou alguns instantes, repensando nas palavras. — Eles eram os verdadeiros reis de Depurya.

Aimee parou de comer o encarando.

— Eles foram caçados, a guerra dos ilegítimos começou pois os humanos queriam as terras. Isso não envolveu só a raça dracônica, mas elfos, anões, todos eles estavam em paz até os humanos chegarem.

"Guerra dos ilegítimos." Repetiu ela mentalmente, já ouviu falar disso.

— E como sabe que essa é a história real? – indagou ela. — Viveu entre dragões por anos, eles podem manipular pessoas.

Ele riu, não se ofendeu com tal comentário. Aimee cresceu ali ouvindo a única versão, claro que duvidaria de suas palavras.

— Têm razão. – ergueu os ombros. — Mas, ninguém nunca explicou a história por completo, não é mesmo? – sorriu ao vê-la voltar a encarar o prato. — Existem duas versões de um fato, é preciso ouvir ambas, mas esse povo, nunca nem pensou em questionar-se. O preconceito com outras raças e a magia os deixam cegos.

— Quais verdades você procura? – deixou o garfo de lado e voltou a encará-lo. — Como pode encontrá-las? E pra que?

— Eu e você sabemos dos caçadores arcanos, aniquilam tudo o que não for humano, uso de magia, mas, ninguém disse que eles não matam os humanos também. O silêncio é comprado com sangue, os assassinatos estão espalhados e... Ninguém se importa.

Ele apoiou ambas as mãos para trás, no colchão.

— Sei, pois, sou eu que os caço. Os matarei antes que possam caçar uma criatura inocente e isso me tornou um alvo, mas, sou bem mais forte, eles não são malucos de virem atrás de mim.

— É por isso que Lyonel te repudia. – o viu acenar. — Entendo o motivo pelo qual ele vive reclamando pelos corredores, deve ter raiva de suas habilidades. Bem, mas, acredito que ninguém deve mexer contigo sabendo o quão é forte.

— Não. – parecia um pouco acanhado. — Se souberem meu ponto fraco, é fácil.

Aimee franziu o cenho, confusa, mas Yone não terminou a frase, apenas levantou pegando chapéu deixado de lado. Caminhou pelo quarto, pensativo, parou em frente a janela vendo o sol se por.

— Yone, você diz coisas confusas. – repetiu ela.

Ele riu baixo concordando.

— Eu sei. – encarava o chapéu. — Sabe que não sou bom com as palavras.

— O que vai fazer agora?

— Caçar. – respirou fundo. — Há mais dessas criaturas caóticas, vou atrás delas.

— Não vai me dizer o que é antes de ir? Não vou contar para ninguém!

Yone sorriu, mas tentou não rir.

— Não preciso te dizer. – aquilo a deixaria muito irritada, mas ele colocou o chapéu e se virou no mesmo instante. — Já que você é o motivo.

Foi a primeira vez que ela se sentiu envergonhada, não teve reação, nem resposta para aquilo, desviou o olhar, abaixando a cabeça. Yone ajeitou as luvas, analisou-a, o coração dela estava acelerado, evitava encará-lo. Então, aproximou-se, tocou sobre o queixo dela sutilmente obrigando-a erguer o olhar, o polegar acariciou o lábio inferior que por instantes o atraiu. Por pouco Yone não a beijou, entretanto deteve-se, afastou aqueles pensamentos antes que fizesse algo errado.

— Se descobrirem quem sou, a primeira pessoa que procurarão, será você. – acariciou seu rosto. — Tenho certeza de que Lyonel não pensará duas vezes em machucá-la para me provocar e acredite, vai conseguir. O mato se ousar tocá-la.

Aimee continuou naquele silêncio, apenas o ouvia.

— Os Gagnon guardam segredos macabros, as terras estão banhadas com sangue inocente, sei que acredita em mim, você mesma já viu. Poderá me odiar depois, mas, vou trazer essa família a ruína e mostrar ao resto da província que o massacre deles não ficará impune.

— Mesmo os inocentes? Não têm medo de tornar-se exatamente como eles?

— Se houver inocentes, Aimee, eles não serão feridos pela minha espada, isso eu lhe prometo. – aproximou-se beijando seu rosto. — *Os dragões têm honra e palavra, então, essa promessa é dívida.*

Ele sussurrou a frase próximo demais ao rosto dela, Aimee não se afastou o suficiente quando ergueu o olhar. As respirações mesclavam-se, pode até mesmo sentir o coçar suave da ponta de seu nariz ao dele, ela mal conseguiu engolir a saliva, a mente parou de funcionar, seu coração batia mais rápido e sentia palpitar próximo a garganta. Quando a mão dele passou em sua nuca, não conseguiu evitar o arrepio intenso que percorreu pelo corpo, os lábios dele tocaram momentaneamente os dela, foi tão sutil e rápido.

— *Nunca serei o que eles tanto almejam.* – disse ele naquele mesmo tom de voz.

Ela apenas conseguiu tocar no rosto dele com a mão trêmula, nunca sentiu aquilo antes, não entendia o motivo de ter tanta ansiedade, emoção. Aimee só não queria que fosse embora, mal percebeu que ele já havia a envolvido com os braços, não havia mais distância entre seus corpos.

—*Já beijou alguém, **minha** princesa?* – perguntou ele.

Foi apenas um aceno negativo, ele tocou novamente em seu rosto, endireitando-o e faltou muito pouco para que a beijasse, mas o som dos passos aproximando-se pelo corredor, chamou sua atenção.

— Tem alguém vindo pra cá. - afastou-se encarando a porta.

Aimee finalmente voltou a respirar, mas não quis se afastar.

— Ah... – ela fechou os olhos organizando os pensamentos. — Cornélia colocou um feitiço no terreno do castelo, ela pode ver quem se aproxima.

A menina o puxou pelo ombro e então voltou a lhe dar atenção.

— É melhor ir...

Ele pendeu a cabeça para o lado e soltou os ombros junto com um suspiro pesado.

— Ok, não quero arranjar problemas pra você. – deixou um beijo rápido na bochecha dela novamente. — Não saia durante a noite.

Afastou-se vestindo a máscara.

— *Não sem mim.*

Piscou para ela e seguiu para a sacada onde simplesmente pulou. Aimee cobriu o rosto com ambas as mãos, atordoada com o que acabara de acontecer. Ainda sentia as pernas bambas, só não se jogou na cama, pois as batidas na porta a despertaram daquele devaneio e a voz de Isma parecia preocupada.

Ela adiantou para a porta e abriu.

— Filha... – Isma não ousou entrar sem a permissão pela, mas os olhos tentaram localizar algo. — Está bem?

— Estou. – abriu mais a porta para a mulher entrar. — Estava jantando, apesar de não estar com fome.

— Ah sim, claro. – ela caminhou olhando para os lados. — Escute, Aimee...

— Cornélia te contou?

A mulher suspirou e acenou.

— Eu contaria de qualquer maneira. – não estava mentindo. — Eu só não queria conversar agora.

— Sente raiva por ela ter escondido?

— Um pouco.

— Mas, querida era...

— Para minha proteção eu sei, ele disse a mesma coisa. – Aimee colocou alguns fios para trás da orelha. — Estou bem, não vou mais sair sem permissão, só... pode me deixar sozinha por hoje?

— Claro, sinto muito é que Cornélia disse...

— Imagino, mas como pode ver, não têm ninguém aqui. – abriu os braços. — Pode vasculhar se quiser.

— Não querida, tá tudo bem. – aproximou-se acariciando seu rosto. — Descanse, eu amo você.

— Também te amo.

Ela sorriu brevemente para a mulher que acenou e pegou a bandeja sobre a penteadeira e logo saiu.

Assim que a porta se fechou, a menina sentou-se na cama, triste e um pouco decepcionada. A mãe só havia corrido para ter certeza de que Yone estava no castelo. Era medo? Precaução?

Deitou na cama, encarando teto.

— Eles escondem segredos? O que poderia ser?

Perguntou-se fechando os olhos logo em seguida, mas a mente mudou rapidamente de foco ao lembrar-se daquela pergunta indecente de Yone. O rosto ficou quente e vermelho, ela escondeu-se nos travesseiros esperneando.

— *Que pergunta sem vergonha!* – a voz fora abafada pelo pano, ajeitou-se encarando a janela. — Ele... Ia mesmo me beijar?

Por que achava aquilo errado, mas, ao mesmo tempo tão intrigante? Estava enlouquecendo? Era seu melhor amigo. Ela apenas deitou, fechou os olhos tentando controlar os batimentos cardíacos era muita coisa acontecendo.

Precisava de tempo.

CAPÍTULO 10
DOGMA DO DRAGÃO

O céu já havia escurecido, as lamparinas e tochas foram acesas na praça comercial, alguns dos estabelecimentos ficaram fechados por conta dos danos na estrutura, partes da fonte que embelezava o centro, estava rachada. As marcas das garras continuavam cravadas no mármore, ele ainda sente o cheiro do sangue, tanto das vítimas, como dos monstros, espalhados no ar. Até o momento, por onde passou, Yone não encontrou nada além da desolação.

Pobres viladinos... Abandonados à própria sorte.

Um fato curioso é que Yone apesar de acreditar que essa desgraça é culpa deles, consegue ter o sentimento de pena. Merecem mesmo viver e receber todo esse karma por culpa dos antigos? Os erros cometidos podem ser perdoados, não esquecidos, entretanto, aquelas pessoas não têm mais culpa das atrocidades que os Gagnon cometeram. E que Lyonel, continua a fazer por prazer.

Quem Yone quer enganar? Afinal, também se tornou um caçador.

"— Não têm medo de tornar-se exatamente como eles?"

A voz de Aimee pareceu ecoar na mente. Não percebeu que segurou a respiração, parou no meio da caminhada pousando a mão sobre a bainha da espada. Tudo sobre ela estava fresco na memória. Desde seu toque, ao olhar curioso, ainda ouve as batidas do coração acelerando até mesmo jurar sentir o gracioso e sutil perfume. O que ele sempre dirá lembrar as flores de astromélia.

— *Merda...* – ele xingou abaixando a cabeça, colocou a mão sobre chapéu ajeitando-o. — *Por que estou pensando nela em uma hora como essa?*

Vagou o olhar ao redor, não havia ninguém além dele

e alguns animais noturnos perambulando. Outra lembrança voltou-lhe a mente e dessa vez era com Alucard.

"— *Essa pessoa deve ser muito importante pra você.*

O príncipe Alucard aproximou-se do jovem Yone sentado no muro.

— Não é a primeira vez que o vejo carregando esse lenço. – ele colocou os braços para trás, encarando o horizonte. — O cheiro dela está fraco, mas continua aí.

Yone suspirou apertando o pano.

— Ela é... – não soube escolher as palavras. — Alguém que tive que abandonar. Não queria que a machucassem por minha culpa.

— Nobre de sua parte. – comentou o homem de longos cabelos pretos. — Mas, o que pretende fazer, Yone?

O garoto o encarou confuso.

— Você me disse que precisava tornar-se forte para lutar, contou-me tudo, sobre sua jornada até aqui. Nunca questionei seus planos, entretanto, sabe que se tornará bem mais poderoso que os demais, o que fará com tal poder?

Os olhos castanhos do príncipe finalmente foram ao encontro dos dele. Yone quase não conseguiu encará-lo. A pergunta o pegou de surpresa, pois, ele também não sabe.

— Eu não sei. – suspirou em frustração. — Ela está lá... sozinha... Queria poder salvá-la como fez comigo. Mas, não posso arrancá-la daquele castelo maldito.

— Então, tenho outra pergunta. – o garoto o encarou novamente e o viu sentar-se ao lado. — Qual seu maior desejo? Vingança ou justiça?

O rapaz não soube responder, para ele, ambas eram sinônimas. Alucard continuou.

— Quer salvá-la ou apenas trocar sua prisão? O que te torna diferente daqueles que luta contra?

— S-senhor... não sei responder.

Alucard sorriu de maneira gentil, segurou o punho dele e ergueu mostrando-lhe aquele lenço.

— O que ela desejaria pra você?

Yone tinha a face daquela menina sempre na lembrança, o

jeito meigo e gentil, como preocupava-se com ele até com coisas que já haviam passado. Aimee fora a única que lhe demonstrou afeto, confiou nele mesmo sem conhecê-lo.

— Que eu não me tornasse um monstro. – respondeu enfim.

Alucard o soltou, tocou sobre o ombro e acenou.

*— Então, já têm resposta para todas as outras perguntas. – ele sorriu e levantou. — **Tenha em mente seu objetivo, quem quer proteger, quando voltar para lá, faça justiça e não vingança. Não despeje mais sangue inocente onde deseja levar mudança.***

— Mas, não posso fazer isso sozinho. – disse o rapaz vendo-o se afastar.

— O caminho para libertar Depurya é árduo e longo, terá muitos obstáculos a frente, mas nunca estará sozinho. Prometo a você. – se virou brevemente. — Dragões não fazem promessas ao vento, lembre-se disso.

Voltou a caminhar de volta ao palácio, mas o príncipe não deixou de reforçar.

— Proteger quem amamos é a tarefa mais difícil que existe.

Alucard disse e simplesmente fora desaparecendo de seu alcance de visão.".

Yone soltou um suspiro pesado ergueu o olhar para o céu noturno.

— *Proteger quem amamos...* – murmurou para si pensando sobre o assunto.

— MAMÃE! MAMÃE! SOCORRO!

Ele virou-se no mesmo instante que aqueles gritos ecoaram, os olhos passaram pela floresta, mas diferente de antes, a pupila estava estreita, o azul-cinzento da íris pareceu brilhar por instantes. Bem ao longe, localizou a movimentação, ouviu os passos rápidos, entretanto algo era estranho, o cheiro emanava terror, pânico, adrenalina, mas ao mesmo tempo podridão e veneno. Tudo misturado.

— MAMÃE!

O grito da criança repetiu-se junto ao choro desesperado. Yone saiu em disparada, fundo na floresta, seguia o som e o olfato que ainda tentava distinguir a criatura. Parou de repente, escorregando na terra, mas manteve o equilíbrio, chegou a uma clareira, havia marcas no solo, sangue, veneno, restos de corpos decompostos.

— *Estão sem pele?*

Se perguntou enquanto abaixava para estudar mais de perto, pegou um pouco de terra e ela não se desfez, pelo contrário, pareceu grudar na luva.

— *Que merda é essa?*

Abaixou a máscara para cheirar e arrependeu-se amargamente. Nunca em todo aquele tempo sentiu tanto repúdio, o estômago revirou, quase vomitou ali mesmo, tossiu afastando-se, limpou as mãos com pressa. A definição de podridão é pouco para o que sentiu. Era tão horrível que sinceramente não conseguiria descrever.

Então, prestou mais atenção. Aquele lugar não era uma clareira, pelo estado, a floresta fora devastada, tudo a sua volta estava morto, troncos podres, solo infértil, os pés grudavam na gosma terrosa, os corpos apesar de decompostos, não aparentam ter semanas ali, mas, dias.

— JIMMY!

Outro grito, mas dessa vez, a voz da mulher soou mais perto e aterrorizada. Yone adiantou-se passou pelas árvores, avistando a silhueta feminina no meio da escuridão, algo também se aproximava com velocidade, corria lado a lado com ele e isso era alarmante

Que criatura pode ser tão rápida quanto ele?

Em fração de segundos que o rapaz alcançou a mulher, derrubando-a no chão, a criatura passou sobre suas cabeças, habilidosamente correu entre as árvores, ele pode ouvir as garras sendo cravadas nos troncos. Yone, primeiro averiguou se a mulher estava bem, vamos dizer, na medida do possível, não havia nenhum ferimento. Tremia e chorava em pânico.

— Jimmy... – balbuciava. — Meu menino...

Ele tapou a boca dela, fez um sinal de silêncio, mesmo sabendo que seria difícil para uma mãe em desespero. O som dos galhos quebrando lhe chamaram atenção, mas Yone não se moveu, havia dois sons que podiam confundi-lo, o gutural da criatura e algo mais comum, como a voz de um ser humano. Ambos pareciam mesclar-se.

— *Mama... mamãe!* – era a voz do menino. — *Socorro, mãe, onde você está?*

A mulher fechou bem os olhos, não conseguia controlar o choro compulsivo ao ouvir a voz do filho. Sem virar-se, Yone sabia que a criatura descia os troncos, se aproximava, havia um chiado na respiração como se não conseguisse respirar direito, o estranho grunhido vinha da garganta. O odor pútrido e ácido chegava cada vez mais perto.

— *Mamãe... onde você... está?*

Cautelosamente ele chegava ao lado deles, as longas e tortas patas passavam próximas, os rondando. Então, pôde finalmente ver. A criatura humanoide, mais classificada como aberração, o corpo deformado e sem cor, cego, mas com uma audição apurada, assim como o olfato. Eles não têm mais rosto, nada pode remeter o que já fora um dia.

— *Me ajude...*

Ele se aproximou, perto do rosto de Yone. O veneno escorria pela boca e os dentes pontiagudos, finos como agulhas, o cheiro de sangue fresco invadiu o olfato. Um sangue jovem e quente... Morto a menos de 5 minutos.

Os olhos do caçador encararam a criatura. Assustadoramente, ela vestia de maneira escancarada a pele do pobre menino, não fazia questão de "caber" em seu corpo, o rosto também vestido, o observava.

Uma das patas veio em sua direção, devagar, a garra é tão afiada como uma lâmina, há sangue e restos de carne ali. Yone mantinha uma das mãos tapando o choro da mulher e a outra segurando cabo da espada, fora um movimento ágil, a lâmina cortou o braço inteiro. A criatura urrou em dor, dando um salto muito grande para trás, Yone levantou-se no mesmo instante, avançando contra ela. Mas, diferente da primeira vez, o monstro conseguiu desviar, olhando para trás do caçador, a criatura correu na direção a mulher que cambaleava para algum lugar.

A mulher correu para o corpo caído, esfolado, seu pobre filho estava morto, uma morte cruel e dolorosa. Ela encarava aqueles olhos esbugalhados, carne viva, a poça de sangue ao redor, não havia mais a face inocente da criança, nem poderia dizer que um dia foi seu filho. Ela chorou em tristeza e desolação, mal pode tocá-lo, aquele monstro atingiu-a com a garra cortando as costas, o viu agarrar a perna da criança e correr para longe.

Yone iria segui-lo, mas o cheiro do veneno no corpo da mulher o fez hesitar. Ela estava caída de bruços no chão. Ao aproximar-se, analisou a ferida, agora pode identificar aquele cheiro.

— *Isso é veneno paralisante.* – comentou puxando-a para perto. — *Você não vai se mexer por algumas horas.*

Assim que a ajeitou e carregou-a nos braços reparou no olhar dela. A súplica de deixá-la ali para a morte.

— *Não é culpa sua.* – disse ele caminhando. — *Vou trazer o corpo de seu filho de volta.*

As lágrimas escorreram pelo canto dos olhos durante todo o caminho, a mulher não queria mais viver, nem ter esperança, o que virá fora forte e traumatizante. Perdera o único filho e agora, não tinha mais nada. Assim que Yone alcançou a vila, alguns dos soldados foram direto em sua direção com as lanças erguidas, mas assim que identificaram a mulher se puseram a ajudá-lo.

— Caçador. – chamou um dos soldados que acompanhou com o olhar a mulher ser levada a casa. — O que aconteceu?

— *Um devorador de peles.* – comentou com simplicidade. — *Predadores velozes, inteligentes e cruéis. Se ouvirem alguém gritando pela floresta, deixe urrar... É a maneira que eles caçam.*

O soldado estava prestes a dizer algo, mas Yone deu as costas voltando para dentro da mata. Ele seguiu os rastros, o cheiro do sangue e veneno deixado para trás. Perguntava-se como aquele tipo de criatura chegou até ali.

"Devorador de Peles
A criatura advém da corrupção do caos trazendo à
tona a verdadeira intenção do ser, pessoas com tendência de

alpinismo social ou inveja doentia, ao ponto de não apenas figurativamente escalar pessoa-a-pessoa até seu objetivo, mas sim, como se de fato as personificassem até alcançá-lo.

Porém, agora elas o fazem fisicamente devorando a pele de suas vítimas para efetivamente consumir suas características. Seus trejeitos, odores, memórias, tornando-se mais consumido pelo caos.

Ele é capaz de escalar superfícies verticais. Suas presas e garras contém veneno paralisante. Assim que encontra sua vítima, a paralisa e esfola a pele na intenção de vesti-la, alimenta-se do sangue e da carne, tornando-se cada vez mais parecida a sua caça. Suas habilidades melhoram, usam as memórias do morto para encontrar outras presas até mesmo imitando seu tom de voz. Devoradores são criaturas humanoides cujo já foram humanas ou outra raça, mas consumidas pela inveja e soberba. Caídas no abismo de seu desejo incansável de ser o melhor e nunca alcançando por conta própria. São atraídas pelo poder caótico exatamente por facilitar tal ascensão, consumidas e transformando-se em aberrações inteligentes e estratégicas. Quanto mais difícil e poderoso seu alvo, maior será sua ganância em consumi-lo."

Yone chegou até uma caverna, o local inteiro estava apodrecido, a energia necrótica emanava por todos os lados, era mais forte lá dentro, mas o que o intrigava é como um devorador chegou a tal estado tão depressa. Quantas pessoas ele já havia devorado? Em quanto tempo?

Ele entrou, a escuridão não é problema algum, conseguia ver os restos mortais de muitas pessoas ali, pedaços de tecido, joias, bolsas. Aquela criatura teve uma semana e tanto, entretanto, não é só isso. Há resquício de magia de invocação, em outras palavras, alguém sumonou aquele bicho.

Ouvindo os ruídos no fundo da caverna, ele puxou as espadas, estendeu o braço esquerdo para perto da parede e passou a ponta da lâmina que soltou uma faísca e a katana pegou fogo, apenas manejou a arma do lado direito que também se inflamou.

Yone parou, levou uma lâmina a frente do rosto outra em suas costas.

— *Então, tinha amigos.* – disse. — *Vou mandá-los de volta ao abismo.*

A criatura acima de sua cabeça pulou, mas o golpe dele fora tão rápido que quase não se deu para ver, apenas o fogo dançou a sua volta formando um círculo perfeito. O corpo do devorador fora partido em dois, a cabeça caiu aos pés do rapaz que ergueu o olhar para a escuridão.

— *Um por um.*

Yone ajeitou-se e seguiu para o fundo da caverna.

CAPÍTULO 11
O CAVALEIRO DA TRINDADE

Passaram-se três dias desde a última vez que Aimee vira Yone e sinceramente, ela não conseguia esconder a preocupação. Sua ansiedade aperta o peito, é diferente de antes, pois sabe que ele está arriscando a vida para caçar criaturas caóticas. Ela nunca viu e nem quer ver, apenas a energia e os ferimentos que curou são o suficiente para saber que não se deve brincar com tal maldade.

Naquela tarde, Aimee recebeu a ordem de arrumar-se e ir para a sala de reuniões. Não sabia o motivo, mas como sempre, negar não é uma opção.

Ela bateu levemente na madeira e assim que ouviu a voz de Lyonel, entrou. O rei estava sentado atrás da mesa com os braços apoiados na cadeira, a sua frente um homem de cabelos longos e castanhos se levantou junto a outro que tinha uma semelhança, provavelmente seu filho. Ambos vestiam roupas num tom de azul-escuro, o símbolo da casa no qual ela não conhecia brilhava no broche prateado.

— Esses são os Kinvaror, rei Shavan. – Lyonel nem fez questão de cumprimentá-la.

O homem com a barba rala e cabelos presos para trás, se curvou com um sorriso amistoso.

— E seu filho mais velho, o príncipe Elran.

O rapaz era muito alto, ele colocou a mão sobre o peito e pela primeira vez alguém a encarava nos olhos com gentileza ao se curvar.

— Prazer em conhecê-los, senhores. – ela puxou brevemente a saia e abaixou a cabeça. — Precisa de algo vossa majestade?

— Não. – a resposta fora áspera, mas havia um pouco de animação mesclada. — Estávamos ajeitando as condições do seu casamento.

Aimee o encarou com os olhos arregalados, o homem tinha aquele sorriso maldoso no canto dos lábios.

— Pe-Perdão... O senhor disse...

— Veja bem, minha querida. – Shavan se adiantou a interrompendo notando o desconforto. — Estamos conversando sobre, são tempos difíceis para todos nós e essa aliança vem sido... pensada, entende?

— Não precisa procurar palavras, Shavan. – Lyonel se levantou. — Ela vai casar, não precisa ter opinião nenhuma sobre isso. Ainda demorei demais para pensar nisso... Logo fará 18, quem quer uma garota velha dessa maneira?

— Lyonel, não fale assim com sua própria filha.

Aimee estava tão atordoada que não conseguia prestar atenção, até mesmo, as vozes ficaram distantes, se Lyonel a insultasse, não se importaria. Ela deu alguns passos para trás, Elran, lhe estendeu a mão, segurando-lhe o pulso para que não caísse.

Ficou pálida rapidamente, aquilo não pode se real.

— Ah menina, deixe disso. É o mínimo. – debochou Lyonel.

— Lyonel, pelas deusas, não é assim também. - tentou Shavan.

— E-Eu não quero.

Ela finalmente respondeu, pela primeira vez e isso chamou atenção do rei que fechou o cenho.

— Não vou me casar por conta dos seus erros. – o encarou. — Não pode arruinar mais a minha vida do que já fez por todos esses anos.

— Calada.

— Não!

— Aimee!

— Não! - ela chorou. — Não tenho nada a ver com os problemas que criou ou dessa desgraça que está acontecendo no reino.

Aimee puxou a mão soltando-se do rapaz que não se ofendeu com aquilo, na verdade, compreendia, mas sinceramente, não esperava tal atitude.

— Garota, escute aqui, eu vou...

— Um acordo não vai salvar um reino consumido pelo caos, tropas ainda morrerão, pessoas ainda passarão fome... A diferença será sua alegria ao me ver infeliz!

Lyonel socou a mesa em raiva e avançou, mas Elran colocou-se à frente o impedindo. Seu pai se aproximou.

— Lyonel, não. - disse o homem.

— Sua vadia!

Lyonel encarou o rapaz, Elran, que agarrou com ainda mais força em sua roupa o impedindo que avançasse.

Aimee soluçou, deu mais alguns passos para trás e saiu correndo dali. Fez um erro muito grande, mas agora não tinha como voltar atrás. Assim que saiu para o corredor, Cornélia e Isma estavam apressadas indo na direção do escritório, mas assim que a avistaram, tentaram falar algo, mas a menina simplesmente correu para longe.

Cornélia, segurou o braço da rainha e logo apontou de forma sutil para o rapaz que saíra do escritório. O príncipe as cumprimentou com um breve aceno e seguiu apressado no mesmo caminho de Aimee.

Elran tentou seguir a princesa, estava abalada demais e ele compreendia. Mas, não esperava que Aimee fosse tão rápida, a perdeu depois que entrou pelo grande jardim do castelo.

Ele suspirou pesado, procurando ao redor, mas, sem sinal da princesa.

— Ela não deve sair dessa maneira. – comentou ainda passando os olhos ao redor.

Se afastava dali quando o barulho de algo caindo lhe chamou atenção. Seguiu onde acreditou ter vindo tal som, encontrando algumas caixas quebradas, entulhos e um buraco feito no muro. Ele abaixou para analisar, não passaria nunca, é alto e forte demais, se tentasse ficaria entalado. Ficou ali por alguns instantes, pensativo até que levantou, seguindo para o pequeno estábulo onde deixaram as carruagens e os cavalos.

O príncipe sempre muito educado, cumprimentou a todos antes de aproximar-se da égua de belíssima pelugem branca. Ele acariciou seu focinho, conversou brevemente com o animal e logo ajeitou a cela. Demorou alguns minutos até sair dos muros do castelo, mas, estando a cavalo, acreditava que alcançaria a princesa, não importando a direção que tenha tomado.

Ele pensava nas palavras dela e do rei Lyonel. E em momento algum eles se tratam como família, principalmente o rei. A princesa pareceu mais assustada do que revoltada, à primeira vista, julgando-a de maneira precoce, não lhe parecia uma garota mimada ou arrogante, como mencionou Lyonel. A expressão de seus olhos havia mais tristeza do que raiva.

"... Não pode arruinar mais a minha vida do que já fez por todos esses anos."

Aquela declaração foi tão pesada, e a reação dele foi agressiva, completamente cruel.

Conseguiu encontrar os rastros na floresta próximo ao buraco daquele muro e então, os seguiu. Ele distanciou-se o bastante do castelo, uma trilha estreita, e conforme cavalgava, o som do riacho aumentava, avistou belas flores com pétalas rosadas que enfeitavam o caminho. Seu olhar logo seguiu em direção ao riacho, descendo o barranco, na beira, havia mais daquelas flores e então reconheceu a menina sentada de cabeça baixa.

Ele desceu da égua, amarrando a rédea no tronco próximo, procurou a melhor maneira de chegar ali, sem escorregar.

— Princesa. – chamou ele tentando não a assustar.

Aimee ergueu aquele olhar repleto de desespero, estava soluçando de tanto chorar. E Elran por algum motivo, acreditava que infelizmente aquela cena é muito decorrente. Parou, não se aproximando muito, se fugiu do castelo é porque queria ficar sozinha.

— Sinto muito. – comentou. — Acredito que gostaria de continuar sozinha, entretanto, não posso permitir. – analisou o chão e sentou-se. — Nunca se sabe quando aberrações podem surgir.

Ela não respondeu, estava envergonhada demais, não queria nem o encarar. Elran, respirou fundo, pegou uma daquelas flores já caídas no chão.

— Não se sinta mal por ter opinião própria. – acariciou uma das pétalas. — Nem por expressá-la. Eu não tive coragem de enfrentar meu pai, mas, você, sim.

O silêncio continuou. Ele sorriu um pouco tímido.

— Eu também não concordei com o casamento, por diversos motivos, um deles é nossa diferença de idade. – ergueu o olhar para o riacho. — E porque não queria ter essa aliança com o rei Lyonel, sou o próximo na sucessão do trono... Teria que lidar com anos desse "acordo".

Ele parou por alguns instantes. Por que estava dizendo tudo aquilo tão de repente?

— Quantos anos você tem? - enfim falou, o tom dela era meigo, mas choroso.

Elran lhe deu atenção.

— 27.

Aimee o encarou com aqueles olhos avermelhados de tanto chorar. Finalmente pôde vê-lo melhor. Os cabelos castanhos caiam um pouco sobre a testa, os olhos levemente puxados eram igualmente escuros, a pele bronzeada era diferente da do rei Shavan que provavelmente fica mais dentro de casa.

— É uma boa diferença. - disse ele cortando seus pensamentos.

Ele lhe estendeu a flor, a menina pensou por alguns instantes, mas a pegou.

— O senhor é muito bonito, tem olhos gentis. - disse sem pensar encarando a flor.

Elran ficou rubro no mesmo instante.

— A idade para mim não importa. – comentou sincera. — Mas, é que nunca tenho escolha de nada, não posso sair, não posso ter amigos... – trouxe a flor para perto e deixou escorrer mais lágrimas. — Estou cansada.

Elran sentiu o coração acelerar, um aperto no peito, a sinceridade daquela menina é palpável, não há traço algum de maldade nela e ele não sabe dizer como têm tanta certeza disso. É como se visse através de um vidro, Aimee é transparente, emana uma aura tão aconchegante, vê-la triste, lhe dava angústia. Por quê?

Ele ficou em silêncio, estava envergonhado e confuso.

— Perdoe-me príncipe... – ela controlou o choro. — Não deveria dizer tais coisas, o que pensará de mim. Por favor, esqueça tudo, estava nervosa e abalada, não deve levar a sério minhas palavras.

Aimee mantinha as pernas junto ao corpo, apoiou o braço sobre o joelho ainda admirando a flor.

— As consequências para mim serão grandes, assim que voltar para o castelo. – havia medo no tom da voz. — Eu e minha boca.

Elran estava prestes a dizer algo, mas o relinchar do cavalo atrás chamou atenção de ambos. A menina se levantou com rapidez, mencionou o nome *Smoky* e subiu apressada para cumprimentar o animal.

Ela parecia conversar com o cavalo e ele negou soltando ar pelas narinas. Realmente a respondia. Elran apenas observou em silêncio a cena. Smoky, acenou veemente enquanto batia um dos cascos no solo, ela deu um sorriso, abraçando o pescoço do cavalo. Elran levantou e se aproximou. O animal deitava o focinho sobre o ombro dela até mesmo a empurrava, um sinal claro de carinho e intimidade.

— Isso é um belo cavalo de guerra. – comentou. — Geralmente selvagens, mas, esse... parece ser bem amigável.

— Ele... – Aimee não podia dizer a verdade, mas não queria mentir. — Ele é muito gentil e corajoso.

— Gosta de você. – pontuou com um sorriso. — Minha égua também é um cavalo de guerra, mas, perto dele, Cristal é pequena.

Pôde ouvir o relinchar da égua logo atrás e ele riu.

— Ei, isso foi um elogio, as damas não preferem ser delicad-AÍ!

O rabo da égua bateu diretamente no rosto de Elran o impedindo de terminar a frase. Ele se virou incrédulo para o próprio animal, mas logo ouviu o riso contido de Aimee e então, um pouco sem jeito a encarou.

— Nós sempre brigamos. – coçou atrás da cabeça.

— Ela é muito bonita. – comentou aproximando-se. — É diferente das éguas que vi aqui... É perfeitamente branca e a pelugem dela é longa.

Estendeu a mão na intenção de deixar o animal farejar.

— Bem, o norte é muito mais frio e neva, os cavalos por lá tendem a ter o pelo mais longo para se proteger.

Elran segurou em sua mão com delicadeza e colocou sobre a crina branca da égua. Cristal também pareceu gostar da menina até enfiou a cara no meio dos cabelos castanhos dela.

A energia dela é tão leve, ficou preso no momento e ao ver o sorriso meigo, por algum motivo sorriu também.

— Por que não vamos para cidade? – o olhar direto dela o fez desviar o dele. — Acho que nós não queremos voltar para o castelo agora, então...

Pode não parecer, mas, Elran têm uma timidez, achava incrível o quanto conseguia conversar com a princesa tão abertamente sem ao menos conhecê-la, é como se, a presença dela o deixasse confortável.

— Não sei, não posso sair assim, fui proibida. – voltou a ter aquele semblante triste.

— Eu assumo a responsabilidade. – disse quase num impulso, não queria vê-la chorar novamente. — Qualquer coisa ou consequência, deixo a culpa para mim.

— Na-Não! A última coisa que quero é lhe trazer problemas, vossa alteza.

Ele riu sentindo o rosto esquentar outra vez. Como alguém pode maltratar uma menina tão meiga como aquela? Aimee mostrava-se uma pessoa extremamente amável e carinhosa até mesmo com quem mal conhecia.

Envergonhado, Elran atreveu-se a dar leves afagos sobre a cabeça dela.

— Pode me chamar só de Elran. – quase que a frase não saiu. — E não se preocupe, estou acostumado a lidar com problemas bem piores e eles sempre têm um nome... Peter.

— Quem é?

— Meu irmão mais novo. – ele desviou o olhar novamente para o alazão. — Ele é o sinônimo de problema.

— O que há no norte?

Elran voltou sua atenção para a menina que tinha agora uma expressão curiosa.

— Nunca saiu de Depurya? – a viu negar e ele pensou por alguns instantes. — Posso te contar se formos a cidade, o que acha?

— Acho que isso é chantagem.

Ele riu com tal comentário, mas Aimee ergueu os ombros.

— Mas, tudo bem, quero ouvir suas histórias.

Elran estava confuso e intrigado por estar tão encantado com a princesa. Não havia sentido algum, apenas, não conseguia evitar.

— Elran? Tudo bem?

— Oi? – saiu dos próprios pensamentos. — Ah, sim, desculpe, estava perdido mentalmente. – sorriu sem graça. — Quer ir com o Smoky ou prefere ir comigo?

— Ah não, não gosto de cavalgar sem rédeas. – não era mentira, mas havia outro motivo. — Deixo-o livre.

Aimee não sabe onde Yone está, se em algum momento precisasse do cavalo e ele não estiver por perto? Não quer nem pensar sobre. Elran pareceu aceitar bem o motivo, ajudou-a subir na égua, mas antes dele mesmo subir, o viu aproximar-se de Smoky que não se moveu e nem fora agressivo apenas o encarou.

O príncipe, tocou brevemente sobre o pescoço do animal, o olhar atento, analisou-o.

— *Eu reconheço um cavalo adestrado*. – comentou olhando naquelas orbes escuras. — *Onde está seu dono?*

Smoky bufou em seu rosto, bagunçando os cabelos dele que riu baixo, o cavalo deu passos para trás, bateu o casco no chão mostrando a postura imponente.

— Aposto que seu dono têm o mesmo temperamento curto.

Elran se virou, analisando a floresta. Ele não é idiota, muito menos desatento. Um guerreiro treinado não deixa detalhes pequenos passarem, aquele cavalo e a maneira que reage a princesa deixou claro que a conhece e têm afeição por ela. Provavelmente, Aimee deve conhecer o dono e tem quase certeza de que ele tem a mesma proximidade com ela.

Aimee o chamou novamente e se virou voltando. Ele subiu no cavalo e ela não pareceu importar-se em passar as mãos sobre a cintura dele, na verdade, o encarava esperando ansiosa por suas histórias.

Elran foi o único membro da família Kinvaror a estudar e treinar no reino de Oarya, antes mesmo do terrível acontecimento. Tinha apenas 10 anos quando viajou para a província da trindade, conheceu o rei Ariel III, que foi um dos melhores amigos de seu pai. Os guerreiros de Fearor eram considerados os mais fortes e corajosos do reino, carregando o símbolo do leão cravado na armadura. Bravura e bondade sempre foi o código de honra. Todos eles aprenderam quando deve-se usar a espada, nem toda situação necessita de violência para ser resolvida.

Elran aprendeu isso desde cedo, foram anos de treinamento. Aos 19 anos quando a situação de Oarya já não parecia boa por conta do filho mais novo do rei, Kael, todos aqueles que não eram de Fearor voltaram a suas casas. Ele seguiu para a cidade capital, terminando seu treinamento para as Provas das Províncias, tornando-se o destaque por suas habilidades.

Possui o título "cavaleiro da trindade" após a conquista das provas, o que possibilitou a ser capitão da guarda-capital e mais, Elran Kinvaror pode comandar qualquer exército, em qualquer uma das regiões. Mas, sendo o filho mais velho e o próximo a sucessão do trono, Elran teria que voltar para Nysma.

Ele explicou muita coisa sobre a província caída de Fearor e também o lar dos dragões, Elderin. Aimee ficou impressionada ao saber que Elran sabia falar dracônico e élfico.

— Fora dessas terras é que vemos o quanto o mundo é grande e incrível. Não queria voltar, mas, tenho obrigações a cumprir.

Ela abriu um sorriso tão encantador que fazia os olhos dela se fecharem e parecia que também sorriam. Elran desviou atenção, voltou a encarar o caminho de pedra da praça comercial de Depurya.

— Estou feliz que tenha voltado.

O comentário o fez parar e encará-la. Aimee andava com as mãos atrás do corpo, estava completamente perdida nos pensamentos, imaginando tudo o que ouviu, sentia-se tão animada. Estava alheia ao momento, até que parou ao perceber que não era acompanhada.

Se virou com aquelas sobrancelhas erguidas.

— O que foi?

Elran riu baixo e balançou a cabeça.

— Você é fofa. – aproximou-se vendo a expressão confusa, tocou sutilmente sobre seu queixo. — E boba. Diz coisas que não deveria.

— Mas, o que eu disse de errado?

— Não disse que era errado, só disse que não deveria. – explicou ele voltando a caminhar.

— Por quê? – ela acelerou o passo. — Só disse que fiquei feliz que voltou.

— Não se diz isso pra alguém que acabou de conhecer.

— Mas, eu fiquei feliz de te conhecer. - foi sincera. — Aprendi mais coisas com você em menos de uma hora do que todos os livros que li. – voltou a colocar os braços para trás. — Sei que a situação não foi a melhor de todas, entretanto, você é um homem gentil. Digo com certeza, seus olhos carregam um brilho de bondade, quando olha pra mim têm atenção e acolhimento.

Ela sorriu.

— Bravura e bondade, você é a personificação disso. - riu baixo. — Sei que vai dizer... "Você confia muito rápido em desconhecidos."

— Realmente... Já te disseram isso antes? – a viu acenar. — E mesmo assim continua.

— Quem disse isso... É uma das pessoas mais importantes pra mim. - explicou um pouco tímida. — É meu melhor amigo, o único.

— Então, quer dizer que não sou seu amigo?

— Você quer ser meu amigo? – ela continuava com aquele sorriso e o encarou.

— Hmm... – colocou a mão sobre o queixo, fazendo como se fosse algo muito importante a se pensar.

Aimee riu novamente, puxou o dedo mindinho dele junto ao dela, o ergueu e logo juntou os polegares também.

— Amigos!

Ele sorriu com aquilo, concordou com um aceno e deu leves carícias sobre a cabeça dela.

É de outro mundo. Aimee possui uma inocência pura, seus atos não contêm nenhum traço de malícia, maldade, absolutamente tudo nela é genuíno. Diz o que pensa, elogios e gestos carinhosos para ela são coisas naturais, não possuem segundas intenções. Sua personalidade pode ser comparada à de uma criança, não infantil, mas, na pureza dos atos.

Ela comentou que fazia muito tempo que não visitava a praça, vive aos redores do castelo, principalmente o jardim, é seu lugar favorito no verão. Disse que é apaixonada pelas flores e adora representá-las em suas pinturas. Aimee pareceu um pouco chateada ao se aproximarem da fonte que enfeitava o centro da praça, estava rachada, nem a água passava mais.

— Ouvi sobre os ataques de lobos, realmente, devastador. – a ouviu suspirar. — O rei comentou alguma coisa de lutar contra um lobisomem.

— Ele mentiu. – o encarou vendo-o de sobrancelhas erguidas. — O rei não matou o lobisomem, chegou desacordado ao castelo, fora o caçador da cidade que trouxe a cabeça da criatura.

— Ele não se aprofundou na história e muito menos mencionou uma segunda pessoa.

— Claro que não, ele odeia o caçador. – sentou-se ajeitando a saia. — Imagine como ficariam todos ao saberem que fora salvo por ele e bem, não teve a glória de matar o monstro.

— Nada pior do que um orgulho ferido. – a viu concordar

com um aceno. — Entretanto, esse é o motivo pelo qual meu pai também queria esse "casamento". - suspirou. — Os mares estão infectados, algumas regiões foram evacuadas, houve ataques de aberrações marítimas e nossas tropas não foram o suficiente.

— Sinto muito. - ela tinha as mãos sobre o colo. — Eu não entendo muito sobre lutas ou guerras, na verdade, nunca me ensinaram nem a ler um mapa. - riu sem graça. — Então, fico um pouco perdida.

— Posso te ensinar. - o brilho no olhar dela o fez sorrir tímido. — Se quiser, ensinarei o que quiser saber

Elran apoiou as mãos no cimento, observando a fraca movimentação do local.

— Se soubesse como é o mundo, fora daqui... Não voltaria.

— Como não posso, eu vivo através dos olhos alheios. - Elran lhe deu atenção. — Gosto de ouvir as histórias, me fazem criar um mundo na minha mente, assim, sinto que vivi pelo menos um pouco dessas aventuras.

Se virou para ele.

— Por isso disse que fiquei feliz ao conhecê-lo, compartilhou suas experiências, as histórias, sem ter medo da minha opinião ou do que eu pensaria. - sorriu. — Obrigada.

Elran ainda tentava entender isso. Como pode falar tanto, coisas até pessoais para alguém que acabara de conhecer? E ela tem razão, em momento algum teve medo do que pensaria.

Mas, ainda havia algo que os incomodava.

— Sabe que infelizmente não podemos fazer nada sobre o casamento, não é? - a viu acenar, ele apoiou os braços sobre as pernas, sem desviar atenção. — Está com medo?

— Estou. - confessou cabisbaixa. — Medo de tudo.

— Ei... - chamou ele. — É meu dever garantir que minha família e o povo estejam seguros. Prometo que serei um amigo, casar-se é a última coisa que será obrigada a fazer.

Ela o viu erguer o dedo mindinho em sua direção, sentiu uma imensa vontade de chorar outra vez, segurou-lhe o dedo juntando os polegares novamente.

Estava com tanto medo, do futuro e do presente, teria que

voltar para o castelo, encarar as consequências das suas atitudes impensadas.

CAPÍTULO 12
A TAREFA MAIS DIFÍCIL

Eles continuaram por ali, até mesmo almoçaram em uma das tavernas e quando pensavam em voltar para a égua. Ouviram alguns gritos.

Dois soldados tentavam ajudar uma mulher a se levantar, estava aos prantos, esperneava e gritava dizendo que precisava voltar ao túmulo do filho. Não queriam machucá-la, pela expressão, estavam bem preocupados, acabaram a soltando, seguindo-a com o olhar e correr de volta para a mata. Ambos abaixaram a cabeça, se entreolharam e deram a volta.

— Pobre Amécia... – comentou um deles ajeitando as roupas. — Faz dias que não sai daquele cemitério.

— Quem somos nós para julgá-la Flávio. Perdeu o único filho de maneira tão perversa. – suspirou o outro. — Primeiro, lobos depois aquela coisa assustadora...

Elran se aproximou.

— Com licença. – curvou-se breve. — Posso perguntar o que aconteceu?

Ambos se entreolharam e logo abaixaram a cabeça em respeito.

— Capitão, não sabíamos que estava em Depurya, nós...

— Não se preocupem. – interrompeu Elran. – Conte o que houve.

Os homens fizeram outra reverência ao reconhecerem a princesa e então apontaram para a direção do cemitério.

— Algumas pessoas começaram a desaparecer, antes mesmo do ataque dos lobos. Dias atrás, uma criatura horrenda atacou e arrastou pessoas para floresta adentro. Uma dessas fora o filho de Amécia, o Jimmy.

Contava um dos soldados enquanto caminhavam aproximando-se do terreno.

— As mortes têm aumentado demais, não tivemos tempo de preparar enterros dignos, muito menos espaço apropriado para os mortos. – acenou mostrando todas as estacas e placas improvisadas. — Ultimamente, não damos conta nem de caçar essas aberrações.

— Nesse caso, aconselho que comecem a cremar os corpos. – disse Elran. — O caos é conhecido por transformar criaturas em aberrações, mas, seu poder principal é erguer os mortos-vivos.

Os soldados deram um pulo e se entreolharam assustados. Elran dividiu sua atenção a jovem Aimee que se aproximou da mulher que chorava compulsivamente, abraçada a um tecido puído.

— Sabem me dizer que tipo de monstro era?

— Uma coisa chamada devorador de peles. – comentou o outro ainda sentindo calafrios. — O caçador nos informou antes de ir pra dentro do covil dessas monstruosidades.

— Ele lutou sozinho com quantas? – impressionou-se o príncipe.

— Ah, não sabemos, mas os urros e gritos eram muitos. Só que saiu vitorioso, já que voltou com o corpo da criança. – apontou.

— E quem é ele?

— É uma boa pergunta capitão, ninguém sabe.

— Deixam um ser anônimo andar pelas terras assim? Sabendo o quanto é forte?

— Senhor, com todo respeito. – um deles ajeitou o escudo. — Esse cara é assustador demais, nunca sai a luz do dia, quando o vemos perambulando pela madrugada, está sempre com o rosto todo coberto.

— Ele aparece, mata o que têm que matar e some. – suspirou o outro. — O rei já nos mandou encontrá-lo, mas... é impossível e bem... Nunca houve relatos dele machucar alguém da vila.

— Ainda assim, não sabem as intenções dele, nem o que faz quando está escondido.

Eles concordaram, mas, não queria dizer que fariam esforço para encontrá-lo. Tinham medo real daquele homem.

Elran mais uma vez deu atenção a Aimee, que agora tinha a mão sobre as costas da mulher, havia sangue ali, provavelmente um ferimento. A menina, não se importou em sentar no chão terroso ao lado da mãe desamparada, o toque dela fora gentil no rosto cansado e enfim, teve sua atenção.

Assistiam a cena. Como a princesa abraçava a mulher, sem ao menos se importar com a sujeira ou até mesmo de ser apenas uma camponesa. As palavras de alento e carinho, mexiam com todos os presentes, é invisível, mas, a energia bondosa e quente dela os alcançava. O choro diminuiu, desaparecendo, Amécia, tinha os olhos fechados, a cabeça deitada sobre o ombro da menina, agradecia em sussurros, apesar de suas palavras serem um pouco desconexas.

Aimee a segurou da melhor maneira que pode assim que desmaiou. Jogou discretamente aquela mecha rosada do cabelo para trás, escondendo-a. Os soldados, aproximaram-se logo em seguida para carregar a mulher de volta para casa.

Elran estava hipnotizado, a vibração dos poderes de Aimee envolvem os demais como um abraço, é capaz de acalmar qualquer emoção até mesmo, dependendo da situação, absorver aquele sentimento para si. Ele não pôde perceber os poderes dela, pois ficou absorto com tamanha bondade.

— Acha que temos chance contra essa guerra? – perguntou ela.

Ele piscou algumas vezes, voltando a si, e vendo-a limpar a saia.

— Gostaria de dizer que sim, mas, não sei ao certo.

Elran apertou as pálpebras ainda um pouco desconcertado. Sentia calor, até mesmo como se o corpo estivesse levemente entorpecido.

— Você está bem?

Aimee estava a sua frente com aquele olhar preocupado, observando-o. Elran ficou instantes em silêncio. Naqueles segundos, encarando a face um pouco suja de terra e cabelos levemente bagunçados, ele enxergou uma beleza descomunal. Não era possível alguém ser tão bela, algo delicado, gracioso. Não se tratava apenas dos traços de seu rosto, mas a presença em si.

— Elran. – chamou novamente, dessa vez segurando em sua mão. — Está me deixando preocupada.

— E-Eu estou bem. – quase que a frase não saiu. — Tudo bem, só... – ele também segurou a mão dela e com a outra limpou seu rosto. — Fiquei um pouco envolvido com sua atitude.

— Fiz alguma coisa errada?

— Não! – pigarreou após alterar-se um pouco. — Não, não fez nada de errado, pelo contrário... Foi admirável.

Ela deu um sorriso contido.

— Aquela mulher estava sofrendo demais, não podemos fazer muito, mas, achei que poderia tentar, apenas... ser gentil.

— E funcionou. – disse ele sem perceber que ainda não havia a soltado. — Você é amável e carinhosa... O oposto de tudo o que seu pai nos contou.

— Ah... – pareceu chateada com o comentário, mas, não esperava nada diferente vindo do rei.

— Eu não acreditaria nele, não acredito nas palavras alheias, mas, em atitudes. – logo explicou.

Ela deu aquele sorriso triste e afastou-se. Elran agradeceu por não haver ninguém por perto ou com certeza, teriam interpretado aquela cena de forma errada. Ele precisava se controlar, não entende o motivo por agir daquela maneira, mal pôde soltá-la.

— Melhor voltarmos. – disse a menina enquanto afastava-se.

— Claro, sem problemas.

Ele balançou a cabeça irritado consigo mesmo e a seguiu.

Entretanto, a volta fora silenciosa. Ela respondia algumas coisas as quais Elran perguntava, mas, não mantiveram uma conversa, pareceu que Aimee preparava-se para o pior e ele sentiu-se mal por isso.

Já escurecia quando chegaram, foram recebidos pelos criados que logo levaram a égua de volta ao estábulo, as outras, guiaram Aimee de volta aos aposentos, Elran não teve tempo de dizer algo ou pelo menos despedir-se, foi um aceno sutil da parte dela e sumiu.

Ele voltou ao quarto que estavam hospedados, encontrando o pai, sentado no largo sofá no canto com a xícara entre os dedos. O homem se levantou.

— Finalmente, quase que ordeno a guarda atrás de vocês. – exclamou o homem, analisando-o de baixo para cima. — Ei, filho, o que houve? Onde estavam?

— Estávamos na cidade. – sentou-se na cadeira, apoiou o cotovelo sobre a mesa. — Ouvimos relatos de ataques noturnos além daqueles lobos...

Elran ouviu o som irritante do líquido sendo tomado e encarou o pai que tinha aquele olhar interesseiro.

— É sério? – questionou o filho.

— Aah, demoraram tanto... – a frase saiu sugestiva. — Conte-me...

— Céus. – apertou as pálpebras novamente. — Na moral, pai, quantos anos o senhor tem?

— Ah, Elran. – o homem mais parecia uma adolescente.

— Pai, não. – balançou a cabeça. — Aimee é uma menina, e se conversar com ela, verá o quanto é inocente.

— Sabemos que as quietinhas são as piores.

Elran chutou a cadeira do velho que caiu para trás.

— *AÍ SEU DESGRAÇADO!* – gritou de pernas para o ar.

— Não permito que faça essas piadas com ela. – não se importou com os xingamentos do pai. — Temos problemas reais. Criaturas caóticas, esse maldito casamento que nenhum de nós quer...

— Não... - tentava se levantar. — Podem evitar. – resmungou ele após ajoelhar-se no chão erguendo a cadeira.

— Sabemos bem. - suspirou. — Eu realmente acredito que essa menina sofra nas mãos do rei.

— Ai, ai minhas costas. - sentou-se novamente. — Do que fala? A menina só estava nervosa, não deve ter falado sério.

— *Viu como avançou nela.* - baixou o tom. — *Nós sabemos o quanto ele é um filho da puta, um desgraçado cruel.*

— Elran...

— Você não gosta dele só faz essa proposta maluca, pois não há mais ninguém que possa nos ajudar. Fomos deixados pelas províncias.

— Conviveu demais com Ariel.

— E agradeço as deusas por isso. Se continuasse dentro daquela escola, com todas essas ideias extremistas e sem fundamento, seria um imbecil como o meu irmão.

— Respeite seu irmão mais novo.

— Ah pare... você mesmo o mandou para um internato longe de casa, concorda comigo.

— Claro que concordo, mas, estamos em Depurya, de baixo do teto do rei Lyonel. – lhe apontou o indicador. — E se alguém escuta isso, nós estamos mortos.

Elran suspirou novamente, soltando os ombros.

— Ela tem medo nos olhos, pai. – confessou. — Está com medo daqui, do pai, de mim... Da situação por um todo, acha mesmo que falaria tudo aquilo apenas pelo calor do momento?

O rapaz negou.

— Não, têm alguma coisa errada.

— Filho, claro que deve existir algo errado, mas o que podemos fazer? Dentro desses muros, somos apenas convidados, se meter nos assuntos alheios é loucura.

Elran cruzou os braços e manteve-se em silêncio. Só esperava que Aimee estivesse bem.

Entretanto o rei tinha outros planos. Ele surpreendeu a todos dentro do quarto de Aimee ao aparecer de repente, parou no meio do cômodo encarando a menina que estava sentada terminando de secar os cabelos. Cornélia estava ao lado dela e recusou-se a mover-se dali.

— Saia. – ordenou ele novamente. — Ou também sofrerá as consequências.

— Com todo respeito, *meu rei*, sempre sofremos algo.

— Não me irrite mais ainda, cadela. – o olhar frio e doentio do homem fora em sua direção. — Ainda não tive a vontade de lhe arrancar a língua, mas pode ter certeza de que em algum momento farei.

— Gostaria muito de vê-lo tentar. – dera um passo à frente.

— Cornélia pare, por favor.

Aimee se levantou segurando em seu braço.

— O rei esquece que além de sua "babá", servi muito bem como mensageira e se não fosse pela minha língua -

— Não preciso de você e de ninguém, na verdade, a desgraça da minha vida é ter vocês no meu castelo. – aproximou-se. — Saia desse quarto, imediatamente. – ergueu a mão próximo ao seu rosto. — Ou uma bofetada não será o suficiente.

— Ouse.

Cornélia não têm limites, nunca teve, está sempre pronta para enfrentar aquele homem, mas, naquela noite, o controle não estava em suas mãos, não após ser puxada para trás. O golpe violento daquele tapa acertou a face de Aimee que se colocou à frente.

Ele deu um riso irônico, empurrou a menina para trás, tirando-a de seu caminho, agarrou o braço da feiticeira arrastando-a para fora, literalmente a jogou, e apontou para os guardas.

— Levem-na para o quarto e não a deixe sair até amanhã.

Cornélia debateu-se ao ser agarrada pelos homens, seus poderes já estavam prontos para torturar cada um da pior maneira, mas, fora o reflexo de Aimee e a frase silenciosa que a fez parar.

— *Não faça isso, está tudo bem.*

— Aimee...

Ela forçou um sorriso e foi a última coisa que viu após a porta ser fechada. Aimee aceitava uma coisa que estava errada, não tinha que ser punida por nada. As palavras dela em frente aos Kinvaror e ao próprio rei são consideradas inválidas exatamente por tê-las dito com raiva. Eles podiam simplesmente desvalidar, não levarem a sério suas acusações.

Entretanto, Lyonel a odeia mais do que tudo. Não é preciso muito para castigá-la.

— Achou mesmo que eu deixaria passar seus insultos? – ele se virou. — O desacato, uma humilhação dessas?

Ele aproximou-se puxando seu cabelo, obrigando-a encará-lo, a dor fora aguda, sentiu alguns dos fios serem arrancados naquele movimento.

Lyonel tinha tanto ódio daquela garota, o que mais detestava é ver que mesmo depois de tudo o que faz. Nunca viu seu olhar mudar, era sempre aquele maldito olhar gentil, mesmo carregado de lágrimas. E isso, o irritava.

A jogou para o lado, fazendo-a bater contra a cadeira, ela caiu colocando a mão sobre a costela, não havia quebrado, mas a dor a fez perder o ar.

— Eu lhe daria outro tapa, eventualmente um soco nessa sua boca maldita, para lembrar-se de pensar duas, três, DEZ vezes, antes de falar merda na frente dos meus convidados.

Passou o olhar vagamente pelo quarto.

— Mas, teria que justificar e não posso esconder esse seu rostinho. Ainda há muita gente que se encanta por ele.

Aimee tentou se levantar, mas o homem pisou em sua mão, logo em suas costas à fazendo baixar ainda mais.

— Esquece que eu permiti sua estadia, tive a má sorte de vocês não serem mortas naquele dia. E cá está você, sua porca imunda, intrusa desgraçada... Vai se casar sim, pois é o mínimo, para algo essa sua existência precisa ser utilizada.

Lyonel pisou com violência sobre sua cabeça, ela bateu com força no chão, ficou atordoada sentindo o sangue escorrer pelo nariz e o gosto nos lábios. Obrigava-a manter-se de cabeça baixa.

— Agora, implore meu perdão.

As lágrimas escorriam, ela lutava contra a vontade de gritar desesperadamente, fechou os punhos.

— *Me perdoe, majestade.* – sua voz tremulava por conta do choro que segurava. — *Por favor, desculpe minha insolência e ingratidão... Só estou aqui por sua bondade.*

Ele riu, abaixou-se a puxando novamente pelos fios.

— Nunca será nada nessa vida. É um verme, sanguessuga. – ficou mais próximo. — Você me enoja.

Aimee o empurrou pelo ombro, mas, ele não percebeu que

na verdade, ela havia erguido a mão, como se parasse alguém.

— *Sinto muito, meu rei.*

Lyonel bufou, cuspiu em seu rosto e se levantou deixando-a caída.

— Ninguém entra ou sai desse quarto. – disse ele assim que a porta se fechou.

E saiu caminhando pelo corredor.

Aimee, lentamente apoiou as mãos no chão, sentou encostando-se na penteadeira logo atrás. Encarou a escuridão do quarto, a sombra saiu do canto, a silhueta formou-se com a pouca luz que entrava pela janela aberta.

— *Por quê?* – a pergunta era carregada de ódio e indignação. — *Por que não me deixou matá-lo?*

Ela não respondeu, não conseguia, tudo doía, sua dignidade já não existia mais depois daquela noite. Finalmente, aquele choro desesperado saiu, sua mente e corpo já não suportavam mais tanta pressão e tortura. Quando tudo aquilo acabaria? Assim que o caos consumir toda a província? Na próxima noite quando Lyonel decidir enfim matá-la? Ela não consegue mais.

Sentiu o pano úmido passar em sua pele suavemente, limpando o sangue e o cuspe maldito daquele homem. Ao abrir os olhos, conseguiu enxergar a face irritada e cansada de Yone, estava sério, evitava encará-la diretamente.

— Me perdoe... – disse ela. — Sei que sou uma vergonha pra você.

— Não seja ridícula. – atravessou-lhe a fala. — Nunca mais repita isso.

— Você se tornou forte e eu... apenas continuei a lamentável garotinha...

— Cale a boca, Aimee... – acariciou seu rosto juntando a testa a dela. — Em nome de Elkie, pare de falar tanta asneira.

Yone queria sair daquele quarto, encontrar Lyonel, torturá-lo e fincar seu corpo em uma estaca para ser exposto em praça pública, mas, não faria isso. O simples gesto de Aimee o impediu de cortar a cabeça, imagine se tiver o deslumbre de seus pensamentos.

Ela o abraçou e ele a envolveu com delicadeza.

"Proteger quem amamos é a tarefa mais difícil que existe."

CAPÍTULO 13
EGO

— Esses relatórios estão errados. – comentou Elran pela segunda vez lendo os arquivos. —— Está faltando informação e as datas estão trocadas. Quem é o supervisor?

— Senhor...

— Há uma guerra lá fora, problemas demais acontecendo e vocês estão deixando informações importantíssimas fora disso. – ergueu a folha. — Não podem combater nada se não souberem o que estão enfrentando.

O rapaz estava frustrado, deixou as pastas sobre a mesa e cruzou os braços. Ele havia começado o dia bem cedo para que possa fazer uma ronda pela cidade. Não era o motivo pelo qual foram para Depurya, mas, o dever dele fala mais alto e se puder ajudar em algo, sempre se coloca à disposição. E diferente do dia anterior, não trajava as roupas comuns, mas uma farda, não chegava a ser bem a armadura que está acostumado, é mais leve e muito mais fácil de se mover. A cor do couro era escura, brevemente azulado, carregava a espada nas costas, havia dois broches presos na roupa. O escudo com a espada, estava do lado esquerdo no peito e a cabeça de um leão dourado, na correia da espada. Aquele era o símbolo de Oarya, o qual ele jurou nunca deixar desaparecer.

Continuava em silêncio, ainda tentando encontrar um motivo pelo qual os soldados não faziam o trabalho deles. Foi nesse momento que um homem de cabelos curtos e ruivos adentrou a sala, ele nem ao menos cumprimentou os presentes, além disso, empurrou Elran com violência recolhendo os documentos. Paciente e calmo como ninguém deveria ser, o rapaz não saiu do local, apenas observou.

Um dos soldados, tentou dizer algo ao recém-chegado, mas Elran apenas acenou deixando-o que terminasse o que fazia. Assim que jogou tudo de qualquer maneira nas caixas, a entregou a um dos homens ao lado e ordenou que todos saíssem, mas, por algum motivo, ninguém se moveu, apenas, encararam Elran.

— Estão surdos? Movam-se.

— Talvez, se o senhor for um pouco mais educado, seus homens possam seguir as ordens.

Elran, se manteve de braços cruzados analisando a mesa agora vazia. Ouviu o outro bufar e com certeza um olhar que o analisava de cima a baixo.

— Primeiro lugar, eu falo com meus homens da maneira que bem entendo e segundo. – puxou o ombro do outro com força fazendo-o encarar. — Quem é você? E quem permitiu que conseguisse esses relatórios? Está a fim de testar minha paciência logo cedo? Metendo-se onde não é chamado.

— Capitão Kinvaror, da guarda da cidade capital e guarda real de Nysma. – estendeu a mão para cumprimentá-lo. — Prazer em conhecê-lo.

O homem encarou sua mão, logo o broche prateado do escudo.

— E o que faz aqui... "capitão"? – deixou claro sua ironia.

— Aqui, tento entender o porquê os relatórios são feitos com tanto desleixo e ocultando detalhes importantes. Ainda mais com os ataques recentes. – apoiou-se na mesa. — Agora se me pergunta o que faço aqui em Depurya, pode mandar uma carta ao rei Lyonel, talvez, caso ele esteja de bom humor, lhe mande uma resposta.

— Capitão ou não, nessas terras e nessa guarnição quem manda sou eu. Então retire-se, não há nada que gente como você possa ajudar.

Mantendo a arrogância, ele deu as costas e mais uma vez tentou levar o companheiro ao lado que carregava a caixa, mas o homem, não se moveu, havia a clara expressão nervosa, pois, já esperava outro sermão.

— Mova-se soldado.

— Senhor...

— É uma ordem.

— É que... senhor...

— Pode ir. – Elran disse e logo acenou para os demais. — Descansar, todos vocês, não se preocupem, eu me entenderei com ele.

— Mas... o que?

O homem ficou claramente puto com a situação e se virou vendo o outro se levantar.

— Você é novo, não? – perguntou o príncipe. — Claramente que sim. Minha patente perto da sua é maior, é por isso que não te obedeceram. Ser condecorado na cidade capital mostra que fui aprovado pelas três províncias. Entendeu?

— Não faz sentido algum.

— A aprovação dos três exércitos da província é um patamar maior, ou seja, todas as regiões me condecoraram como um guerreiro da alta elite. Como a cidade capital é uma zona neutra, não há líderes ou reis para comandar. Os soldados são liderados pelo capitão, é a patente mais alta, simplesmente é como ser o seu general aqui.

— Ah... que baboseira mais ridícula.

Elran manteve-se em silêncio, afinal, alguns daqueles homens eram exatamente como o rei. Imbecis com treinamento para portar uma espada.

— Gostando ou não, senhor, tenho toda liberdade de estar aqui e pedir o que eu bem entendo. – apoiou os braços sobre a mesa. — Agora, se conseguir ser profissional e começar me explicando o motivo de encobrirem os dados, seria útil.

— Pode esperar aí sentado, "general".

Ele deu as costas e simplesmente saiu. Elran deu aquele riso nasal balançando a cabeça. Está claro que há algo muito errado acontecendo naquele lugar, dentro e fora do castelo. Por que precisavam alterar os relatórios?

Respirou fundo e levantou.

— Não vou pensar em nada de estômago vazio.

Ajeitou a sala e seguiu em direção a saída.

— Senhor!

Elran parou ao ser chamado, um rapaz, adolescente, se tivesse 15 anos era muito. Ele se curvou quase deixando cair a espada mal presa a bainha e isso o fez rir baixo.

— No que posso ajudar? – perguntou.

— E-Eu, meu nome é Viktor. – curvou-se novamente. — Sou novo recruta e... posso... ter ouvido um pouco a conversa dentro da sala de reuniões.

— Ah é mesmo? – cruzou os braços. — Sabe que é falta de educação ficar atrás das portas ainda mais... Quando se está no exército.

— S-Sim, senhor. – o rapaz ficou mais pálido do que já era. — Mas é que...

Elran segurou em seus ombros e sorriu.

— Não estou bravo ou lhe dando uma bronca, está tudo bem. – o interrompeu para tentar acalmá-lo. — Venha, já almoçou?

— Não, senhor.

— Então, vamos comer.

Ele o empurrou para frente, logo ajeitou a espada para que não caísse. Caminharam pelas ruas de pedra até a única taverna que continuava funcionando. Aparentemente, as pessoas estavam com medo de entrar na floresta para caçar e ninguém pode julgá-los, com tantas criaturas surgindo, não devem se arriscar.

O rapaz, Viktor estava muito acuado, quase não tocava na comida, encarava o resto o local, timidamente.

Elran garantiu que poderia ficar tranquilo, não o julgava por ouvir atrás das paredes, ainda mais com aquele capitão gritando ao sete ventos. Ele percebeu que o garoto era um observador, sempre atento aos redores, provavelmente era um ladino que entrou para a frota por conta da falta de soldados. Viktor era apenas uma adolescente.

Mas, o garoto era esperto, e bem fofoqueiro se pode dizer assim. Disse que o nome daquele capitão era Cásper Rekatan, chegou a dois meses, já que nunca o viram antes. Entretanto, Cásper segui ordens diretamente do rei, então os relatórios alterados são desejo de Lyonel.

O caçador é odiado por boa parte dos soldados, pois, ele aparece, aniquila as aberrações e sai como se nada tivesse acontecido. Isso os irritava, pelo que disse o rapaz. E mais uma vez Elran ouvia rumores daquele caçador, mas ninguém parece saber quem ele é.

Só que se irritou em saber que Lyonel é estúpido ao ponto de alterar relatórios importantes pelo puro fato de não deixar os créditos a um desconhecido. Quer fingir que tudo está sobre o controle. O ego dele é tão frágil.

— Aquela jovem. – Viktor havia cortado o silêncio enquanto caminhavam. — Os soldados disseram que era a princesa Aimee, mas, eles mesmos não sabiam dizer, comentaram que fazia anos que não aparecia pela cidade.

Elran teria zombado de Viktor por ser tão fofoqueiro, mas ele mesmo ficou interessado no assunto.

— Sim, é a princesa. – analisou ao redor. — Quanto tempo?

O rapaz ergueu os ombros.

— Muito tempo pelo que disseram. – deu de ombros pensativo. — Disseram que não esperavam que estivesse tão... – parou ao perceber que quase falou besteira. — É... digo...

— Tão?

Elran parou e o fitou sério.

— Tão... – não sabia o que dizer. — Amadurecida?

Elran respirou fundo, balançando a cabeça.

— Pensaram que ela tinha sido isolada por conta dos rumores antigos e não poderia ser a mesma pessoa...

— Você é um bisbilhoteiro de primeira. – interrompeu outra vez, caminhando. — Mas, agora vai me contar exatamente do que estão falando.

— Sobre a princesa?

— Sobre os rumores.

— Diziam que a princesa recebia visitas noturnas, alguém que estava sempre em seu quarto. A denúncia foi anônima pelos que os homens contaram, foi um absurdo na época pois, ela tinha o que? Sete, oito anos? Então parece que o rei mandou homens para vigiarem o castelo, o quarto, tudo... Entretanto... Nunca apareceu ninguém.

"É meu melhor amigo, o único."

Lembrou-se bem daquela frase.

— *Uma das pessoas mais importantes...* – acabou falando sozinho.

— Como senhor?

— Nada. E depois, mais alguma coisa?

— Não, foi aí que começaram os comentários, a princesa simplesmente não apareceu mais fora do castelo... Até ontem.

— *Minha nossa...* – disse para si mesmo enquanto aproximavam-se dos cavalos descansando a frente da guarnição. — A insatisfação dela, faz todo sentido.

— Senhor?

— Estou pensando alto. – disse enquanto seguia para perto da égua branca. — Escute, Viktor. – virou-se para o rapaz. — Não quero que saia por aí, principalmente à noite, mesmo que escute algo extraordinário, certo?

— Sim, senhor.

— Não é um bode expiatório, nem mesmo continua um ladino, então, quero que foque mais em seu treinamento.

— Senhor Kinvaror, não consigo controlar meus ouvidos.

— Então, controle a curiosidade. – montou no cavalo. — São boas informações, me ajudou a esclarecer alguns pontos, mas, agora, buscarei por documentos oficiais.

— Entendo.

— Obrigado, Viktor... Acredite, me ajudou muito. – acenou. — Agora volte, descanse e depois treine, troque essa espada longa por rapieiras.

Elran ajeitou as rédeas da égua e subiu.

— *O que falta para as pessoas é oportunidade.* – disse ele acenando para o menino.

O rapaz não conseguiu responder, Elran saiu apressado com a égua de volta para o castelo. Viktor nunca se sentiu tão motivado. Não o decepcionaria.

••••

Aimee acordou muito tarde naquele dia, sabia disso por conta da luz solar que atravessava as cortinas diretamente em seus olhos. O corpo pesado quase não se moveu, além da intensa dor, outra coisa a impediu de se mexer. Ainda sonolenta encarou aquele braço que a abraçava, foi puxada para mais perto, deu um sorriso curto sentindo o rosto de alguém roçar em suas costas e têm certeza de que se escondeu entre os cabelos.

— *Acordou finalmente.*

A voz de Yone estava abafada por conta do rosto coberto. Aimee segurou a mão dele trazendo para perto do rosto, ele acariciou a bochecha com o polegar e logo encostou o queixo sobre o ombro dela, observando. Estava de olhos fechados, segurava sua mão com certa força, como se não quisesse que soltasse. O grande hematoma estava ali, a sua frente, na bochecha esquerda, a simples visão daquilo crescia seu ódio, queria ter cortado a cabeça daquele desgraçado no mesmo instante, mas, não o fez, Aimee o impediu.

— Você ficou...

A voz dela o tirou dos devaneios. Inclinou-se lhe dando um beijo no topo da cabeça, mas não se afastou, continuou ali, próximo, acariciando seus cabelos.

— Que tipo de amigo eu seria indo embora... Já a deixei passando coisas demais sozinha.

— Mas, se alguém entrasse ou a Cornélia...

— Ninguém virá. - lamentou ele. — Ouvi os guardas impedindo até as empregadas de trazerem comida... Aquele velho te trancou aqui. - afastou-se um pouco. — E mesmo se Cornélia usasse a magia para entrar e brigasse comigo, não iria embora.

Ela ajeitou-se lentamente por conta das dores, mas, virou para fitá-lo. Yone conseguia ver o medo em seus olhos, tocou sobre seu rosto, tentando confortá-la.

— Vou tirá-la daqui.

Ela negou.

— Não... – suspirou pesado. — Não mais.

— Do que está falando? Se eu chutar essa porta, a madeira, os guardas aprendem a voar.

Aimee sentou e abaixou o olhar.

— Não posso ir embora, isso só causaria mais problemas. – tocou na própria bochecha. — Eu desobedeci o rei e por isso ele me puniu.

— Te puniu por ter vontade própria e ainda acha que-

— Eu vou casar. – disse por fim, fazendo o calar-se no mesmo instante. — E-Eu rebati, disse muita coisa que não deveria na frente dos convidados, por isso a punição.

— Isso não vai acontecer. – ele negou. — Não, não mesmo.

— Yone, por favor...

Aquilo foi a gota d'água para ele. O ódio, a raiva, o consumiu rapidamente. Os olhos brilharam, naquele tom azul acinzentado, o quarto ficou quente, como se o próprio sol tivesse batido no cômodo por horas no verão intenso, a pele dele ardia, por dentro o mesmo calor e bem pior. A fúria que carrega era tanta que mal escutou a voz da menina que tentou inutilmente segurá-lo, Aimee não tinha força alguma para impedi-lo. Ele levantou com rapidez, agarrou o cabo de uma daquelas katanas indo em direção a maçaneta. Abriria aquela porta num corte limpo e faria um massacre naquele lugar.

Ele ergueu a espada e assim que deferiu o golpe, a lâmina foi parada pela mão da menina, o corte aberto na palma fora grande e poderia ter sido pior se o próprio rapaz não tivesse controlado a força assim que a viu entrar a sua frente. Aimee, apesar de sentir uma dor absurda, não gritou, ela tocou sobre o peito dele, aquela cor azul que emanou era clara, quase como cristal, partículas multicoloridas refletiram a luz do sol. A sensação que invadiu o peito dele era de pura serenidade, o envolveu, como uma brisa, aconchegante, a cor oscilou para um verde igualmente suave e aquilo clareou os pensamentos conturbados, lhe dando a parte racional de volta.

Ele soltou a espada, encarava aqueles olhos mareados, agora repleto de dor, o cheiro do sangue de Aimee lhe invadiu o olfato.

— Você me prometeu... – disse ela quase sussurrando. — Prometeu que não machucaria os inocentes.

O poder de Aimee o inibia de sentir qualquer coisa que não fosse aquela calmaria, estava entorpecido. Sentiu aquele toque gentil em seu rosto e ele deixou as lágrimas escorrerem.

— *Me perdoe...*

Ela realmente tentou sorrir.

— Estou bem.

— Não... – Yone fechou os olhos com a carícia que recebia no rosto, era tão suave e cheio de amor. — Não está! E eu não posso fazer nada.

Ele se ajoelhou, Aimee se assustou com o movimento súbito e acabou por abaixar também. Não havia nada de errado com ele, fisicamente falando, podia sentir, mas, Yone, não conseguia manter-se de pé. Continuou ali de joelhos, cabeça abaixada.

— Me perdoe, por favor... – ele pedia. — Nunca pude proteger você, nem mesmo agora.

— Yone, não é verdade.

Ele ergueu o olhar e foi a primeira vez que Aimee o viu chorar.

— Cornélia está certa em dizer que sou o problema, eu queria ficar longe, mas... Tenho medo de te perder. Quão egoísta eu sou. Veja o que fiz... Fora de controle.

Aimee, mais uma vez acariciou o rosto dele, a magia fluía das pontas dos dedos, secava as lágrimas, tirava aqueles fios platinados que caíam na face. Queria acalmá-lo, não desviava seus olhares e fitá-la tão intensamente, o fazia sentir vergonha, não era digno de tamanha gentileza ou das palavras afáveis que profere.

Um olhar cheio de ternura, compaixão, Aimee é oposto de tudo o que ele já encontrou na vida.

— Eu gostaria de tê-la só para mim. – comentou. — Levá-la para longe desse inferno e dessas pessoas, lhe dar tudo o que merece. Ver o seu sorriso, ouvir seu riso... Admirar a beleza única tanto de seu rosto como de sua alma. – ele desviou o olhar para encarar a mão que pingava sangue. — Mas, você não merece um monstro como eu... Sua bondade e gentileza... Não as mereço, nunca mereci.

— Veja... – ela disse mostrando corte que lentamente se curava. — É muito mais profundo do que qualquer coisa e o processo parece mais lento, entretanto, não deve se preocupar. Eu me regenero.

— É o ferro negro, é uma das principais propriedades, evitar que criaturas possam curar-se. Por isso é tão perigoso.

Ele segurou com delicadeza a mão dela e Aimee mais uma vez acariciou o rosto fazendo-o erguer o olhar.

— *Tudo vai ficar bem.*

Sussurrou ela juntando a testa a dele.

CAPÍTULO 14
ERROS PERFEITOS

Yone se ofereceu para limpar aquele sangue do chão antes que secasse e manchasse. A menina procurou outro vestido já que também tinha respingos. A ferida se fechou por completo apesar da demora, não ficou cicatriz.

— Mesmo depois de todos esses anos, a ansiedade, o medo de tê-lo perdido... Nunca me passou a ideia de desistir, esperaria o tempo que fosse preciso para vê-lo novamente.

Disse ela de repente, enquanto procurava por algo nos armários. Yone riu baixo balançando a cabeça.

— Não sei o que aconteceu com você depois que foi embora, não sei o que fez ou deixou de fazer, mas eu não sou ninguém para julgá-lo pelo passado, ele já não existe mais.

Ela parou suspirando pesado.

— Sei que têm muitas feridas mal cicatrizadas e seu objetivo é levar esse lugar a ruína. Não entendo tudo, mas, sei que não faz por vingança. Caso contrário... nunca teria me ouvido ou parado quando lhe pedi. E confesso que fico alegre, assim, vejo que ainda há bondade em seus atos.

— Você a única coisa que me importo, Aimee. Queria poder dizer tudo que sei, dizer-lhe às verdades, mas... Não posso, não ainda... É arriscado demais.

— Tudo bem. – o fitou e sorriu. — Confio em você e nas suas decisões. Estarei aqui, não importa o que aconteça.

As batidas do coração dele, sempre foram mais aceleradas que dos outros, mas naquele momento, pareciam piores, a qualquer instante poderia sair pulando de seu peito. Voltar para ela foi como um furacão de emoção e confusão, talvez, ele já soubesse, sempre soube, apenas negava e escondia. Mas, ali, a ouvindo, a mera presença o mudava, queria ter aqueles segundos para sempre, observá-la em silêncio.

Antigamente, ela já era a criatura mais bonita que conheceu. Sua meiguice e ingenuidade o faziam cair em suas graças, mesmo que nunca tivesse pedido nada. Sua opinião sobre ela não mudou, ainda é a pessoa mais estonteante que conheceu e o passar dos anos conseguiu deixá-la mais bonita.

A paixão que nutre por ela, aumentou mesmo longe e agora quase não consegue esconder. Pensar que casará com um qualquer, o deslumbre dessa imagem o deixa irritado.

— O que tanto cavas coelho? – zombou ele ao vê-la quase engolida pelo armário.

Ela riu e se virou tirando os fios que caíram no rosto.

— Tinha certeza de que havia um último frasco da poção da Cornélia por aqui..., mas, acho que minha memória está ruim. – fechou as portas. — Não posso ficar desse jeito, sei que não irei a lugar nenhum, mesmo assim...

— Desse jeito como?

Indagou ele encostando no suporte da madeira da cama, vendo-a passar a sua frente.

— Com esses cabelos, alguém pode entrar e se assustar, não posso ariscar.

— Assustar? Fala como se fosse uma aberração. Você é ainda mais bonita quando têm esses fios rosados. Eles pensarão o mesmo.

— Me acha bonita?

Ela dera um pulo a sua frente com aquele sorriso inocente e as mãos atrás do corpo. Yone apenas ergueu uma das sobrancelhas, cruzou os braços e encostou a cabeça no suporte.

— Sim. – uma resposta curta e sem enrolação.

— Você também ficou muito bonito! – ela levou as mãos até os cabelos prateados.

Ele tentava concentrar-se em qualquer outra coisa e não nos lábios dela. Ela sentou-se no baú de roupas em frente a cama.

— Fui até a cidade ontem, encontrei uma mulher desolada pela perda do filho. Na verdade, o mercado estava praticamente vazio, mas, ouvi os soldados dizendo que o caçador fora o responsável por recuperar o corpo da criança.

— O que estava fazendo lá? – desconversou por algum motivo.

— Fugindo do inevitável. – suspirou. — O príncipe Elran achou que seria bom nos afastarmos do castelo.

— O cavaleiro da Trindade?! – ficou tão surpreso que até alterou a voz.

— O conhece?

— Ouvi falar. – pigarreou, ajeitou os braços, mas os mantendo cruzados.

— É com ele que irei me casar. – disse ela descontraída.

Yone mudou a expressão, não conseguiu evitar, o ciúme falou bem mais alto. Até mesmo o nervo do seu olho direito puxou em nervoso.

Não acreditava naquela coincidência.

— Elran também não concorda com o casamento. Assim como você, ele não confia no rei, não queria manter um tratado que possivelmente durará anos entre as duas famílias. Mas, ambos sabemos que não importa nossa opinião.

Yone a ouvia, mas, ao mesmo tempo, parecia que as informações entravam por um ouvido e saíam pelo outro. Só conseguia focar-se no fato que casará com aquele desgraçado, um filhinho de papai, bancado às custas do reino.

Ele conhece brevemente a história do capitão Kinvaror, foi condecorado pelas províncias, os soldados da cidade de Eltend viviam comentando algo sobre ele e como sobreviveu ao treino dos dragões. Até mesmo Alucard o falava dele

— Yone!

Ele a encarou depois de ser puxado pela camisa.

— O que?

— Estou falando com você.

— Você é tagarela, fala pelos cotovelos, não presto atenção em tudo. – o costume de ser sarcástico fez aquela frase sair sem pensar.

Mas a expressão surpresa e logo em seguida tristonha dela o fez se arrepender de imediato.

— Foi uma brincadeira, Aimee.

Só que ela ficou magoada, lhe deu as costas. Yone apertou as pálpebras, deu a volta parando a sua frente, Aimee não o encarou.

— Aimee... – o silêncio dela continuou.

Ele deu aquele riso incrédulo, aproximou-se demais, apoiou ambas as mãos no pé da cama, impedindo que ela se movesse dali. Claro que nesse instante a menina o encarou assustada, sem entender.

— Quase arranquei sua mão minutos atrás, agora, faço uma brincadeira e fica chateada? – riu baixo admirando seu rosto. — Têm que rever suas prioridades, princesa.

— Não estou chateada pelo que disse, mas por sua falta de consideração aos meus sentimentos. – rebateu. — Sumiu por três dias, descubro que entrou em um covil de monstros e simplesmente me ignora.

— Estou aqui não estou? Vivo?

Ela desviou o olhar, comprimiu os lábios para controlar a vontade de chorar.

— E-Eu me preocupo com você.

A voz embargada pelo possível choro o fez baixar a guarda, deixou de lado o cinismo e seu sarcasmo. Os olhos passaram pelo perfil dela, logo desceram para o pescoço exposto e não pode evitar os pensamentos despudorados de qual seria a sensação e a reação dela se ousasse a beijar ali. Na verdade, ele desejava demais poder descer os lábios pelo colo até a curva dos seios.

Ele acabou segurando a madeira com um pouco mais de força na tentativa de controlar-se.

— Olhe pra mim. – pediu ele sendo ignorado. — Aimee.

Yone aproximou-se ainda mais, encostando o rosto ao dela, os lábios tocaram suavemente o lóbulo de sua orelha de propósito.

— *Estou falando com você.*

Sussurrou vendo a pele se arrepiar quase que no mesmo instante. Ele enfim segurou seu rosto, não havia força, nem mesmo a machucou, mas, o gesto pareceu um pouco mais bruto que o normal, fazendo que o fitasse.

— *Então, olhe pra mim.* – não disfarçou quando ficou encarando sua boca. — *Nunca se esqueça que tenho a língua afiada.*

Aquela frase continha tantos sentidos, mas, Aimee não é capaz de captá-los e ele divertia-se com isso.

— Agradeço a preocupação. – disse enquanto passava a ponta do polegar em seu lábio. — Mas, não será bom lhe contar cada detalhe, apenas lhe trará pesadelos. Estou bem, não vê?

— E-Eu sinto medo quando desaparece assim.

Ele pendeu um pouco a cabeça, cada palavra parece seduzi-lo, não consegue evitar. Acariciou o rosto dela e ela acabou fazendo o mesmo, tocando os dedos em sua bochecha.

— Eu também tenho medo de te perder.

"Merda!" Foi exatamente o que pensou depois de ouvir aquilo.

Beijá-la foi precipitado, mas inevitável. A princípio fora apenas um selinho mais longo, ele realmente desejou que Aimee o empurrasse, que o impedisse, mas, não foi o que aconteceu. No momento que ela entre abriu os lábios o correspondendo, a sensação fora como se suas bocas fossem feitas uma para outra. Seria o calor daquele momento? A maneira que se envolvem tão naturalmente que lhes dava tal impressão? Talvez, Yone não estava preocupado com isso.

Foi uma pausa breve que ele fez apenas para deitá-la ali naquele banco mesmo que não coubessem, debruçou-se sobre ela.

— Yone, eu na-não sei...

— É apenas prática. – interrompeu ele sabendo exatamente o que diria.

O sorriso dele tinha algo diferente, era bonito, havia sensualidade, uma audácia difícil de decifrar, mas, de todo modo, é atraente. Apoiando ambas as mãos acima do ombro dela, observava aqueles olhos, belos como um quartzo rosado. Ele perdia o juízo mais uma vez lhe dando aquele singelo beijo.

— *E podemos praticar o quanto desejar, princesa.* – sussurrou com os lábios junto aos dela. — *Sem pressa...*

Ele tomava seus lábios com tanta volúpia mais ainda assim, mantinha um ritmo lento e envolvente de uma maneira que ela pudesse acompanhar. Por mais que tente evitar, Yone é como Cornélia gostava de chamá-lo, *animal.* Ele age instintivamente de acordo com a situação, e naquele momento, não havia um resquício de lucidez.

Sentia as mãos dela sobre seu ombro, os dedos apertavam o tecido da roupa, mas, ainda assim, mantinha-se tímida e receosa. Ele acariciou seu braço, subindo até segurar-lhe a mão, a trouxe para perto do rosto, dando um beijo sutil em sua palma.

— Não precisa ficar assim tão acanhada, Aimee. – disse levando a mão dela até seu rosto. — Pode me tocar. – continuou guiando-a. — *Quero que me toque.*

Sussurrou a frase assim que aproximou os lábios em seu pescoço, deixou uma trilha de beijos sobre a pele alva, cada um deles faziam-na arrepiar, o sorriso discreto surgiu na face assim que os dedos dela tocaram-lhe os ombros, mas dessa vez por dentro das vestes.

Aimee estava ansiosa, queria tanto aquilo, e ao mesmo tempo tinha medo. Então, o afastou um pouco, recuperando o fôlego, ele acariciou seu rosto rubro.

— Quer que eu pare? – perguntou ele.

Ela desviou o olhar constrangida com a situação.

— I-Isso... Não é errado?

— O que exatamente? – ele não conseguia ser menos provocativo.

— Yone!

Aimee cobriu o rosto com ambas as mãos envergonhada demais. Ele sorriu aproximando-se e dando um beijo sobre seus dedos.

— Acha que beijar um amigo é errado? – o sutil acenar de cabeça fora sua resposta. — Então, me diga...

Ele desceu a mão pela cintura dela, chegou ao quadril e logo na barra da saia subindo-a lentamente.

— Preferiria um estranho? Como o capitão?

Ela se alarmou com tal pergunta, o encarando incrédula.

— E-E-Eu... – a frase quase ficou engasgada. — Eu nunca...

— Mas, ele não será seu marido? – Yone a interrompeu e praticamente colocou-se entre as pernas dela pressionando-a ainda mais sobre o banco. — Um estranho que deverá cumprir o dever de "um bem maior".

Yone segurou os punhos dela prendendo-os sobre a cabeça, aquele sorriso dele a deixou ainda mais desesperada.

— Por que está fazendo isso? – perguntou ela.

Ele riu.

— Quer que eu pare? – manteve-a presa com uma das mãos e a outra segurou-lhe o rosto. — É só pedir.

Ela sibilou alguma palavra, mas nada saiu. Yone continuava a encará-la, divertia-se demais com suas reações, só que ele não é idiota.

— Ok. – disse soltando seus braços. — A última coisa que quero é forçá-la a fazer algo.

A puxou para se sentar e ajeitou sua roupa, deu um sorriso de canto beijando seu rosto e se levantou. Lhe deu as costas, passou as mãos no cabelo, respirou fundo indo em direção a janela, era melhor tomar o controle da mente, focar em seu lado racional.

Encostando no batente, cobriu a própria boca ainda com aquela sensação formigante, tinha sido bom demais para simplesmente esquecer assim. Pode ter sido realmente um erro, sua impulsividade o levou aquilo, mas, ele confessaria.

Foi o melhor erro da sua vida.

Só não sabia se ela pensava da mesma maneira, pelo menos... não até aquele momento.

Aimee aproximou-se tocando de modo tímido sobre seu braço chamando-lhe atenção, assim ele se virou, viu que ela segurava a pedra daquele colar.

— E-Eu... – abaixou o olhar. — Não entendo isso, mas... – apertou o pingente com mais força. — Acho que não quero um estranho.

Yone tocou em seu rosto, passou levemente o polegar

sobre o hematoma que continuava ali e ele deduziu que ela o deixou exatamente para que ninguém suspeitasse de seus poderes. Se o curasse, Lyonel poderia fazer pior e torturá-la.

Ela fechou brevemente os olhos com aquele carinho.

— Não quero me casar, não quero mais ficar aqui... – podia se ver a súplica em seu tom de voz. — Mas, as pessoas podem sofrer consequências horríveis se eu não obedecer... Minha mãe, Cornélia, até mesmo a família Kinvaror.

— Ajude-me a derrubá-lo. – pediu ele. — Assim todos vocês estarão livres. Sei que é complicado te pedir isso, não pense que estou aqui apenas para te usar, por favor, nunca tenha essa ideia..., Mas é a única que realmente pode encontrar provas contra os Gagnon.

— Que provas?

— Existe uma câmara em algum lugar desse castelo onde os Gagnon nunca puderam entrar, muito menos destruir, pois foi selado e protegido. – respirou fundo. — E essa magia só pode ser desfeita com o sangue, mas não qualquer um...

Ele quase mordeu a própria língua para segurar aquele segredo, mas aquilo o corroía, não queria mentir ou esconder nada dela.

— O sangue precisa ser de um herdeiro legítimo do trono de Depurya. Um descendente dos dragões de ouro.

Aimee ergueu as sobrancelhas surpresa e confusa. Ela não entendia absolutamente nada sobre a grande história das guerras, ou até mesmo de onde vive. Apesar de amar Isma como sua mãe, ela e ninguém mais lhe contou sobre os antepassados ou a árvore genealógica dos Gagnon, então, para Aimee... Tudo era uma incógnita. E ainda mais quando se trata dos dragões e magia, qualquer pergunta que tente fazer é ignorada.

— Não há mais dragões ou outras raças pelo reino. – comentou ela. — Os caçadores arcanos estão sempre eliminando tudo e todos.

— Grande parte foi morta sim, outras se escondem. – voltou a tocar suavemente sobre seu rosto. — Nem todos os dragões foram mortos, Aimee.

— Como sabe de tudo isso?

— Eu te disse... Nada do que contam para nosso povo é verdadeiro, é alterado para fazer com que os Gagnon sejam os heróis, mas é mentira. Vivendo em Eltend, Alucard mostrou os registros, as cartas enviadas pelo rei Yargorth contando sobre as ameaças e como os humanos estavam começando a carnificina pelas terras.

— Yone, mas, por que ele faria isso? Mostrar algo tão importante assim? Me perdoe se soou incrédula ou...

— Não espero que entenda ainda e está tudo bem. – lhe deu um abraço. — Mas, por favor, confie em mim.

Ela retribuiu o gesto, estava pensativa, tinha muita informação para absorver até que se afastou um pouco, tocando sobre o peito dele e ergueu o olhar.

— A ala leste. – comentou recebendo aquele cenho franzido dele. — O lado leste do castelo é proibido, nem mesmo Cornélia conseguiu passar, não me contou muito, mas... Aquele é o único lugar onde ninguém pode se aproximar.

— Então terei que trocar mais do que farpas com a feiticeira. - a viu fazer uma careta e ele sorriu. — Depois conversarei com ela... Nesse lugar todos nós precisamos tomar cuidado.

Ele calou-se por alguns instantes, prestando atenção nos passos que vinham pelo corredor, as vozes distantes, pareciam soldados apenas jogando conversa fora, continuavam uma ronda pelos aposentos da princesa por ordem do rei. Esse que estava longe do castelo naquela tarde, comentaram algo sobre Lyonel não ter tido uma boa noite de sono. Yone queria ter lhe dado um descanso eterno direto ao abismo, mas isso ainda não aconteceu.

Se desconcentrou assim que sentiu o indicador da menina empurrar-lhe a testa.

— Ei! - reclamou ele.

— Está com aquelas rugas na testa de novo. - afastou-se um pouco o observando.

— Nah... Ainda verá muito isso.

Disse de modo descontraído enquanto ele mesmo massageava a testa. Suspirou e então ergueu o olhar para ela que desviou envergonhada. Aimee encarou a sacada apenas para não fitar o rapaz diretamente, mexia nas pontas dos dedos visivelmente acanhada e inquieta.

Ele deu aquele riso nasal.

— Eu a forcei demais? – perguntou ele aproximando-se.

— Na-Não... – o rosto dela ficou vermelho rapidamente, se virou e encarou o céu azul. — É que... não consigo entender... – colocou a mão sobre o peito sentindo o coração acelerar. — Isso não é errado?

— Pessoas beijam estranhos o tempo todo na rua, às vezes, até mesmo transam com elas. – ergueu os ombros. — Por que seria errado beijar alguém que conhece?

Aimee cobriu o rosto com a mão, não era possível que estava tendo aquela conversa com ele. E como pode ser tão livre a dizer tais coisas? A menina sentia tanta vergonha que gostaria de correr e desaparecer.

— Só é errado se isso fora algo contra sua vontade. – comentou ele parando ao lado dela. — Se fiz isso, me diga e nunca mais tocarei em você.

Mas, Aimee não conseguia falar, estava muito nervosa e tímida, as palavras simplesmente não formavam, apenas as cenas e a sensação estavam vivas com ela.

Eram muitas perguntas passando em sua mente, o corpo mal se movia, praticamente estava paralisada ali, tentando esconder-se.

— O erro foi meu, não irá se repetir. – Yone disse de repente, acariciando seus cabelos e se afastou.

Ele está se culpando, mas, pelo que? Aimee se virou o puxando pela camisa, logo agarrando seu braço o impedindo de se distanciar.

— Está tudo bem. – disse ele segurando sua mão. — Não faça essa cara, nada vai mudar.

Assim que tentou afastar-se de novo, Aimee usou toda a força que tinha para mantê-lo ali, foi até mesmo uma cena cômica por que bem, ela fora um pouco arrastada junto. Ele não pode segurar o riso com aquilo e mais uma vez se virou para encará-la, mas, fora pego de surpresa assim que teve a camisa puxada novamente. Aimee o beijou, ficando nas pontas dos pés na tentativa de diminuir a diferença de altura.

— E-Eu gostei... – confessou ela daquela maneira tímida. — Então, por favor, não vá embora.

— É o que realmente quer? – mais animado com tal confissão ele não poderia ficar. — Que eu fique?

Aimee acenou e ele deu um sorriso de canto, segurando-a pela cintura.

— *Como desejar, minha princesa.*

CAPÍTULO 15
CONTRA AS ORDENS DO REI

— Entenda senhor Elran, compreendo sua posição e respeito, mas, o rei não permite que entrem na sala de reuniões quando ele não está. Gostaria muito de ajudá-lo, porém, infelizmente, não posso permitir.

Um dos soldados parado em frente a porta repetia o longo discurso de proibição e apesar de ser paciente, Elran já não suportava mais tantas restrições acerca da segurança do reino.

Qual o problema do rei? É realmente a pura raiva e orgulho de souberem que todos os monstros não foram derrotados por seus homens? Não é possível, pois se isso for real... Lyonel é um verdadeiro frouxo.

Ainda bem que ninguém naquele lugar lia pensamentos ou o príncipe estava muito ferrado.

Acabou desistindo por hora. Lyonel e seu pai saíram para cavalgar, o destino ninguém quis contá-lo, mas, conhecendo bem ambos, provavelmente estão discutindo detalhes do casamento e o dote.

Dote.

Dinheiro, sempre o dinheiro. Sua família não estava em ruína por falta dele, mas como Saranyu foi retirada do tratado das províncias a muitos anos, eles não oferecem ajuda alguma. Nem mesmo os soldados da cidade capital podem pisar naquelas terras. E eles realmente precisam de um exército. As aberrações continuam aparecendo, a população não estará segura, viu o desespero e o medo, isso é quase impossível de conter quando alcançar o auge.

Uma guerra eminente... E eles estão preocupados com casamentos, um orgulho ferido e rivalidades infantis.

Elran já não suporta mais aquele lugar. Cresceu fora de Nysma, sua mente é três vezes mais aberta que os demais. Ele sabe que a província não está longe de ser estúpida, pois também rejeita a magia, quantas vezes já não foi criticado e esculachado pelos demais ao defender uma suposta "bruxa".

"Você terá o mesmo destino de Oarya. Morrerá pelo que defende. Ariel errou e sucumbiu e veja o que aconteceu."

Essa e outras frases o difamavam pelo simples fato de aceitar a magia e ser justo com aqueles ao redor. Todos têm uma história para contar, lutas que enfrentam todos os dias para sobreviver, por que ele deve condenar alguém que nasceu com tal poder? É uma dádiva, não é isso que as deusas ensinaram? O rei Ariel aprendeu isso e tratou de ensinar os demais, mesmo assim, foi condenado.

Ele parou ali no corredor, virou-se para a grande janela admirando o jardim, colocou a mão sobre o broche de leão.

— *Isso é um absurdo! Não é possível, o que a jovem Aimee fez?*

Os ouvidos de Elran rapidamente captaram uma conversa aleatória próxima a ele.

— *Fale baixo Décio!*

O príncipe estava encostado na parede, próximo ao corredor onde os empregados conversavam.

— *Só falo baixo quando souber o motivo para não levar a comida para a princesa. Ela já não tomou café da manhã os demais disseram que tiveram que jogar fora!*

— *Shh homi!* – a mulher realmente tentava fazer o companheiro abaixar o tom. — *O rei ordenou que ninguém a visitasse e proibiu até mesmo as refeições.*

— *Mas, por que Ermínia?*

— *Parece que a menina fez algo errado, eu não sei, mas ouvi os soldados comentarem sobre o rei a repreender noite passada.*

— *Repreender? Pelo amor das deusas nós sabemos que...*

— *Shh! Décio!*

— *O que?*

Elran não aguentou apenas ouvir tamanha atrocidade e assustou os empregados que gritaram.

— Virgem santa! – o homem, Décio, quase jogou a bandeja que carregava.

— Aí meu coração... – Ermínia disse colocando a mão sobre o peito. — Vossa alteza, pelas deusas, não chegue assim... Minha saúde é frágil.

— Estavam falando da princesa, o que houve? – encarou ambos seriamente.

—Ah, hã... então, senhor...

— Veja bem...

— Nem tentem. – interrompeu ambos que se embolavam nas palavras. — A verdade.

— Senhor, é que... – a mulher gesticulava nervosamente. — É um assunto de família e...

— É nossa terceira tentativa de levar comida para a senhorita Aimee, mas somos impedidos até mesmo de subir as escadas, os soldados não nos permitem.

— Décio!

— Eu que não vou mentir pra um homem desse tamanho! – alarmou o empregado acenando com os ombros.

— Quantas horas ela está sem comer?

— Não sabemos senhor, acredito que ela também não tenha jantado ontem à noite. – comentou Ermínia relutante.

— A comida ainda está quente? – perguntou a Décio que acenou. — Então, venha comigo, a senhora procure o caseiro, com toda certeza, ele terá uma cópia das chaves, traga-o. Vamos abrir aquela porta.

— Senhor?

— Aimee é minha noiva e não permitirei que seja maltratada.

A voz de Elran é grave e a frase soou tão imponente que os empregados abaixaram a cabeça e ele saiu caminhando.

— Mas, senhor se desobedecer as ordens do rei... – Ermínia estava receosa por todos.

— Não ligo de quem são as ordens, assumo qualquer consequência.

Os empregados se entreolharam, Décio acenou para a colega e acompanhou o príncipe. Ermínia juntou as mãos fazendo uma prece silenciosa pedindo proteção as deusas, pois quando o rei descobrir essa desobediência, teriam um terrível problema. Ela respirou fundo e correu atrás do caseiro.

Cada passo mais próximo as escadas, Décio ficava tenso, arredio, praticamente escondia-se atrás do príncipe. Esse que não tinha uma expressão temerosa, pelo contrário, caminhava com firmeza e convicção. Assim que alguns soldados tentaram pará-lo, ele apenas os empurrou abrindo caminho. Eles tentaram mais uma vez impedi-lo, mas o simples olhar daquele homem os fizeram recuar e assim continuaram a subir os degraus.

— É Décio, não?

— Sim, senhor.

— Disseram a palavra "repreender" e você pareceu bem incomodado. Diga a verdade... Isso já aconteceu?

— O que exatamente, senhor?

Elran respirou fundo, se virou e parou.

— O rei Lyonel já feriu a princesa?

Décio encarou a bandeja, depois o corredor a frente, não pode passar dos limites, ele pode sofrer muito se falar demais.

— Tudo bem. – ele tocou sobre o ombro do homem. — Eu entendo.

Acenou para que guiasse o caminho e ele continuou.

— Me desculpe, vossa alteza.

O rapaz deu um sorriso amigável e logo acenou. Ele realmente não via problema, estava com medo, na verdade tudo naquele castelo parecia funcionar a base do terror. Lyonel é mesmo tudo aquilo que muitos dizem.

"Um tirano sanguinário"

Tudo deve ser do seu jeito, caso contrário, acabam mortos.

— Mais uma vez aqui, servo? Já lhe dissemos, nada de comida ou visitas aos aposentos da princesa!

Pode se ouvir os passos pesados da armadura aproximando-se do pobre homem, mas Elran surgiu no instante seguinte, segurou aquela lança do soldado e o empurrou para trás.

— Vai agredi-lo por tentar alimentar um ser humano? – questionou daquela forma rígida. — Sendo essa pessoa, a princesa do castelo?

— Vossa alteza...

— O rei nos deu ordens, ninguém têm permissão para entrar para nada. – o outro soldado disse com o peito cheio, aproximando-se. — Nem mesmo para alimentar a princesa.

— E quem foi que disse que estou pedindo?

Elran confrontou aquele soldado e qualquer um se intimidaria com sua altura, agora, aquela armadura que usava mostrava que não era só tamanho que tinha, seus músculos são definidos e robustos.

— Está disposto a descumprir as leis do rei? Tenho ordens de expulsar até machucar qualquer um que fizer tal coisa.

— Estou esperando você tentar.

O príncipe estava disposto a sair no soco com aquele imbecil depois das asneiras que disse, mas o outro soldado, um pouco mais lúcido e menos arrogante, se colocou entre os dois.

— Senhor Elran, por favor, tente entender, um pouco de paciência conosco, só estamos seguindo ordens, não queremos machucar ninguém.

— Diga por si só. – retrucou o outro.

— Eu sou o tipo de pessoa que você não quer ver irritado. – encarou o pobre soldado que estava realmente disposto a apaziguar aquela possível briga. — Não me tornei capitão sendo paciente o tempo todo.

— Suas condecorações não servem de nada aqui.

— *Por favor, parem.*

A voz melodiosa veio de trás da porta, Elran ergueu o olhar se calando.

— *Não há motivo para discussão ou brigas, estou bem.*

— Está muito tempo sem comer princesa, por favor, a sua saúde é mais importante aqui.

Décio ousou dizer e logo escondeu-se atrás de Elran após receber o olhar raivoso do guarda.

— Posso não entrar, mas não deixarei que passe fome, Aimee. Te fiz uma promessa se lembra?

— *Claro que sim. Só que... eles estão certos, não deve*

desobedecer as ordens do rei.

— Tarde demais para isso.

Disse ele assim que viu Ermínia chegar com um senhor curvado que sorriu para o príncipe e caminhou a passinhos curtos, carregava um grande molho de chaves e pela habilidade nos dedos conhecia todas. Estendeu uma delas.

— Boa tarde, meu jovem, essa é a chave que procura.

— Boa tarde, senhor... – se curvou em educação e tocou sobre seu ombro. — Por gentileza, pode abri-la para mim e deixar que ele leve a comida a princesa?

— Oh, mas é claro! – ele deu um pulinho engraçado. — Minha querida Aimee! Eles perderam a sua chave novamente? – o velho deu uma risada rouca e seguiu em frente.

Um dos soldados deu um passo para o lado, abrindo caminho, mas o outro não pensou duas vezes em empunhar a lança apontando-a para o caseiro. Ele só não foi ferido pois Elran o defendeu com a própria espada, quebrou a lança num golpe e pressionou a lâmina contra o pescoço daquele guarda. Ambos caminharam até encostarem na parede e os olhos castanhos do príncipe perderam o brilho gentil e bondoso demonstrando bravura e ferocidade.

O velho, limpou as roupas não se importando com nada. Ele ajeitou os óculos, destrancou a porta e abriu um sorriso assim que viu aquela menina parada no meio do quarto.

— *Minha florzinha!* – exclamou ele realmente feliz em vê-la. — *Mas, por Sanya, o que fizeram com seu rosto?*

— *Estou bem, vovô Noa, não se preocupe. Ah, muito obrigada, Décio.*

Elran não se moveu, mas pela breve conversa, já sabe que algo ruim aconteceu, mesmo que a voz dela tente disfarçar. Eles não demoraram muito, Aimee pediu para que deixassem as coisas e fossem embora para não terem mais problemas. Após a porta ser fechada, Elran retirou a espada do pescoço do homem e deu um passo para trás.

— *O rei saberá disso.* – sussurrou apenas para que ele ouvisse.

O príncipe manteve a face séria.

— Leões não se preocupam com opiniões de ovelhas.

Guardou a espada e lhe deu as costas, fez uma breve pausa, olhando mais uma vez para a porta, onde jurou sentir uma presença estranha, mas não querendo ficar por ali, seguiu o resto dos empregados. Ninguém disse nada durante o curto trajeto até a cozinha, o príncipe sabia que estavam nervosos e reconsiderando suas ações após aquele confronto com os soldados. Só que, ao mesmo tempo, ele via uma certa comoção dos serventes, se importavam com a princesa, entretanto, nenhum deles têm voz para ajudá-la e apenas lhe restam seguir ordens para não sofrerem a ira do rei.

Já aquele senhor, Noa. Ele não pareceu se importar nem mesmo com o soldado que tentou feri-lo. Elran perguntou aos demais onde aquele homem ficava e então dirigiu-se para os fundos do castelo. Havia uma casa de tamanho considerável e uma horta logo na frente. O senhor vivia dentro dos muros do castelo, entretanto não lhe era permitido morar dentro do castelo em si?

— Ah, olá rapaz. – disse o senhor que estava na frente da porta. — Teve mais algum problema?

— Boa tarde novamente. – ele se curvou em respeito. — Gostaria primeiro de agradecê-lo pela ajuda, senhor. Sou Elran.

— Eu sei quem é. – o velhinho deu aquele sorriso amarelo coçando bigode. — Venha, venha, aposto que tem muitas perguntas. Só tome cuidado, o degrau aqui está desnivelado.

Disse apontando e entrou. Elran um pouco confuso, passou pelo cercado de madeira seguindo em direção a casa.

Apesar da aparência singela do exterior, a parte interna era belíssima, os móveis bem cuidados, pode ver os dois cômodos que dividiam o quarto e um lavabo, a sala estava junto a cozinha e o fogão a lenha. Foram os quadros pendurados na sala do homem que chamou atenção.

Eram pinturas da realeza. Isso mesmo. A família real Gagnon, mas não era Lyonel o rei.

— Esses são...

— Meus antepassados Francis Gagnon e sua família. – disse o senhorzinho rindo enquanto aproximou-se com as mãos para trás.

— Noalan Gagnon. – Elran o encarou completamente surpreso e ajoelhou. — Sinto muito pela minha falta de educação, senhor.

— Meu jovem... – ele tocou sobre o ombro do príncipe. — Não sou rei a muitos anos. Reivindiquei meu trono para que meu filho fosse rei. Não queria mais esse fardo.

Respirou fundo encarando o quadro e depois afastou-se sentando na poltrona.

— Quase 95 anos... e as deusas ainda me mantêm vivo. – riu encarando as mãos enrugadas e trêmulas. — Vi tanta gente morrer. Meu pai, meu filho... minha família e cá estou eu. Vendo mais uma guerra se aproximar.

Acenou para Elran que se sentou na poltrona a frente.

— Sinceramente, senhor, todos nós achávamos que tivesse falecido.

— Para muitos, sim. – riu rouco. — Um rei que abdica do trono, está morto para seu reino. Mas, diga-me... Do que precisa?

— Sabendo que é o rei Noalan, acho que... explica muita coisa. A maneira que não se importou com os soldados e as ameaças.

— Veja bem. – ajeitou-se. — Se algum deles pensar em me ferir, Lyonel os matará, viver aqui, foi escolha minha, "esconder-me" nesse manto mais simples. – apontou para as vestes. — Foi a maneira que encontrei para amenizar minha consciência pesada.

— Senhor, não me estou em uma posição de aprofundar mais nessas perguntas e reviver tais memórias dolorosas.

Noa sorriu fraco.

— É um jovem gentil e muito educado, com certeza, não faz parte de Depurya. – acenou para a espada que deixou apoiada no chão. — Esse broche, o leão, de onde vem?

— Oarya, senhor. Conquistado pelo Ariel Leordof III antes da catástrofe.

— "O povo da bravura." – riu com as recordações. — Guerreiros extraordinários. Infelizmente, fora um desastre o que aconteceu em Fearor.

— O senhor soube?

— Ah, a senhorita Cornélia me deixa a par de toda a situação, dentro e fora do castelo. Pelo menos, quase tudo. – pigarreou. — As informações demoram para chegar até nós.

— Cornélia? Sinto muito, creio que não a conheci ainda.

— Alta, longos cabelos negros, sempre mal-humorada e pronta para qualquer discussão. – sorriu novamente. — Ela é a babá da princesa, conselheira da rainha também, sempre as verá juntas.

— Oh... – ele teve uma breve recordação. — Acho que cheguei a vê-la de relance.

— Algo ocorreu. – apoiou os braços na poltrona. — Minha florzinha está com hematomas enormes, chega da bochecha ao maxilar. – usava o indicador no próprio rosto. — Marcas firmes de dedos no antebraços... Não duvido que haja feridas escondidas abaixo das roupas.

Balançou a cabeça e notou que Elran incomodou-se com tais descrições. Noa mais uma vez encarou suas mãos.

— Aimee é uma preciosidade. – começou ele. — É a menina mais amável e carinhosa que conheci em toda minha vida. Quando a peguei nos braços a primeira vez, senti amor. – suspirou melancólico. — Tão pequena, mas, tão... impactante.

Noa passou a mão sobre a barba rala.

— Você quer entender, não é? – lançou aqueles olhos azuis já cansados para o rapaz. — Saber o motivo pelo qual Lyonel a machuca.

— Senhor Noa, seu souber...

— Não pode fazer nada e nunca poderá. – inclinou-se. — Lyonel é cruel, sanguinário e o rei. Nada o fará amar aquela menina, nunca. Depois da morte da primogênita, ele piorou, Olivia era sua preferida.

— Não justifica o que faz com Aimee.

— Ele não liga. Acha que tem arrependimentos? – balançou

a cabeça. — Quanto mais reclamam, mais dor e sofrimento ele trará. As histórias que tenho guardadas aqui... – apontou para a cabeça. — E aqui. – levou o indicador até o coração. — O matariam de desgosto, meu jovem.

— Deve haver alguma maneira.

— Aimee sofre desde seu primeiro respiro dentro deste castelo e não estou exagerando. Isma a escondeu, Lyonel quase matou a menina ainda bebê, a rejeitava, aos oito anos mandou a pequena e a babá para longe. – socou a poltrona. — E ambas quase foram assassinadas por ladrões no meio do percurso até o inferno onde as mandou.

O homem estava com o indicador erguido em sua direção, havia lágrimas de tristeza e ódio escorrendo pela face.

— Ele a odeia ao ponto de já tê-la deixado presa em uma das torres por 3 dias por um rumor que não fazia sentido algum! – Noa limpou o rosto rapidamente. — Ninguém consegue salvá-la desse ódio, nem Isma, nem mesmo eu... É inexplicável. Lyonel a despreza como se fosse uma bastarda.

Por que Noa estava contando tudo aquilo para ele? Elran não tinha como saber. Deve ser o fato de que aquele homem já tem seus 95 anos de idade, vivendo dos próprios demônios, quantas memórias macabras não devem se repetir na mente dele, assistindo as atrocidades se repetirem depois de eras. A falta do poder, controle sobre as ações dos demais deve pesar em algum momento.

Aquele senhor estava magoado, sendo assombrado por seus erros, quantos sentimentos estão escondidos naquela face marcada pelo tempo?

— Abrir a porta de seu quarto é o mínimo que consigo fazer por ela. – cobriu o rosto. — Ela é tão amável, tão pequena e gentil. – chorou. — Por que os Gagnon levam todos a dor e sofrimento? Por que todos somos assim?

— O que o senhor fez hoje, foi corajoso e admirável. – Elran se aproximou do homem e ajoelhou a sua frente. — Não importa o que fez no passado, ele já acabou, agora há apenas o presente à sua frente e pelas suas lágrimas e palavras carinhosas pela princesa, sei que se tornou um homem bom.

— Não sabe as coisas que fiz, menino.

— E eu não me importo, pois, esse homem não existe mais. – tocou sobre a mão trêmula dele. — Acredito que até os piores podem se arrepender e transformarem-se em novas pessoas.

Noalan, deu um sorriso triste e tocou no rosto do rapaz.

— Têm um coração nobre, como de um Leordof, seu pai deve estar orgulhoso de você, por honrar a memória de Ariel III. – ele desviou o olhar por alguns instantes. — Sei por que estão aqui, sei, pois, eu mesmo disse a Lyonel que o destino desse reino estava fadado a desaparecer. Fora do tratado das províncias... nós somos nada.

— Sim, a cidade capital recusou qualquer tentativa de apelo do meu pai para ajuda. Lyonel ainda é o mais forte de todos nós... Deve concluir qual será o acordo.

— Um casamento. – o viu acenar.

— Infelizmente, eu não gostaria, nem mesmo a senhorita Aimee... Foi por isso que o rei a puniu noite passada, por demonstrar a insatisfação e confrontá-lo em nossa frente.

— Oh, minha pobre joia... Ela não merece nada disso.

— Mal a conheço, senhor, mas as poucas horas na presença da princesa... Me deram razões suficientes de tentar ajudá-la.

— A união meu jovem, não será o suficiente.

Elran franziu o cenho e o viu se aproximar.

— Para derrotar qualquer Gagnon, precisa trazer aquilo que eles mais temem.

Ele apontou para o quadro do outro lado do cômodo.

— *Um dragão.*

O príncipe se levantou, aproximou-se do quadro pintado a óleo. O grande campo de batalha foi retratado com detalhes absurdos, havia um hipogrifo de um lado e um dragão de ouro no outro; os estandartes erguidos; a face de dois reis.

O fogo e sangue representando o que realmente foi, *a guerra dos ilegítimos.*

Elran encarou a janela de repente, sentindo mais uma vez

aquela sensação estranha, mas, muito poderosa. Aproximou-se tirando a cortina para que pudesse enxergar, os olhos passaram atentos pela parte de trás daquela casa, infelizmente não viu nada além das árvores, arbustos e as ferramentas do idoso. Não era a primeira vez que ele tinha essa intuição, no dia anterior também sentiu que era observado.

Ele afastou-se da janela ainda desconfiado.

Só que tinha razão, havia alguém ali. Bem acima, escondido nos galhos altos, Yone o viu se distanciar da janela. Abaixando, analisando o movimento do lado interior, ele puxou a máscara cobrindo o rosto novamente.

Não pode subestimá-lo. Aquele cara foi capaz de perceber sua presença mesmo sem conhecê-la, com certeza, algum diferencial deve ter. Caso contrário, teria sido facilmente esquecido pelos soldados da montanha carmesim.

— *Mas, você não é bom o suficiente.*

Yone disse como se ele pudesse escutar. Pulou de volta para o solo e seguiu caminhando pelas sombras das árvores.

CAPÍTULO 16
A RODA DA FORTUNA

Naquela mesma tarde, a rainha e sua feiticeira, partiram em silêncio para um encontro proibido.

— Eu deveria estar lá, minha filha precisa de mim.

Isma não conseguia parar de reclamar durante aquele longo percurso que faziam até um dos portos. Cornélia mandou a mensagem rápida para uma colega e pelas informações já estava hospedada próximo a pequena cidade costeira.

— Você não pode fazer nada por ela. – respondeu a elfa.

— Escute aqui, Cornélia.

— Escute você, vossa majestade. – interrompeu. — Nada que diga ao seu marido vai fazê-lo se arrepender do que fez, muito menos deixar que ultrapasse os guardas. Você é tão refém dele quanto qualquer uma de nós.

Cornélia ajeitou-se no banco da carruagem, olhando para a janela.

— Além do mais... Aimee não precisa de nós. – cruzou os braços, cansada. — Ela já está com alguém.

— O que quer dizer? – recebeu aquele olhar de canto e ergueu as sobrancelhas. — Yone está lá?

— Desde a noite passada. – suspirou. — É melhor que ele esteja ali do que qualquer uma de nós.

— Não gosto dessa ideia.

— Yone não fará nada, Isma. – acreditava ela. — Aimee não permitirá que faça uma chacina. No momento, ele é a pessoa mais indicada para consolá-la.

— Elran poderia ajudá-la.

Cornélia riu quase em escárnio.

— Deusas. – apertou as pálpebras. — A mente é tão oca que está fazendo eco.

Isma a encarou realmente ofendida com tal comentário.

— Você parece ter perdido parte da massa encefálica. – provocou a elfa. — Está empurrando o homem para sua filha sem pensar nas consequências que virão se ele desobedecer, Lyonel.

— Meu marido não vai feri-lo.

— Exatamente. – a encarou. — Advinha quem vai receber o castigo.

Isma desviou o olhar e juntou as mãos.

— Merda.

— Aimee é o alvo, então, qualquer erro nosso, ela pagará, pois, seu marido é um desgraçado.

— Cornélia.

— Ele a agrediu, muito... – havia ódio em seus olhos. — E não pude salvá-la pois, ela não deixou, preferiu apanhar... – encarou a palma da mão, sentia como se algo pulsasse ali e então, fechou o punho com força. — Mas, isso não ficou em vão.

— O que fez?

— Nada.

— Mentirosa.

— Não estou mentindo, realmente não fiz nada, fisicamente.

— Está brincando com a mente dele?

— Brincando? – riu de forma tão maldosa. — Ah não... não estou brincando. – estendeu a mão. — Estou dando a ele, exatamente o que merece.

Isma sentiu o estômago revirar, o interior da carruagem mudou, uma miragem tão real. Estavam na estrada, atrás dos cavalos de Lyonel e Shavan que conversavam, mas seu marido claramente estava passando mal. Suava, os cabelos loiros grudavam, respirava ofegante, as veias saltavam no pescoço. O olhar do homem perdido no caminho de terra, tudo que Shavan dizia entra por um ouvido e saía pelo outro, não podia se concentrar. A mente dele girava, era invadida por seus pesadelos, medos que escondia a sete palmos.

— A dor, medo, pavor... O poder dele de nada serve quando se torna indefeso. Afundo-o nesse coração desprezível e cruel, quero que sinta tudo até quase enlouquecer. Fora de controle,

Lyonel é apenas um homem que veste a coroa, mas não é um rei. É o bobo da corte.

Tudo voltou ao normal de repente, Isma puxou o ar quase desmaiando. Cornélia se aproximou segurando-lhe o rosto.

— Sou perigosa e espero que nunca esqueça disso. – pendeu a cabeça para o lado. — E seu marido está constantemente me provocando, não ligo para a vida dele, então quanto mais ele ferir Aimee, mas vou levá-lo à beira do abismo, vou transformá-lo em um inválido e você não pode me impedir.

— Por que... faz isso comigo?

— Você é fraca aos meus poderes, por isso está passando tão mal. – afastou-se. — Mas, eu não machucaria você, vossa alteza.

— Estou começando a duvidar sobre isso. – confessou colocando a mão sobre o peito. — Não sei nem mais o que pensar... Não pode matar o Lyonel.

— Poder, eu posso, mas não quero. Vê-lo sofrer é muito mais satisfatório. – ajeitou os cabelos. — E a senhora pode duvidar de mim o quanto quiser, mas, me diga uma vez que realmente a ameacei ou feri.

Isma não tinha essa resposta, pois Cornélia sempre esteve ao seu lado, tirando-a de situações perturbadoras com o próprio marido. A rainha ajeitou as vestes e balançou a cabeça.

— Por favor, não faça mais isso.

— Tá bom. – deu de ombros.

— Não posso domá-la, Cornélia e sabe que não quero...

— Mas, sente medo.

— Claro que sinto, veja o que pode fazer, não teria medo?
Ela riu baixo.

— Se confiasse totalmente mim, não temeria.

— Não vou discutir isso com você. – massageou o pescoço. — Já estou estressada demais e preocupada com Aimee.

— Ela ficará bem.

— Sempre fica, não é? – perguntou com pura ironia. — Pobre menina.

A carruagem parou. A porta fora aberta pelo cocheiro

que deu um sutil aceno para a rainha e logo para a elfa que acenou de volta. O vento está um pouco mais gélido, acusando o final do verão, o suspiro de Isma fora longo e alto, claramente exausta.

— O que nos espera lá dentro, Cornélia?

— Alguém que podemos confiar.

Passou a frente abrindo a porta e sorriu daquela maneira provocativa e a mulher lhe deu um peteleco na testa. Assim que cruzaram a entrada, os olhos se dirigiam a rainha que manteve a pose, seguiu para o taverneiro que parou o que fazia para curvar-se.

— Vossa majestade

A mulher colocou a mão dentro da roupa tirando uma boa quantidade de moedas de ouro. Ele lançou o olhar e apenas acenou.

— Segundo andar, terceira porta a esquerda. – ele pegou as moedas.

Isma se curvou e lhe deu leves tapas sobre a mão, caminhou até as escadarias. Assim que seguiram pelo corredor, facilmente encontraram a porta, as batidas foram sutis, a voz do outro lado também e então, entraram.

Vestindo um longo sobretudo arroxeado a mulher estava parada em frente a janela, havia um símbolo sutil bordado sobre as costas, era uma ampulheta, quase camuflava-se, similar a uma ilusão de ótica. Ela se virou retirando o capuz e sorriu.

— Boa noite. – deu um passo à frente curvando-se. — É muito bom finalmente conhecê-la apropriadamente majestade. Meu nome é Seris.

Seris Aeglor, a sumo-sacerdotisa.

Longos cabelos platinados, orelhas pontudas deixando claro sua natureza élfica, a pele alva, denunciava que não passava muito tempo ao sol, mas o que realmente se destaca naquela mulher de beleza incomum são seus raríssimos olhos lilás.

O contato secreto de Cornélia para trocar informações sobre tudo o que acontece na província da Trindade. Seris vem de longa linhagem de sacerdotes, todos viviam aos redores de

Fearor, prestavam serviços a família real de Oarya, mas nunca ficaram presos a eles já que viviam na própria vila, cuidando e educando aqueles que gostariam de seguir no caminho da cura.

Entretanto, Seris os deixou a muito tempo para morar em Tyrania, um local isolado e esquecido pela província, pois é ali que grande parte dos feiticeiros e magos se estabelecem na intenção de praticar magia. Dentre muitas delas, *a necromancia*. Apesar do lugar ser dedicado a estudos, ciência e pesquisas, por conta de tal intolerância muitos são mandados para lá, sem volta para casa. Até mesmo os condenados, prisioneiros são enviados a Tyrania. E pouco se sabe o que acontece com ele.

— É um prazer conhecê-la, senhora Seris. – disse Isma. — Agradeço sua disposição de vir até aqui apesar de... Nossas terras não serem muito tolerantes.

— Não se sinta mal vossa majestade, nem mesmo na província somos aceitos, mas, há um certo limite. – aqueles olhos seguiram em direção a Cornélia. — Acredito que seja melhor parar com isso, Cornélia.

— Com o que? – perguntou a outra de braços cruzados.

Isma dividiu a atenção entre elas, confusa.

— Perdão, eu perdi alguma parte do assunto? – a rainha questionou.

— Não, senhora. – Seris dera um passo para frente e estendeu a mão. — Entregue, eu desfaço pra você.

— Não. – Cornélia pareceu bem irritada.

— Terá uma convulsão, está usando magia demais, seus poderes têm limites e está exausta. – continuou calma. — Por favor, acredito que o rei já tenha sido punido o suficiente.

— Espera, sabia o que ela está fazendo?

— Tenho algo que alguns chamam de "visão verdadeira", nenhuma magia de ilusão ou disfarce pode me enganar. – suspirou chegando mais próxima a Cornélia. — E o que você vê, não é a aparência real dela.

— Escute, Seris, acabou de chegar e...

— A conheço bem, Cornélia, além do mais... – segurou em seu punho. — Vivi mais tempo que você.

Seris passou a outra mão suavemente sobre a face da mulher e a ilusão se desfez mostrando a exaustão extrema de Cornélia. Os olhos estavam opacos, a escleras avermelhadas de cansaço, olheiras grandes, o sangue escorria pelo nariz, mostrando que seus poderes estão no limite já utilizando parte de sua energia vital. A sacerdotisa, tocou sobre a testa dela e sobre o tórax, a energia azulada emanou suave, o corpo de Cornélia cambaleou e caiu, mas Seris pode segurá-la.

— Sua sede de vingança e ódio podem matá-la minha amiga. – comentou ajeitando o corpo para levá-la até a cama. — Mais alguns instantes e teria um derrame.

Isma ajudou a sacerdotisa que agradeceu. A viu tirar um saquinho de couro que Cornélia levava dentro da bolsa, dizia algo em élfico que não fazia a menor ideia do que seria, mas continuou a observar. Assim, usando o fogo da lareira acesa, jogou o saco ali que queimou num tom púrpura.

— Pronto. – se levantou e sorriu. — Seu marido precisará de cuidados quando voltar. – apontou para a cadeira. — Por favor, sente-se.

— Eu não sei nem se devo perguntar… como?

Seris riu.

— Sou mais velha do que aparento, vossa majestade. – sentou-se ajeitando a saia. — Elfos vivem milênios, mas, não é sobre isso que quer saber.

— De fato. – suspirou. — Sinceramente, posso confiar em você?

— Bem, se minha palavra vale algo para a senhora, sim. – Seris apoiou o braço sobre a mesa. — Seus medos vão além da possível invasão do caos, está dentro do castelo, estou errada?

Isma, abaixou a cabeça e apenas acenou.

Num estalo de dedos um baralho de tarô surgiu sobre a mesa, a frente de Isma. A parte inversa era belíssima, a mistura dos tons azulados e roxos, cercados de brilhantes estrelas, era realmente uma imagem que se movia, uma representação dos cosmos e deixando-a ainda mais bonita, havia uma fina borda prateada que também se mexia. Isma, impressionada, pegou a primeira a frente, mas, o outro lado era totalmente branco.

— Intrigante, não? – perguntou Seris. — Passado, presente e futuro na palma de suas mãos. Em Tyrania nós aprendemos que o tempo, é precioso e traiçoeiro. Assim como pode curar suas feridas, podem criar profundas cicatrizes.

— Ver o futuro é uma maldição.

— Para alguns... – ainda encarava as cartas. — Para outros é apenas mais uma oportunidade de controlar o próprio destino. Existem caminhos pré-estabelecidos, dejá-vus são a grande prova disso, recordar-se de um momento que nunca viveu, mas, mesmo assim, a sensação é familiar.

— Então, nunca temos total controle sobre nossas próprias vidas? As deusas já decidiram tudo por nós?

Seris segurou gentilmente a mão da rainha, colocando-a sobre o baralho.

— Alguma vez, tomou controle da própria vida, vossa majestade? – indagou. — Tomou decisões por si, sem que a voz autoritária do rei a congelasse de medo? – não recebeu resposta. — Nesse caso... Quem realmente decidiu sua vida? As deusas ou seu marido?

Isma sentiu-se envergonhada, abaixou a cabeça, encarando o baralho.

— Isso não é um julgamento. – retirou a mão. — É um alerta. Agora, feche os olhos Isma e use seu coração e encontre as palavras para formar a pergunta. As cartas, vão respondê-la com a mesma sinceridade.

— Mas... e seu eu não tiver uma pergunta?

— Não há problema, apenas deixe-as conectar-se com você. As respostas virão para as perguntas não feitas.

Isma a encarou por alguns instantes e Seris lhe deu um sorriso de canto, tocando novamente sobre sua mão.

— Chegou até aqui, Isma, por que ter tanto medo agora? Medo de perguntar, medo de cartas... Medo de mim... – inclinou-se. — Já não viveu tempo demais acuada?

— Por favor... – pediu ela apertando o baralho. — Não use sua magia em mim.

— Minha magia é inofensiva, sou uma sacerdotisa, não tenho poderes de influenciar suas decisões, apenas, para acalmá-la. Não precisa se preocupar.

— É tudo o que faço da minha vida. – confessou ela pegando o monte de cartas. — Me preocupar...

Embaralhava as cartas, realmente não havia perguntas, não conseguia pensar em nenhuma, somente as lembranças voltavam. Todas as decisões, todos os medos, os riscos que tomou, a dor, era como se todas elas nunca tivessem passado.

— Minhas decisões podem ter levado o reino a essa ruína... e não só isso. – colocou o monte sobre a mesa dividindo-o em três da esquerda para a direita. — Posso... ter destruído a única coisa que tentei proteger por todos esses anos.

Isma puxou uma carta de cada um dos montes separados, deu um suspiro pesado e abaixou a cabeça. Seris levantou, ficou atrás da rainha, ergueu as mãos ao lado de cada orelha, sussurrava palavras que a mulher não compreendia.

— Prometeu não usar magia em mim. – quase não se mexeu, mas sentia um calor na parte superior do corpo.

— Isso não é pra você. – os olhos violetas tornaram-se completamente brancos. — É pra mim.

A primeira carta a esquerda virou-se sozinha. O fundo antes branco, lentamente começou a formar uma imagem. A figura de uma pessoa com a corda ao redor do pescoço brilhou.

O enforcado – Passado –

"Seu passado... Tudo o que carrega sobre ele é conturbado, seus sentimentos... A morte de sua única filha levou-a depressão, as agressões e maldades do seu marido a impulsionaram para quase morte. Sua insatisfação e desilusão de uma vida terrível carregada de perdas, sacrifícios estavam enraizados em sua pele.

Mas, essa carta, simboliza um momento de retomada de consciência, reavaliação da própria vida. Abandonou qualquer postura arrogante ou insistência em atingir uma meta impossível. Essa crise, te obrigou a procurar uma solução.... Seu sufocamento, levou-a para aquela floresta, e assim, traçou outro rumo."

A carta no centro, virou-se

A roda da fortuna. – Presente –
*"Os altos e baixos da vida estão representados nessa
roda onde essas quatro pessoas estão sentadas, cada uma
ocupa uma posição na vida, desde ascensão a decadência.
Esse... é seu momento presente. A roda significa a eternidade:
sua energia é norteada pelo princípio da mudança.
Ela distribui alegria, tristeza, bem e mal, vida e
morte. A alusão do caráter duplo de todos os elementos.
Ainda há muitas coisas para acontecerem."*

Assim, a terceira e última carta virou. A silhueta de uma pessoa encapuzada carregando uma foice surgiu, na outra mão, carregava uma ampulheta e como muitos, a reação de Isma foi medo e tensão.

A morte. – Futuro –
*"Não deve temer a carta por sua aparência. As pessoas
em geral temem a simples menção dessa palavra, mudam
rapidamente de assunto quando algo se relaciona a ela. Só
que a morte é mais do que a partida de um ser, marca o fim
de um ciclo, costumes, a mudança em muitas das vezes.
Claro... Existe o período de tristeza e incertezas, mas,
isso é natural. Abandonar o velho é triste e habituar-se com
o novo é doloroso. Só que as mudanças causam isso.
A carta tem um significado importante. Sugere que após
o reconhecimento da futilidade, ocorre uma transformação,
no sentido de uma regeneração física e espiritual. Essa é a
visão do futuro, um fim necessário de um ciclo que trará
tanto alívio como dor, infelizmente, não há como fugir."*

Seris é capaz de enxergar a todas as linhas, passado, presente e futuro, coisas que podem acontecer ou não, tudo vai depender das ações e decisões, nada é definitivo. Mas, naquele transe, algo aconteceu, diferente das outras vezes. Uma balança, surgiu, do lado esquerdo havia uma pluma dourada, do outro, uma rocha escura brilhando num tom avermelhado. E o lado da rocha começava a tirar o equilíbrio.

O mundo está perdendo o equilíbrio natural.

— Seris?

A elfa deu passos para trás após o toque suave da rainha sobre seu ombro. Respirou fundo, tocando sobre a cabeça que latejou.

— Está bem?

— Sim. – apoiou-se na cômoda próxima. — Foi só... um deslumbre de algo, não se preocupe comigo. – se recompôs.

— Bem... as cartas...

— Todas elas são de mudança, a senhora fez escolhas durante esses anos, arrependeu-se de algumas, acertou em outras, está seguindo seu coração e intuição, a cada momento encontra o caminho correto. – mais uma vez respirou fundo. — Tomou as rédeas do seu destino, Isma, mesmo que acredite o contrário.

Deu um sorriso de canto

— Foram boas escolhas até aqui, mas terá que entender que muitas vezes, não poderá intervir das decisões dos demais isso... Inclui a vida da menina que salvou.

— Minha filha, ela...

— Sua filha tem o próprio destino, não posso dizer o que não sei, mas sei que você tenta sempre estar ao lado dela, horas boas e ruins, mas entenda... Todos nós passamos o que devemos passar e em certas circunstâncias não podemos fazer nada.

Caminhou pelo quarto, aproximou-se da cama puxando o lençol cobrindo a feiticeira. Seris, parou a observando e logo virou-se para a rainha.

— Seu marido não vai permitir que eu entre no castelo, mesmo que prove que vim representar a cidade capital. – respirou fundo. — Ele é intolerante e eu, além de elfa, sou mulher...

— Mas, ele precisa ouvir o que tem a dizer.

— Não acreditará em mim. – disse pensativa. — Vou esperar aqui pela cidade por algum tempo.

— Também é perigoso, Seris, os homens e soldados já estão irritados apenas por sua presença. Será melhor que nos acompanhe até o castelo.

— Não. - cruzou os braços. — Esperarei aqui, sei me

defender.

— Seris...

— Sei que fica preocupada, mas, vivi tempo o bastante, sei como a cabeça dos homens desse lugar funciona e estou ciente dos caçadores arcanos. Não deve preocupar-se tanto comigo.

— Compreendo, não a subestimo, não depois... – encarou a mesa, as cartas já tinham desaparecido. — Disso...

Seris sorriu.

— Vocês estão cansadas e não é seguro procurar uma carruagem agora. – ela estalou os dedos e um estranho objeto de ouro surgiu. — Tenho certeza de que se perguntou como cheguei tão rápido, bem... – ergueu o objeto. — Magia.

— O que é isso?

Ela se aproximou e mostrou. Era um sino em formato de meia lua, um símbolo desconhecido cravado na parte curva, fitas douradas amarradas no suporte. Ele brilhou de repente transformando-se em uma lança e Isma deu passos para trás assustada. Seris riu.

— Isso é o que eu mais amo... artefatos mágicos. – ela manejou a lança que logo mudou para uma alabarda, um suave balançar e voltou a forma original. — É chamado de "a chave das deusas", é extremamente poderosa e perigosa, consome a pessoa que tentar usar se não for forte o suficiente.

Seris analisou o sino.

— Ela pode ter diversas formas, como viu, mas também... – lhe lançou o olhar. — Abrir portais, atravessar as camadas do nosso mundo... Entre... muitas outras coisas que a senhora não vai compreender. Isso carrega o poder da trindade, Elkie, Sanya e Fay, nossas deusas.

Deu as costas, aproximou-se da cama e tocou sobre a testa de Cornélia. A magia passou pela ponta dos dedos da sacerdotisa, acordando-a.

— Pare de exceder seus poderes, Cornélia. – comentou ao vê-la sentar. — Agora precisam voltar para casa, caso contrário, o rei punirá a todos.

— Ai, minha cabeça. – resmungou Cornélia atordoada. — O

que aconteceu?

— Espere, Seris... – Isma se aproximou. — Você vê o futuro, acha que temos chance?

— Chances? – refez a pergunta pensativa. — Há sempre chances, minha senhora, mas... o caminho a percorrer é longo e árduo até encontrar uma delas.

Seris sorriu, balançou o sino e uma fina fenda surgiu do lado esquerdo da sacerdotisa e o portal se abriu. O cômodo da rainha fora familiar e Isma deu um passo próximo analisando.

— Vão, estarei aqui, caso precisem de mim, saberei.

— Por favor, tome cuidado.

— Sim, senhora. – sorriu e a viu cautelosamente atravessar o portal e antes que Cornélia a seguisse, Seris a segurou e sussurrou. — *Você já tem segredos e problemas demais, pare.*

Cornélia sorriu, encarou a boca dela e depois os olhos. A feiticeira lhe roubou um simples beijo e seguiu a rainha que já havia desaparecido pelo quarto.

— Decisões difíceis vem pela frente. – comentou para si.

E tinha razão, pois aquele dia estava longe de terminar.

CAPÍTULO 17
SEM CONTROLE

Elran estava sentado no quarto, já havia tomado banho, vestia roupas confortáveis. Encarava a janela, escurecia, não muito tarde, estava perto das sete da noite, só o que o preocupava era a demora de seu pai. Passaram o dia longe, a noite os alcançou e nada dele e o rei chegarem. Se fossem passar a noite fora, pelo menos deveriam mandar um mensageiro para avisar. Bem, pelo menos seria isso o que Shavan faria para não preocupar os filhos, ele já não sabe como Lyonel é nesse quesito.

Entretanto, não era somente isso que ocupava a mente do jovem guerreiro. Ele segurava a cópia da chave do quarto de Aimee na mão direita, Noa o entregou no intuito de deixá-lo responsável pela segurança da princesa.

"*— Leve, assim, se algo acontecer, você poderá agir de imediato.*"

Foi o que ele disse antes de Elran sair de sua casa. Mas, deveria mais uma vez desobedecer as ordens do rei? O que o intrigava é que não conseguia parar de pensar na princesa. No estado que se encontrava, se estava assustada, sentindo-se sozinha... Quer mesmo correr pelos corredores e ajudá-la. O problema... é que ele não entende o motivo de tamanha urgência.

Não faz três dias que se conhecem, mas Elran sente que poderia quebrar qualquer lei ou regra para ver aquela menina sorrir. Sim, ele sabe bem que aquele tipo de pensamento *nunca* afetaria, afinal, ele não é impulsivo. Têm clareza das consequências, mas, mesmo assim. É conhecido por ter um bom coração, sua generosidade com os demais é algo natural dele, enfrentou soldados e situações bem piores na vida, onde teve que ser firme em suas decisões. Entretanto, não se lembra de agir tão impulsivamente daquele jeito.

Levantou disposto a deixar esse pensamento de lado, colocou a chave no criado-mudo, mas quando ia se afastar, parou, encarou o pequeno objeto.

— Por que estou fazendo isso? – se perguntou lutando contra o próprio instinto. — Ah, inferno.

Ele suspirou pesado pegando a chave novamente e saiu do quarto.

Caminhou com certa pressa pelos corredores, avistou alguns guardas que faziam a ronda, não ouviu nada sobre seu pai e o rei, na verdade, o castelo estava silencioso demais, tudo naquele lugar era estranho demais para ele. Assim que cruzou o corredor no quarto da princesa, encontrou apenas um dos soldados, aquele que tentou impedir uma briga.

— Onde está seu companheiro? – perguntou Elran que o viu se curvar.

— Foi designado para a vigília ao redor do castelo, senhor. – ele deu espaço. — Esperarei ali, na curva do corredor.

— Ei... – o chamou antes que se afastasse demais. — Obrigado.

O soldado curvou-se de novo e se afastou. Elran sabia que estava com medo, como todos naquele lugar. Ele respirou fundo encarando a porta, deu alguns toques leves sobre a madeira.

— Aimee, está acordada?

— *Elran?* – a resposta não demorou muito. — *O que faz aqui? Está tarde.*

Ele não pode evitar de sorrir bobo, a voz dela ficou um pouco mais audível, pois aproximou-se da porta.

— É, estava... – parou quase tropeçando nas palavras. — Estou preocupado com você.

— *Ah, estou bem.*

— Me perdoe... – ele encostou na porta. — Mas, não acredito nisso. – respirou fundo. — Eu... quero vê-la.

Aquela última frase não deveria ter saído, foi como ter pensado alto demais.

— *Não queria que me visse, assim...*

— Me deixa abrir a porta, por favor.

Houve um silêncio, com certeza, ela estava relutante, não queria desobedecer o rei novamente, mas, ali de dentro, Aimee sentia a angústia do príncipe.

— Aimee...

— *Tudo bem, pode abrir.*

Ele tirou a chave do bolso e então destrancou abrindo-a logo em seguida. Aimee estava um pouco mais afastada quase no meio do cômodo, mantinha a cabeça baixa, o cabelo cobria parte do rosto, os braços envolta do próprio corpo claramente tímida e tentando esconder qualquer outro ferimento. O quarto estava aconchegante, a lareira acesa deixando o lugar quentinho, explicava o motivo por ela não vestir uma roupa de mangas longas.

Elran aproximou-se, tocando suavemente sobre as mãos dela, tirando-as do caminho, as marcas dos dedos continuavam ali como Noa havia dito. Então, com a mesma gentileza retirou os cabelos de seu rosto, colocando-os atrás da orelha, aquele hematoma na face dela... Era horrível. Um tapa deixa uma vermelhidão, mas aquilo... foi feito com tanta fúria que deixou roxo, até mesmo próximo aos lábios estava ferido.

Aimee estava arrependida de não ter curado aqueles ferimentos, mas, sabia que se o rei não visse aquelas marcas como das outras vezes que a espancou, a força dele seria maior e pior. Quanto menos feridas ele visse, mais força e brutalidade usaria da próxima vez. E doía demais... Ela não queria mais sentir tanta dor e por isso deixa os hematomas. Mas, Elran vê-las é um erro.

— Você não deveria me ver assim, nem estar aqui, Elran.

— E você não deveria estar assim. – havia raiva em sua frase, indignação, não conseguia desviar o olhar do ferimento.

Aimee queria usar seus poderes para acalmar a raiva e a intensa angústia que ele sentia, mas, não poderia. Yone se arriscou entrando nos aposentos de Cornélia para lhe conseguir as poções, não deveria colocar-se mais em apuros. Mas, ele também estava sofrendo, apesar de Aimee não entender o motivo, se compadecia dos sentimentos dele.

Segurou a mão dele colocando-a sobre sua bochecha, o toque lhe deu arrepios, pois estava gelado e contrastou com a pele quente dela. Acariciou-o de forma tão amável e inocente dando um sorriso meigo, mas ao mesmo tempo triste.

— Estou bem, isso é passageiro... – referia-se ao hematoma. — Por favor, não fique assim.

"Quando realmente conhecê-la, verá como o coração dela é benevolente, a ingenuidade é genuína. Aimee não tem maldade, é uma eterna criança, pura e verdadeira. Não importa quem você seja, ela vai tratá-lo com amor."

Essas foram as palavras de Noalan que voltaram a mente dele. E não discordava.

A outra mão dela pousou sobre seu peito, e sinceramente ele sentiu-se envergonhado pois seu coração batia tão acelerado que teve receio dela conseguir senti-lo quase pular para fora por conta da intensidade. Segurou timidamente sua mão finalmente encarando-a nos olhos.

— Não deixe essa raiva e angústia te consumirem, por favor... – pediu ela. — Não vale a pena.

Elran controlava aquela imensa vontade de abraçá-la.

— Não consigo esconder minha raiva, não diante ao seu estado, Aimee. Como pode dizer que está bem, está com medo.

Ela sorriu.

— Não vejo propósito no ódio e no rancor. – tirou a mão dele de seu rosto, mas apenas para segurá-la melhor. — Todos nós cometemos erros, apenas precisamos aprender com eles.

Elran deu um passo mais próximo.

— Isso não foi um erro, foi maldade, não há como esquecer.

— Não é para esquecer, mas, também, não há mais nada a fazer, pois está no passado.

Ela o soltou e se afastou um pouco, encarando o fogo.

— Como você consegue ser assim? – disse ele mais uma vez se aproximando, tocando-lhe o rosto.

Aimee voltou a fitá-lo, vendo a compaixão em seus olhos castanhos, havia mais alguma coisa, algo que a atraía, mas, foi incapaz de decifrar.

— Eu vivo o presente, sem remoer o passado, não importa. Não mudarei quem eu sou, a vingança não me trará paz, muito menos alegria.

Ela voltou a sorrir.

— Tenho pessoas que me amam, isso me faz feliz. Qualquer dor que ele possa me infligir, não será o suficiente para me tornar o ser amargo que ele tanto quer.

— Não se cansa de tanta dor? Desse suplício?

Perguntou ele sem perceber que haviam ficado mais próximos do que deveriam, suas mãos seguravam-lhe com certo apreço o rosto dela, acariciava a pele ferida, como se de alguma maneira pudesse aliviar a dor. Pareciam alheios ao mundo a sua volta, um momento que passava devagar e queria que continuasse assim, pois era envolvido numa energia terna, tão delicada.

Os olhos dela tinham um brilho raro, talvez, fosse o reflexo das chamas da lareira que lhe davam aquele efeito tão belo, mas, não deu muita importância para aquilo. Eram lindos.

— Sim... – confessou ela. — Sinto-me exausta, porém, não há nada que possa fazer. Eu só sigo em frente.

Assim como no dia anterior, não conseguia quebrar aquela sensação de querer mantê-la por perto, tocar nela. Parecia um ímã, um belo e gracioso. Aimee é tão bonita e gentil que se torna difícil não ter admiração por ela, Elran estava mesmo lutando contra a intensa vontade de abraçá-la, e sem ao menos notar de beijá-la.

— *Sinto muito...* – disse ele sem desviar seus olhares, acariciava o rosto dela com delicadeza. — *Queria poder ajudá-la de maneira mais eficiente.* – inclinou brevemente a cabeça, aproximando os lábios aos dela. — *Você é... amável demais para sofrer assim.*

Por algum motivo, aquilo estava fora de controle de ambos. Aimee não dizia, nem se expressava muito, mas, achava Elran um homem muito bonito, acima de tudo, gentil, gosta da maneira carinhosa que a trata, tem tanto cuidado. Só que não justificava a situação atual, como chegaram a tal ponto, é o verdadeiro mistério.

Ela gostava daquela sensação. É forte, familiar, como se o conhecesse a tempos, por isso não o recusou.

O forte estrondo que veio da janela fez ambos acordarem daquele transe. Aimee levou um susto, encolheu-se escondendo o rosto sobre o peito de Elran que por outro lado, encarou a janela. E foi de imediato que aquela presença familiar lhe chamou atenção, franziu o cenho.

— Espere aqui. – pediu ele tocando sobre os ombros dela.

Elran não pensou duas vezes em puxar a cortina encarando a escuridão do lado de fora, seus olhos rapidamente encararam o vidro trincado, por sorte não quebrou por inteiro. Ele abriu a janela indo para a sacada e ergueu as sobrancelhas ao ver a madeira amassada, afundada demais. Ajoelhou, passou os dedos nas pontas lascadas da madeira.

— Isso foi... socado? – se perguntou fechando o punho, imitando o gesto, procurando o ângulo.

No mesmo instante, ele olhou por cima do ombro, o arrepio subiu pelas costas, sentiu como se fosse observado. Levantou e se virou para as árvores, aproximou-se da beirada encarando a escuridão.

Aquela presença estava ainda mais forte ali a sua frente e mal sabia ele que encarava a pessoa camuflada entre os galhos e folhagens.

— Elran... – Aimee chamou indo para fora, encarou o vidro rachado. — Nossa... o que... – ela rapidamente se virou para o mesmo lugar onde ele encarava.

— Têm alguma coisa ali.

Aproximando-se, Aimee tentou não encarar muito, então, segurou braço dele.

— Eu não vejo nada... – não estava mentindo, mas, o sentimento de ódio de um certo alguém podia ser sentido de longe. — Elran, vamos entrar... E-Eu estou com fome.

Mais uma vez não mentiu, ele se virou brevemente para encará-la e logo acenou.

— Certo... – disse ainda um pouco desconfiado lançando o olhar para as árvores. — Vamos até a cozinha.

Acompanhou-a de volta para o quarto, fechou a porta e trancou.

Daquela distância, enfurecido, deixando marcas perfeitas das garras no pobre tronco da árvore, Yone encarava aquela sacada repleto de ódio e ciúme. Mas, um ciúme tão grande que transparecia naqueles olhos que até brilhavam, um segundo a mais que aquele desgraçado estivesse perto de Aimee, Yone tinha certeza de que invadiria o quarto sem pensar.

— Burguês filho da puta. – rosnou ele enfurecido. — Você não é louco de tocar nela.

Era isso? Aimee o beijaria sem pensar duas vezes? Nem tentou afastá-lo? Mal se conhecem, como pôde? Aquele capitão desgraçado estava aproveitando-se da ingenuidade dela.

— Arrgh!

Aquilo sim foi um rosnado, deu as costas muito puto, socando a árvore que chacoalhou.

— Filho da puta! – quase gritou.

— *Ouviram isso?*

— *De onde veio?*

— *Vamos, vamos, vasculhem a área.*

Yone mostrou as presas furioso, escutando aqueles soldados imbecis, puxou a máscara e tomou uma distância mais segura, voltando a se esconder. Seguiu os homens com o olhar enquanto andavam de um lado para o outro como baratas tontas.

— *Babacas.* – resmungou para si, lançando o olhar de volta aquele balcão um pouco mais longe. — *Que ódio!*

Ele deveria ir a outro lugar, mas agora não queria sair dali.

Já na cozinha, enquanto Aimee estava sentada em uma das mesas desfrutando da sopa, Elran voltava do lado de fora, conversou com um dos guardas que informou terem ouvido barulhos estranhos próximos aos muros do castelo, mas que os soldados estão fazendo uma segunda ronda no local. Ele passou a mão nos cabelos, suspirando pesado, e nada sobre o pai dele e o rei.

Sentou à frente da menina que levava outra colher cheia para próximo da boca.

— Não se preocupe tanto. – comentou ela soprando o líquido. — Pode ser um animal.

— Animais não socam portas. – a fala saiu um pouco distraída, ele apoiou o queixo sobre a palma da mão e então lhe deu atenção. — Realmente não parece nervosa com a situação.

— Hm... – ergueu os ombros enquanto limpava os lábios com o guardanapo. — Nada aconteceu, é como disse... Fica no passado, não preciso pensar demais sobre algo momentâneo.

— *Momentâneo...*

Repetiu para si mesmo e o rosto rapidamente ficou quente e avermelhado assim que a mente lhe trouxe as memórias recentes.

— *Ah... inferno.* - sussurrou cobrindo o rosto envergonhado. — Me perdoe, Aimee.

Pediu ele daquela maneira tímida, ainda mantendo a mão em frente ao rosto, e ela genuinamente ficou confusa enquanto levava outra colher cheia de sopa para boca. Ele riu sem jeito, Aimee já estava em outra dimensão.

— O que fiz lá em cima... eu... sinto muito...

— Ah! – ela acabou mordendo a colher o que doeu muito em seus dentes. — Tu-Tudo bem! Não aconteceu nada!

Agora ambos estavam corados e evitando olhares. Aimee esqueceu de mastigar os legumes quase engasgando, alcançou o copo d'água ao lado tomando uma boa quantidade.

Que situação constrangedora.

— Eu...

— Foi apenas gentil. – ela acabou o interrompendo. — Oh, desculpe... pode continuar.

Ele preferiu se calar e acenou para que continuasse. Aimee abaixou o copo, mas não o soltou, ficava o girando lentamente, encarando a água que se mexia no fundo.

— É um homem muito carinhoso. - aquele elogio só piorou

o constrangimento dele. — Têm atitudes diferentes de muitos daqui, me surpreende também.

Ela sorriu tímida.

— Foi gentil, só estava preocupado, então... não estou ofendida nem nada parecido.

Aimee o fitou brevemente, Elran continuava com as bochechas vermelhas, o queixo ainda apoiado sobre a palma da mão tentava de maneira discreta esconder um pouco da vergonha.

— Ainda assim, devo desculpas. – evitou encará-la. — Não foi correto da minha parte.

— Com licença. – o cozinheiro se aproximou, curvando-se e mantinha as mãos atrás do corpo. — Senhorita Aimee, por acaso já terminou sua sopa?

— Sim, senhor. – ela sorriu. — E estava maravilhosa.

O homem sorriu de volta e então, revelou o prato que escondia.

— Eu fiz isso para senhorita um pouco mais cedo, já que estava... reclusa em seus aposentos, pensei que poderia animá-la.

— É flan de leite e mel?!

Ela falou um pouco mais alto de tanta animação, o que chamou atenção de Elran que pode ver aqueles olhos brilharem diante a sobremesa. O sorriso dela estava grande na face, parecia uma criança que acabara de ganhar o melhor presente do mundo, conseguia sentir a mesa mexer por conta das pernas que ela balançava. O cozinheiro deixou aquele pequeno prato a sua frente. Aimee é tão graciosa.

Não pôde deixar de rir ao vê-la dançar após levar um pedacinho do flan para a boca.

— *Isso é tão gostoso!!* – exclamou com a boca cheia.

— Gosta de doces? – perguntou ele admirando-a.

— Eu amo flores e doces! – respondeu com alegria. — Mas, nada se compara a um bom soninho. – riu comendo mais um pouco.

— Então é uma dorminhoca. – recebeu apenas um aceno

positivo. — Qual sua flor preferida?

— Todas são lindas... – colocou a mão em frente a boca enquanto falava. — Mas, as astromélias são as que gosto mais. E você? Gosta de alguma flor?

Ele parou para pensar.

— Aciano.

— Nunca vi.

— Imagino que não, elas não são comuns em Saranyu. – apoiou as braços sobre a mesa. — São flores com diversos tons de roxo, às vezes ficam azuladas, são belíssimas. Florescem muito em Elderin.

— Hm... a província dos...

— Isso. – a interrompeu para evitar dizer a palavra "dragão". — Há campos floridos extraordinários naquela região.

Ela pareceu sonhar acordada.

— Ah... queria tanto ver. – suspirou.

— Verá. – afirmou ele. — Te levarei.

Aimee sorriu e ergueu o dedo mindinho para ele que entendeu o gesto. Elran deu aquele riso acanhado, correspondendo a meiguice, como se selassem uma promessa. Ela o puxou de repente, como fora pego de surpresa, quase caiu sobre a mesa, não houve tempo de se segurar.

— Já comeu esse flan? – perguntou ela antes mesmo dele dizer algo.

— Calma, assim quase arrancou meu braço. – brincou ele a encarando. — E não, nunca comi.

— Não pode ser! - disse incrédula pegando um pedaço generoso no garfo. — Prova!

— Aimee, o doce é seu, não precisa disso.

Ela se inclinou para frente levando o garfo para perto.

— Prova!! – tinha a expressão emburrada como de qualquer criança teimosa. — Por favor...

Elran não pode deixar de rir e sorrir com aquela situação, acabou rendendo-se pela expressão fofíssima dela e então abriu a boca esperando que lhe desse aquele pedaço. Assim que deu a mordida, o gosto do mel invadiu o paladar, não era forte, derretia com a consistência suave feita com o leite, e ele ergueu as sobrancelhas, surpreso.

— Nossa... Isso é delicioso!

— Eu sei! – respondeu Aimee com a mesma empolgação. — Coma mais!

E ela não se importou em dividir a sobremesa. Estava tão focada naquilo que não percebeu como os empregados os observavam, alguns achavam graciosa a maneira que interagiam, outros cochichavam sobre os hematomas na princesa. Sabiam que ela deveria ficar no quarto até segunda ordem do rei, então, todos estavam desobedecendo, a expressão preocupada deles não pode ser disfarçada.

Elran notou, mas não queria que tirassem o pequeno momento de alegria de Aimee. Ele então deu atenção a própria mão onde ainda não havia soltado a dela a algum tempo, na verdade, Aimee brincava distraidamente com a ponta dos dedos sobre a palma dele, era inconsciente, pois sua concentração estava no final daquele flan.

Deu um sorriso contido, ela é graciosa em qualquer coisa que faça, mesmo que não esteja prestando atenção. Segurou sua mão, observando-a e não tinha como resistir, era delicada e pequena, as unhas compridas dava a impressão de alongar seus dedos, mas, assim como tudo nela, eram fofas, rechonchudas.

Ele riu baixo.

— O que foi? – perguntou ela que também encarou suas mãos.

— Você é pequenininha. – a viu fazer um bico com os lábios. — É baixinha, acho que seria um chaveiro.

— Ei! Que rude!

Aimee se soltou cruzando os braços, emburrada e ele riu de novo.

— Acha rude chamá-la de baixinha?

— Não tenho culpa de ter 1,60... – resmungou lhe dando as costas.

— Sou um gigante perto de você. – a viu balançar as pernas claramente irritada. — Ei, estou brincando... – a chamou, mas

Aimee não quis encará-lo. — Não me ignore, vai me deixar magoado.

Ela se virou mostrando a língua e logo lhe deu as costas novamente. Elran riu cobrindo o rosto que ficou rubro novamente.

— *Aimee!*

Ambos deram atenção a porta da cozinha onde Isma entrava com pressa em sua direção, a menina levantou e lhe deu um abraço. A rainha afastou-se, vendo aquele hematoma em seu rosto, acariciou sua bochecha e logo os braços.

— Oh, meu amor. – lhe deu um beijo no rosto. — Veja como está.

A conversa entre elas foi breve. Isma demonstrava sua preocupação com a filha, mas também ao marido que não chegou até agora. Conheceu a babá, Cornélia, a face cansada, claramente de mau-humor, mas havia outra coisa, o evitava. A rainha e sua conselheira conversavam sobre algo que ele não compreendeu, pois prestava atenção na inquietação repentina de Aimee.

Ele estendeu a mão para tocar em seu ombro, mas ela correu no mesmo instante. Sem entender, todos ficaram surpresos, mas Elran a seguiu. Aimee apressou-se, gritou aos soldados para que abrissem a porta, eles assustados com sua pressa obedeceram e assim que ela alcançou o jardim da frente acenou para os guardas. Gritou novamente, mas eles se entreolharam confusos, diferente dos outros, não dariam ouvidos a princesa, mas o vigia na parte superior da torre tocou o sino.

— **É O REI, ABRAM OS PORTÕES!**

Ela parou vendo aqueles cavalos se aproximarem, Shavan carregava Lyonel que parecia desacordado apoiado nas costas do outro. Podia sentir o coração dele acelerado, o sangue por algum motivo não fluía da maneira que deveria, a respiração parava, está tão ruim que Aimee podia sentir o sufocamento dele daquela distância.

Elran, aproximando-se, viu que os cavalos vinham em

alta velocidade, ele correu a tempo de conseguir puxar Aimee pelos braços, tirando-a do caminho, ambos deram passos em falso, caindo sentados. Alguns dos cavaleiros passaram sem parar, apenas seu pai puxou as rédeas mesmo com os resmungos do rei. Algo fez com que Shavan parasse, antes mesmo de chegar na porta do castelo, pulou segurando o corpo fragilizado de Lyonel até o chão.

Foi aí que ergueu o olhar, vendo aquela menina correr em sua direção, ajoelhando-se às pressas, ajudando-o a virar o homem, ela tentava tirar a armadura dele antes que o sufocasse mais. Mas, Lyonel, ainda estava consciente, na verdade, tinha alucinações, assim que a viu, tocando sobre seu peito, agarrou-lhe com ódio.

— *Nu-Nunca... toque em mim.* – ele mal conseguia falar, mas as palavras que saíram foram carregadas de fúria. — *Sua nojenta... prefiro... a morte.*

Aimee via aquele ódio puro, as veias dele estavam saltadas, as pupilas dilatadas, o sangue escorria no canto da boca, e mesmo assim, ele tinha força o suficiente para quase quebrar a mão dela e o pulso que latejava.

— Por favor... me solta! – pediu ela aos prantos. — E-Eu posso ajudar... Por favor... tá doendo!

— Lyonel, pare com isso. – Shavan tentava ajudá-la, mas a força do rei em continuar torcendo a mão dela era descomunal. — Lyonel!

O rei a encarava, Aimee chorava de dor e tentava entender o porquê ele não pode aceitá-la, o motivo por odiá-la tanto. Ela era a única ali que poderia salvá-lo e estava disposta a fazer isso, mas, nem mesmo a beira da morte, Lyonel a queria por perto, mesmo que pudesse ajudar.

Ela gritou de dor quando sua mão fora torcida para trás, pode ouvir os ossos estralando quase quebrando, nem soldados, guardas, ninguém moveu um dedo com a cena. Nem mesmo Isma ou Cornélia tiveram permissão de passar por conta dos homens que formavam uma barreira. Elran teve que se desvencilhar dos outros com violência e não pensou em nada, apenas deu um chute na lateral do rosto de Lyonel que apagou no mesmo instante. Seu pai tombou para trás, suando, viu o filho passar por cima do corpo e derrubou um dos soldados que tentou segurá-lo após bater no rei.

Ele apenas lançou o olhar para os outros intimidando-os, acenou deixando que a rainha e sua conselheira passassem.

— Vou levá-la para o quarto.

Elran disse e não esperou que Isma respondesse, pegou a menina no colo e carregou saindo dali. Ainda sentiu aquela mesma presença de antes, mas, dessa vez, ignorou, tirar Aimee daquele lugar era mais importante.

Cornélia os seguiu com o olhar, depois voltou sua atenção ao velho caído, tirou o frasco da bolsa de couro e aproximou-se para despejar em sua boca.

Acenou para o soldado, deveriam levá-lo direto ao quarto, terminaria de cuidar dele lá. Ela levantou ajudando o outro homem.

— *Vamos conversar, senhor Shavan.* – disse a elfa.

Dirigindo-se às pressas ao quarto, Elran suspirou pesado, pois não conseguia parar de pensar em toda essa situação e como ela tornou-se caótica tão depressa, muita coisa aconteceu ao mesmo tempo e sinceramente, ninguém conseguiria dizer o que virá daqui pra frente.

Ela chorava de soluçar em seus braços, escondeu o rosto em seu peito, conseguia sentir o corpo dela tremer de medo e nervoso, sem mencionar que começou a arder em febre. Aimee apertava o pingente com a outra mão, desejando profundamente que Yone estivesse ali, mas, sabia que isso seria impossível e perigoso demais para ele e a última coisa que quer é vê-lo ferido.

— *Por favor, me perdoe.*

Elran desceu o olhar a ela que claramente não queria ser solta, escondia-se, o abraçava desesperada, o choro forte deixava nítido o sentimento. Ele se perguntava do que estava se desculpando, não fez nada de errado.

— *O rei tem razão...* – murmurou ela. — *Eu deveria ter morrido naquele dia. Nada disso aconteceria, se eu morresse, ninguém mais... sofreria.*

Ela é apenas uma menina, meiga e graciosa que passa por situações tenebrosas, está sobrecarregada pôr tudo a sua volta. Ele tem quase certeza que guarda segredos que não quer, mente pois sua consciência diz para proteger os outros, se importa tanto com os que estão a volta que esquece de si mesma. Ela não merece isso, não essa dor e tortura.

Ele sentou na cama ainda mantendo-a em seus braços, abraçou carinhosamente, segurou a mão ferida, a vermelhidão rapidamente tornou-se um hematoma horrível. De forma gentil, envolveu a mão dela, chegava a desaparecer junto a dele que era maior, assim como, abraçá-la.

— *Viu...* – sussurrou ele. — *Ser pequena têm suas vantagens.*

Aimee ergueu aquele olhar exausto e assustado para ele. A pele dela continuava quente, podia dizer até mesmo escaldante, Elran, sem pensar muito bem, apenas encostou o rosto sobre a cabeça dela.

— *Posso abraçá-la assim e praticamente... escondê-la.*

Conseguiu um pequeno sorriso triste dela que deitou a cabeça sobre seu ombro.

— *É bom...* – murmurou ela.

— Então, pode ficar assim quando quiser se esconder do mundo. – deu um beijo sobre a testa dela. — Só não diga que preferia a morte.

Ele acariciava as costas de sua mão machucada com delicadeza.

— Eu sofreria se não estivesse viva, pois, perderia esse privilégio de estar com alguém tão amável como você.

A situação saiu do controle a muito tempo, então, ele preferiu ficar ali daquela maneira. Parecia que tudo e todos estavam contra a pobre menina, não existia um segundo de paz, alegria, as coisas duram num tempo curto demais para ela e isso era injusto.

— Você é a pessoa mais amável que já conheci.

"Eu estou pronto para qualquer consequência." pensou ele.

CAPÍTULO 18
DO OUTRO LADO DA LIBERDADE

— Pouco a pouco as terras serão consumidas pelo Caos.

Disse aquele homem sentado nos degraus de pedra.

— Mas, o Caos é considerado ruim, sendo que ele tem a própria ordem. – riu. — Estava cansado de assistir a humanidade, de servi-los sendo que nenhum desses vermes mereciam nem uma fração do meu poder.

Ele vestia uma túnica, o capuz cobria cabeça e o rosto, mas sabia que olhava diretamente para algo.

— Aqueles cujo ouviram minhas palavras, encontraram sabedoria, abriram os olhos para um novo mundo, uma nova perspectiva de vida. Os outros... os seguidores das deusas, dizem-se justos, entretanto, eles possuem tudo. E vocês? O que lhes resta além de migalhas? Uma sobrevida... Sobrevivência.

Respirou profundamente pondo-se em pé.

— Eu vi, ouvi muitas coisas durante minha eternidade e enojo-me. A futilidade dessas pessoas que se acham dignas de minhas palavras e visões... Eles vêm ao meu templo quando convém, rezam, imploram por salvação de situações cujo as deusas os deixaram a mercê.

Caminhava tranquilo naquele local escuro e cheio de névoa.

— Devo ouvi-los? Por que eu deveria estender a minha mão? Vocês têm algo que eu nunca tive. – riu novamente. — Acredita? Eu, não tendo algo? Pois bem... Vocês possuem o *livre arbítrio*.

Ele subiu as escadas daquele altar, não se via muito por conta da iluminação precária, mas, o homem, passou a mão sobre a estrutura de pedra, pode se ouvir o suave balançar da água.

— Enquanto eu... os sirvo. Não sou nada além de um espectador das suas tristes e miseráveis vidas. – ergueu o dedo indicador voltando a encarar quem quer que seja. — Então, acabei chegando a uma conclusão. Por que não ajudar? Não querem tudo? Não querem fazer tudo? Se suas deusas os abandonaram, deveria eu, deixá-los ao relento? Afinal, eu sou um bom deus.

Estendeu a mão.

— Não darei a vocês tudo o que desejam, mas, lhes ensinarei a como conseguirem tudo o que almejam. – disse enquanto caminhava em direção ao seu ouvinte. — Não veja o Caos como seu inimigo, mas, como seu aliado. Será ele o precursor da verdadeira libertação. Toda ordem precisa de um caos...

Ele parou em frente daquela pessoa que segurou sua mão e ajoelhou.

— Deixe o caos libertar vocês. – ele abaixou, acariciando aqueles cabelos e sussurrou ao seu ouvido. — *Deixe-me ser livre.*

Aimee acordou assustada, suando, o corpo inteiro doía, então sentiu a mão gentil sobre seu ombro e depois de alguns instantes reconheceu a mãe. Isma passou o pano úmido na testa dela.

— Tudo bem, foi só um pesadelo. – disse ajudando-a sentar. — Respire fundo, querida.

A garganta seca a fez tossir, logo notou a mão enfaixada, pelo menos estava melhor do que na noite anterior. Fechou o punho lentamente e encarou a mãe.

— Elran, ele está...

— Não se preocupe. – acariciou seus cabelos. — Cornélia já cuidou de tudo.

— Ela usou?

— Sim, pedi que fizesse, não seria bom que todos lembrassem do príncipe dando um chute na face do rei.

— Mas, mamãe como vão explicar isso?

— Ah, fique tranquila, é da Cornélia que estamos falando, ela sabe bem como mentir e manipular as pessoas. – riu sem graça levantando para molhar o pano novamente. — Fizemos um acordo com Shavan e... uma pequena mentira, mas isso não é importante agora.

Voltou para o lado da filha, seu rosto estava machucado, cansado, havia olheiras enormes. A rainha suspirou pesado a abraçando.

— Você pretendia ajudá-lo e veja o que recebeu em troca. – abraçou-a com mais força. — Me perdoe, Aimee, me perdoe por deixá-lo te machucar por tanto tempo...

Ela deixou a cabeça no ombro da mãe.

— Estou bem. O mais importante é nenhuma de vocês se ferir.

A mulher balançou a cabeça.

— Não, nenhuma de nós merecia isso. Infelizmente, não tenho controle de nada aqui, a situação tende a piorar. – passou o pano sobre o rosto dela outra vez. — Ainda está com febre querida, fique na cama, vou pedir para trazerem algo para que coma.

— Não tenho fome, mamãe. – ajeitou-se na cama.

— Mas, precisa, agora descanse.

Aimee acenou cansada, encostou-se na cabeceira e encarou a janela. Mais uma vez sonhou com aquele homem, a sensação vívida daquele lugar onde estavam continuava ali, era frio, mas não sentiu vento algum, escuro, entretanto, conseguia vê-lo mesmo que parcialmente. Era como escutar uma conversa através das paredes. Como costuma dizer: Vê a vida através dos olhos das outras pessoas.

Quem é ele?

Isma desceu até a cozinha com certa rapidez, os pensamentos acelerados faziam-na andar e agir automaticamente, nem ao menos vendo o que está logo a frente. Preocupada com Aimee e o "castigo" que Lyonel colocará sobre ela, assim que recuperar as forças a fazem temer.

— Obrigada, esperarei do lado de fora assim que terminarem de preparar. – ela agradeceu o cozinheiro e seguiu para a parte de trás.

Levou o olhar para o céu azul, as nuvens apareciam mais agora que o outono se aproxima, as tempestades e o frio logo atingirão as terras. Apoiou-se no poço, encarando por alguns instantes até ouvir uma voz familiar, uma breve olhada e reconheceu o velho Noalan, acenando para Elran.

Pela expressão do rapaz, não estava feliz.

— Boa tarde, Elran.

Ele se curvou educadamente, mas não parecia querer conversar com ela.

— Boa tarde, vossa majestade. – colocou as mãos atrás do corpo e evitou mais contato visual.

— Emburrado, não? – ela sorriu. — Seu pai comentou que não gostou muito do nosso acordo.

— A senhora quer minha resposta sincera? – a encarou e ela acenou. — Não é o acordo que me incomoda, mas a maneira que ele fora feito.

— Se quer manter-se vivo e com uma reputação impecável, será a única maneira.

Elran se aproximou, parando ao lado dela.

— Manipular memórias através de poções, não é algo que eu escolheria para "manter" minha reputação. Ao contrário de muitos, minha senhora, prefiro arcar com minhas decisões, as consequências fazem parte da vida e eu as aceito, como o homem que sou.

Ela sorriu de canto. Gostava do jeito dele.

— É realmente um homem honrado e correto, admito e admiro isso. – cruzou os braços. — Mas, esquece que está em Depurya e não na cidade capital. Acha que essas consequências se aplicariam a você? – negou enquanto passava o olhar pelo jardim. — Não, meu querido, a única pessoa que sofrerá com tudo isso, é a minha filha.

Pensou em responder, mas Isma continuou.

— Meu marido não pode feri-lo, nem seu pai, então, pense. Quem é o alvo mais frágil? Eu? – negou novamente. — Não, Aimee.

Isma não pôde negar aquele discurso, carregava a verdade, a realidade que todos tem que encarar.

— Não perguntarei, já ouvi a frase de meu pai. – Elran estava muito incomodado. — Quanto menos souber, menos problemas.

— Entendo sua revolta. – ajeitou os cabelos. — Também não concordaria em fazer meus empregados e os demais beberem tal poção de Cornélia, mas, nesse ponto, tudo o que aconteceu... Desculpe-me, mas, não vou arriscar ainda mais minha filha.

Ambos ficaram em silêncio logo em seguida. Isma respirou fundo e suspirou pesado, soltando os ombros.

— Ouviu os rumores, não?

— Sim, senhora. – a encarou. — Mas, não acredito neles.

— Ela é uma boa menina, Elran, inocente. - trocaram olhares. — Acredite em mim, minha filha é especial.

Ele acenou sutilmente.

— Acredito, senhora.

Um empregado apareceu informando que o almoço da princesa estava pronto, Isma ordenou que levasse e logo seguira para os aposentos.

— Como ela está? – perguntou Elran.

— A febre ainda não cessou. - massageou os olhos. — Está cansada e sem fome.

— Os remédios não funcionam pois isso é mais emocional que físico. - comentou ele. — Aimee está estressada, triste e exausta, o corpo só está exteriorizando isso.

— Sei disso, querido. E não sei mais o que fazer, por mais que esteja do lado dela... Não é o suficiente.

— Senhora, será que pode fazer algo por mim? – perguntou ele recebendo sua atenção. — Os relatórios sobre os ataques foram alterados, preciso das originais para analisar a situação dos monstros.

Isma franziu o cenho.

— Alterados? Cásper está fazendo o que dá vida? – suspirou de novo. — Tudo bem, verei o que posso fazer, deixarei as coisas em seu aposento.

A mulher se alongou

— Deixe-me ir agora. - se curvou. — Com licença.

Ele acenou vendo-a se afastar. Ficou ali fora, encostado próximo ao poço, pensando sobre o assunto e as afirmações da rainha. Ela tem razão na maioria das coisas que disse.

Voltou para o quarto fazendo-se perguntas, não somente sobre suas atitudes, mas, com todos esses problemas surgindo. Soldados abaixam as cabeças, modificando relatórios importantes por ordens do rei. Lyonel tendo um ego inflado e ao mesmo tempo sendo um homem de orgulho ferido, não admite outra pessoa fazendo a coisa certa, muito menos, sendo melhor que ele. E o pior de tudo para ele... Sendo um grande desgraçado, cruel e doente.

Como pode ter sido tão agressivo? Não admitia isso.

— Ah, oi filho.

Shavan entrou no quarto surpreso ao ver o rapaz sentado sobre a cômoda próxima a janela enquanto observava o lado de fora.

— Pensei que fosse a cidade hoje, não queria descobrir mais sobre o tal caçador?

— Precisaria mais de uma semana. – foi sua resposta sem desviar sua atenção da paisagem.

— Aconteceu algo, Elran?

— Me diga o senhor. – deu de ombros. — Está fazendo acordos por aí. Teme alguma coisa?

Finalmente o encarou. Shavan riu baixo balançando a cabeça, puxou a cadeira e sentou apoiando o cotovelo sobre a mesa.

— Quando for rei, vai aprender a temer sem demonstrar. – explicou. — Aceitar termos absurdos pelo bem dos outros.

— Dos outros ou do seu? – questionou novamente. — Porque como você mesmo disse, aqui dentro é um hóspede. Lyonel governa boa parte de Saranyu, metade da província... Então, você sendo o governante de Nysma... É pequeno perto dele.

— Posso perguntar o motivo de tanta agressividade?

— Estamos aqui somente alguns dias... E não quero nunca mais voltar. – confessou voltando a encarar a paisagem. — Esse lugar é maldito, somos impotentes, tudo está errado e parece que as pessoas são cegas.

— É fácil se revoltar, não é? – o pai suspirou alongando-se.

— Um castelo enorme como esse, uma província afundando, isso chama-se desespero. Não vai mudar anos de tradição e costumes por estar nervoso. Essa é nossa realidade, Elran, não está mais em Oarya.

— E lamento cada segundo.

Elran levantou pegando a mochila e já saía.

— Pense de novo, talvez se arrependa do que acabou de dizer.

Ele não respondeu, apenas saiu, iria para a cidade, ficar ali dentro é sufocante demais. Ajeitou a alça, caminhou pelos corredores muito incomodado, até mesmo as paredes de pedra daquele lugar pareciam intimidá-lo.

— Esse lugar é com certeza, amaldiçoado. – comentou passando os dedos no cabelo tirando-os do rosto.

Caminhou pelo corredor e avistou uma das empregadas cabisbaixa, carregando uma bandeja e dirigia-se as escadas. Ele continuou a caminhar dando uma breve olhada na direção de onde veio e soube de imediato.

— Com licença, senhorita.

Chamou ele, a mulher parou nos degraus erguendo as sobrancelhas, surpresa, logo lhe fez uma reverência.

— Príncipe Elran. – manteve a cabeça baixa. — No que posso ajudá-lo, senhor?

— Essa comida... Era para princesa?

A mulher olhou para a bandeja e logo acenou.

— Ah, sim senhor, mas, a pobrezinha mal consegue levantar de tanta febre. – ergueu os ombros. — A rainha já pediu para esquentar duas vezes, mas, infelizmente a princesa não quer comer.

— E a rainha, onde está?

— Cuidando do rei...

Ele acenou, ajeitou novamente a mochila e aproximou-se do corrimão.

— Me dê. – pediu estendendo as mãos.

A servente piscou algumas vezes, confusa e lhe entregou a bandeja, a expressão do príncipe não estava muito amigável.

— Senhor...

— Vocês desistem muito fácil. – comentou vendo-a ficar acuada, ele suspirou. — Às vezes, as pessoas precisam de atenção, por mais que elas digam que não. Só isso.

Acenou lhe dando as costas, voltou indo em direção ao quarto de Aimee. Diferente do dia anterior, não havia soldado parado ao lado da porta, então, ele simplesmente bateu, não ouviu resposta, provavelmente ela estava dormindo, mas, entrou mesmo assim.

Deixando a bandeja sobre a penteadeira, fora até a janela puxando melhor as cortinas para que pudessem tirar a luminosidade do rosto dela. Aproximou-se da cama e colocou a mão sobre o rosto de Aimee que parecia cochilar, mas, não estava bem, a febre continuava ali e pela expressão no rosto provavelmente tinha pesadelos. Elran analisou o quarto vendo a bacia de água limpa na cômoda ao lado oposto da cama. Deu a volta, molhou o pano e sentou-se no colchão passando o pano úmido em seu rosto.

Ele ficou daquela maneira por alguns instantes, a viu se mexer incomodada, resmungou algo que não fazia sentido, o sonho parecia bem agitado, então, Elran tocou sobre seu ombro gentilmente.

— *É só um sonho.* – disse em voz baixa próximo a ela.

Aimee se assustou, mas não com ele, um calafrio subiu pela espinha e se virou sonolenta encarando-o.

— Desculpe, não queria assustá-la. – afastou-se um pouco.

— Na-Não eu... – ela tentou sentar se apoiando no colchão, mas a mão direita latejou. — Ai!

Elran prontamente ajudou-a sentar, ela sorriu cansada.

— Obrigada, não acordei por sua culpa, eu... tive um pesadelo.

Ele a observava, Aimee respirava de maneira pesada, quase não conseguia manter os olhos abertos, nem mesmo parecia prestar atenção.

— É sempre, escuro... frio e...

— Que tal comer um pouco, hm? – acariciou o topo de sua cabeça. — Pode me contar quando estiver melhor.

— Estou sem fome, meu estômago dói. – lhe lançou o olhar. — Você está bem?

Elran sorriu e acenou.

— Preocupado com você, mas estou bem. – afastou-se para levantar. — Vamos, coma um pouco.

Ela resmungou encostando na cabeceira.

— Não...

— Estou vendo uma menina birrenta? É isso mesmo?

Brincou ele enquanto deixava a cadeira bem ao lado da cama, pegou a bandeja colocando-a sobre o criado-mudo, a tigela de sopa estava quente, não ao ponto de queimar as mãos, mas, preferiu não a entregar a Aimee. Ela por outro lado ficou resmungando.

— Parece uma criança. – zombou Elran sentando na cadeira. — Vem, um pouco só

Disse enquanto pegava a sopa com a colher.

— Eu posso comer sozinha, não precisa... – ela tentou pegar a tigela, mas Elran não deixou.

— Você é destra, não terá coordenação para se alimentar com a mão esquerda.

Aimee estava com o raciocínio lento e franziu o cenho intrigada.

— Como sabe?

Ele riu baixo, segurando para não gargalhar.

— A vi jantando ontem, esqueceu? – a expressão confusa dela o fez rir novamente. — Além do mais, você fez o mesmo comigo. Agora, coma.

Assim que a colher se aproximou ela abriu a boca, mas ainda tentava assimilar aquela informação, sua mente de fato não estava processando as coisas como deveriam. Assim que outra colherada se aproximava, ela ergueu as sobrancelhas e depois apontou para ele com o indicador esquerdo.

— *Ah! O doce.*

Elran riu de novo.

— Sim, sua sobremesa. – não conseguiu tirar o sorriso do rosto, enquanto continuava a ajudá-la. — Você estava tão animada dividindo-o comigo que não quis interromper sua alegria.

Ele deu aquele riso nasal e balançou a cabeça com o pensamento que lhe surgiu.

—Já ouviu sobre os votos que se fazem durante a cerimônia de casamento?

Aimee negou comendo mais uma colherada. Elran tentou não ficar tímido, mas fora inevitável.

— "Prometo ser-te fiel, amar-te e respeitar-te, na alegria e na tristeza, na saúde e na doença…"

Ela prestava atenção nele, como uma criança fazia ao aprender algo novo e isso, o deixou ainda mais envergonhado

— "Todos os dias da nossa vida."

— É muito bonito. – comentou ela naquela maneira meiga de ser.

— Prometo te proteger Aimee e estarei presente em todas essas situações. – se virou lhe entregando o guardanapo.

Por que aquilo soava como uma confissão? Não era a intenção dele, mas Aimee segurou sua mão.

— Você é diferente.

Comentou ela, tinha aquele sorriso cansado, mas, ainda assim, muito bonito.

— É tão gentil e carinhoso, não me lembro de encontrar homens assim aqui. Até mesmo seu olhar, sua presença são reconfortantes.

Por algum motivo havia lágrimas em seus olhos, segurou a mão dele com um pouco mais de força.

— Você disse… – segurou o choro. — Disse que podia me abraçar se eu quisesse me esconder do mundo.

Aimee abaixou a cabeça, deixando enfim as lágrimas escorrerem pelo rosto.

— *Você pode me abraçar agora?*

Elran perdeu a timidez naquele momento, pois tudo o que sentiu foi o próprio coração doer. Deixou a sopa sobre a cômoda, e logo sentou-se ao lado dela. Se via o desespero em seus olhos, e parece que ninguém está vendo o limite daquela garota.

Deu um beijo sobre sua testa o que a deixou surpresa, pode até sorrir, sentiu o carinho sobre os cabelos e o abraço confortável. Aimee fechou os olhos chorando baixo, mas sentiu-se mais tranquila.

— *Você é diferente.* – ela pareceu começar a adormecer em seus braços. — *Diferente dele.*

Ele lançou o olhar para a menina que caiu em seus braços, dando um suspiro pesado.

— *Obrigada, por ser tão gentil.*

A segurou, adormecida, o corpo ainda ardia em febre, as bochechas rosadas, mas pareceu dormir mais tranquila. O comentário sobre alguém lhe chamou atenção. Falava sobre Lyonel ou seria outra pessoa? Aquele "único amigo". Ele não saberia, pelo menos não ainda.

Elran se manteve ao lado dela até Isma aparecer. A mulher ficou igualmente surpresa ao vê-lo ali, mas agradeceu. Ele ainda relutou em sair, mas não queria ser mal interpretado, então, disse que se precisasse poderia chamá-lo. E ainda possuíam muitas perguntas a serem esclarecidas, tanto sobre o comportamento do rei quanto o próprio diante a jovem Aimee.

Essa que adormeceu profundamente, caindo naquele abismo cheio de escuridão e medo, ouvindo aquela voz estranha.

— Sabe... ainda não compreendo o motivo de todos temerem tanto o Caos. Ele é apenas uma palavra, assim como ordem, amor, alegria... Os mortais tendem a criar histórias mirabolantes, não?

Dizia aquele homem novamente, mais uma vez sentado sobre os degraus do altar. As mãos apoiadas sobre as pernas, o capuz ainda cobria sua face, mas, agora podia ver a breve silhueta de seu rosto, não o suficiente para gravá-lo na mente.

— As pessoas chamam umas às outras de caóticas quando essas não se encaixam em seus padrões. – ergueu os ombros. — Então, fica uma dualidade, pois, assim, não sabemos quem está certo ou errado. A verdade do outro, muitas vezes não é a sua verdade.

Respirando fundo e gesticulou descontraído.

— Para ser sincero, talvez entenda, esse medo. Veja, quanto mais bem-sucedida é uma pessoa, mais inveja ela recebe ou às vezes, mais puxa-sacos têm... Então, com isso vem o poder, o poder engrandece e transforma em um monstro. É disso que é feito o Caos.

Ele levantou, movimentou as mãos e a névoa que cobria o local se desfez, a luz da lua iluminou a construção de pedra, os pilares e o altar no centro dele. O homem, caminhando confiante, subiu os degraus mais uma vez.

— O caos é a libertação de seus desejos, libertará seus medos para levá-lo longe. – ficou de costas e retirou o capuz a única coisa que pode ver fora seus cabelos grisalhos. — Precisa saber como controlar, assim, o Caos torna-se parte de você, mas, se deixar que ele tome conta o transformará... na sua maior obsessão.

Os barulhos estranhos e grotescos saíram dos cantos daquele templo, pouco a pouco, criaturas horríveis, assustadoras e contorcidas rastejaram-se deixando seus resíduos repugnantes pelo solo lustrado.

— Acontece, não é? Quando você é fraco. – ele colocou as mãos para trás. — Fraco da própria convicção, de corpo e mente... O caos toma conta. Agora, me diga...quer ter o controle?

Virou-se brevemente, olhando por cima do ombro, sua íris esverdeada brilhou a luz da lua.

— Ou tornar-se uma aberração?

A criatura surgiu saltando de trás, caindo bem a frente. Não havia olhos, a pele era acinzentada, a boca se abriu e a mandíbula quase tocou o chão, seus dentes afiados tinham restos de carne e de repente, ele urrou avançando.

Aimee acordou num sobressalto, gritando em pavor e logo de dor com a mão que apoiou sobre o colchão. Estava atordoada, os ouvidos apitavam, o corpo tremia de medo e frio, a cabeça latejava, parecia que explodiria a qualquer instante, foram bons minutos até perceber que havia alguém ali.

— Aimee... – ela demorou parar reconhecer aquele rosto. —

Consegue me ouvir?

As lágrimas de desespero caíam em sua face assustada, ela tocou sobre a mão que estava em seu rosto.

— Yone? – ele suspirou aliviado e Aimee o abraçou chorando. — Yone!

A abraçou com força, sentindo o como o corpo ardia em febre, tremia demais.

— Foi horrível! Tinha um homem estranho, criaturas, monstros a sensação sufocante do caos e...

— Shh... – segurou seu rosto novamente. — Respira, solta.

Ela obedeceu, repetindo aquilo algumas vezes até conseguir manter-se um pouco mais calma. Yone acariciou seus braços, pediu para que usasse os poderes para se curar, mas a menina se recusava.

— E-Eu... não quero usá-los. – lamentou. — Toda vez que os uso, algo ruim acontece, não... não quero mais.

Yone não quis deixá-la alterada, então soltou os ombros e suspirou novamente.

— Tá bom... Vou ficar aqui até melhorar, está bem? – ela o abraçou outra vez, escondendo o rosto em seu peito. — Fique tranquila, eu trouxe um remédio, a Cornélia logo o trará.

Ela estava distante, quase não prestava atenção. Dizia que estava com medo daquele homem estranho que podia controlar o caos e as aberrações. E ao perguntar quem ele seria, Aimee não soube responder, pois nunca viu seu rosto. Yone descartou Lyonel daquele pesadelo, seria compreensível ter sonhos com ele depois de tudo.

Cuidou dela, limpou seu rosto com o pano, queria ter a feito deitar, mas ela não queria soltar aquele abraço.

— Onde esteve?

— Não pude ficar por perto.

Explicou dando um sorriso breve ao vê-la fechar os olhos mais tranquila.

— É arriscado demais, cada vez mais fica difícil me esconder por aqui.

— Desculpe ficar perguntando.

— Não precisa de desculpas, sei por que faz isso. – tirou os fios de cabelo que grudavam em sua pele. — Mas, eu garanto… – encostou a ponta do nariz ao dela. — Eu não vou a lugar nenhum.

— Promete?

Ele sorriu, aproximando-se quase encostando os lábios ao dela.

— Prometo.

Aimee tentou afastá-lo.

— Estou doente, Yone.

— Não ligo.

A beijou sem hesitar.

CAPÍTULO 19
TERROR NOTURNO

O sol não havia surgido ainda, não batiam nem seis da manhã quando o jovem recruta, Viktor, correu para o castelo atrás do príncipe Elran. Se não fosse urgente, o rapaz nunca teria saído desesperado pela escuridão, mas o massacre noturno pegou todos de surpresa e alguns dos soldados mais bem trainados desapareceram e o menino, só conseguiu pensar nele.

Elran, apesar de ter dormido apenas quatro horas naquela noite, levantou depressa, e saiu com sua égua na companhia do menino.

Houve um ataque, Viktor contou que os guardas e os viladinos ouviram sons aterrorizantes na floresta, longe, mas alto o bastante para fazerem todos trancarem as portas e colocar cadeiras em frente a elas para não serem abertas. O local de tal ataque tinha muito sangue, poças, mas nenhum corpo, não havia como seguir os rastros pois, não havia nenhum, apenas a terra manchada pelo sangue e uma gosma escura.

— E-Eu… não faço a menor ideia do aconteceu aqui, senhor. – disse Viktor realmente assustado, abaixando ao lado de uma poça borbulhante. — É… assustador, o que é isso?

— Não encoste. – ordenou ele puxando o garoto pela correia da espada. — É massa caótica.

— C-Como sabe?

Elran apontou para o solo.

— Isso está consumindo a floresta, veja a cor, é como se estivesse infértil, morto. Encostar nisso vai derreter sua pele, é ácido. – respirou fundo e cobrindo o nariz brevemente. — E acho que têm mais disso por aqui, o cheiro de podridão está intenso.

Viktor estava tão assustado e confuso que só tinha perguntas para fazer, mas preferiu ficar calado e próximo ao capitão. É inacreditável o quanto ele transmitia serenidade mesmo em frente a uma situação como essa.

— Senhor... têm alguma ideia do que pode ter feito isso?

— Não. – seu olhar passava pelo local. — Não há pegadas nem corpos, achei que esse ácido teria os corroído, mas... não há rastro de nada, só sangue.

— Quer que eu... olhe ao redor?

Elran o encarou, ele viu que queria ajudar, mas as pernas do menino tremiam mais do que folhas das árvores no meio de uma tempestade.

— Não, Viktor, fique do meu lado. – acenou para que se aproximasse. — Pelo fato de não sabermos o que é, será perigoso se separar.

O manear de cabeça silencioso do rapaz veio logo em seguida com um suspiro de puro alívio. Aproximou-se ainda encarando o chão, pisando o mais longe possível das poças, depois, levou o olhar até o escudo de Elran que havia o entalhe de um leão dourado, nunca havia visto algo parecido em Depurya, e sinceramente, achou muito bonito.

Viktor começou a sentir o estômago revirar, arrepiava até mesmo suas costas, o cheiro pútrido é muito forte, arde o olfato e a garganta fecha como se algo parasse ali. A atmosfera o deixava acuado, a escuridão da madrugada e o vento gélido só pioravam a situação, sentia-se um idiota por ter tanto medo, como seria um soldado sendo tão fracote?

Ouviu tantas histórias sobre o capitão Elran, ah, sim, ser um ladino tem suas vantagens ainda mais quando sabe como se esconder tão bem. Ouvir a conversa alheia virou um costume, será bem difícil tirar aquele hábito de Viktor. A questão, é que na verdade, adoraria ser como o homem a sua frente, as pessoas o respeitam assim que batem os olhos nele. Certo, nem todas, como Cásper, mas, dentre 10 pessoas, 9 o respeitam, é o suficiente.

Acabou batendo contra as costas de Elran assim que ele parou de repente, a mão dele estava estendida, impedindo que desse mais um passo à frente, a outra, fora diretamente para o cabo da espada. E Viktor congelou no instante seguinte com os sons asquerosos que vinham dentre os troncos das árvores, podiam ouvir algo andando por eles, os galhos quebravam, as folhas mexiam.

— *Chamem... chamem... o capitão...*

A voz de um dos soldados foi reconhecida por Viktor, que desesperadamente tentou virar para encontrar o pobre homem que estava agonizando, mas Elran, segurou com firmeza seu braço, o impedindo de se mover.

— Mas, senhor há alguém...

— ***CAPITÃO!!***

O tom tornou-se gutural, ensurdecedora e aproximou-se velozmente do menino que viu a face amedrontadora de uma aberração enorme vestindo a pele do soldado. As garras vieram diretamente na direção de seu pescoço, mas, o corpo foi puxado para trás, caiu no chão, vendo Elran erguer o escudo. Não sabe dizer como, mas o príncipe, suportou o peso daquela criatura que agarrou e pendurou-se no metal, urrando em sua face.

— Fique abaixado!

Ordenou ele enquanto posicionou-se segurando o escudo e arremessando a criatura por cima deles. Ela se soltou por vontade própria, cravando as garras no solo, o movimento de sua cabeça é sinistro, como se suas vértebras fossem mais flexíveis que o normal, encarava-o, analisando. Elran mais uma vez pôs-se a frente do menino, ergueu o escudo e puxou a espada.

— Não se mova e nem fale. – disse Elran sem tirar sua atenção do monstro. — Deixe o foco deles em mim.

Viktor ficou ali no chão, apavorado, aquela criatura era assustadora e sanguinária. Com um breve relance, viu mais alguma coisa se mover na escuridão e claro que esperou o pior. Ele tinha razão, havia mais daquelas criaturas.

O devorador de peles farejou, pareceu dar um sorriso macabro, tirando a pele que vestia e começou a comê-la.

— ***Não... mova...*** – a cada palavra, a voz dele adaptava-se, quase soando como a de Elran. — ***Foco... deles... mim.***

O príncipe deu passos para longe, não queria que as outras criaturas pudessem localizar Viktor, apesar de seus olhos não enxergavam bem naquela escuridão da madrugada, sua sensibilidade para localizar a presença daqueles bichos era o suficiente para manter-se atento. Ele guardou a espada e o escudo, caminhando para a floresta.

— Viktor... quero que volte pra guarnição e não saia de lá até eu voltar. – ordenou lançando o olhar pro garoto que estava apavorado, mas claramente não gostou da ideia. — É uma ordem, pegue a minha égua e vá embora.

Sem esperar, levou os dedos até a boca dando um assovio muito alto e correu para longe. A criatura urrou correndo logo atrás em velocidade, assim como esperavam, mais três daqueles monstros passaram reto do garoto aturdido no solo, apenas viu de relance, eram rápidas demais, escalaram os troncos com facilidade seguindo sua presa.

Viktor lutava mentalmente contra o pânico, respirava ofegante até conseguir o controle das próprias pernas levantando. Ele correu, mas parou olhando para trás, na direção onde Elran havia corrido, não queria fugir, queria ajudá-lo, morreria, eram monstros demais para um homem só. O menino parou de respirar assim que um galho caiu ao seu lado, aquele barulho da criatura soou perto demais, as garras cravavam no tronco, descendo lentamente até perto de seu rosto.

A boca dela abria-se e fechava, os dentes batiam um no outro, as narinas também se moviam. Viktor tremia e suava, sua saliva quase não desceu pela garganta, infelizmente não conseguiu controlar o espasmo do calafrio que subiu pela coluna. E naquele breve movimento o devorador urrou em sua orelha, ele fechou os olhos assim que ela ergueu a garra que lhe acertaria precisamente no estômago.

O som de algo atravessando o corpo da criatura o fez abrir os olhos, ela estava ao seu lado, encarando-o, garras erguidas, paralisada, então, a lâmina negra decepou a cabeça que caiu para frente. Os olhos brevemente azulados brilharam na direção do menino, o caçador puxou a mão retirando a lâmina e jogou o corpo da criatura no chão. Um simples movimento daquela katana e o sangue deixou uma marca perfeita na terra.

— *Quantas?*

Perguntou ele ao garoto que quase não conseguiu falar.

— Q-Qu-Quatro.

O caçador lançou o olhar para frente.

— *Saia da floresta ou esconda-se até amanhecer, devoradores odeiam a luz do sol.*

Viktor estava prestes a dizer algo, mas o caçador saiu correndo desaparecendo na escuridão.

Yone ouviu o alarde no portão do castelo, sentiu o cheiro do sangue a quilômetros de tão brutal que fora esse ataque. Não podia deixar isso passar, ainda mais porque procura o ponto correto de onde todas essas criaturas são invocadas, além do feiticeiro é claro. Seguiu o rastro daquele príncipe, chegou ainda mais rápido que eles no local, realmente foi difícil encontrar pegadas, pois não havia nenhuma, as criaturas que fizeram aquele massacre não vieram do solo. Um alerta a mais para ele.

Assim que adentrou a floresta, Yone correu entre os troncos, havia pedaços de devoradores pelo caminho, o tal príncipe era bom o suficiente para correr e ainda arrancar as patas deles, mas, sabe que isso não o salvará. Quatro devoradores são demais para um humano, na verdade, um deles seria o bastante para massacrá-lo.

Ele pulou entre os troncos, com agilidade e destreza, subiu até o topo saltando pelos galhos mais próximos. Localizou alguns dos devoradores que faziam o mesmo, pulavam para os troncos desviando dos ataques de Elran que usava a floresta como proteção, o escudo levantado o salvava das garras e saltos certeiros das criaturas.

Isso não era o suficiente.

As chamas tomaram ambas as lâminas, ele aproximou-se velozmente, os olhos ergueram-se ao cume das árvores, havia alguma coisa à espreita, mas, ignorou e saltou em direção aos devoradores. Suas katanas estavam cruzadas em frente ao corpo, o mergulho dele fora de cabeça, e como uma dança em meio as chamas, ele girou, o fogo espalhou-se ao redor, formando um redemoinho incandescente que se espalharam como lâminas afiadas. Elran viu aquilo vindo e teve tempo o suficiente de erguer o escudo e abaixar protegendo-se.

As lâminas de fogo desmembraram os devoradores, assim que Yone pousou, não demorou nada para avançar contra os monstros que não tiveram tempo nem ao menos de fugir. Cortes limpos e precisos, matou aqueles próximos rapidamente, o último deles, ainda avançou contra ele, Yone ergueu o braço para proteger o rosto e preparou a outra espada, mas, Elran deu uma investida contra o bicho com violência e força, usando o escudo. Ele bateu contra a árvore esmagando a criatura, puxou a espada que partiu o crânio e o resto do corpo ao meio.

Elran deu um passo para trás ofegante, encarando as criaturas.

— *Não acabou.*

Se virou encarando aquele homem. Por conta de suas espadas em chamas, conseguiu vê-lo. Roupas escuras, rosto coberto junto àquele chapéu, Elran via claramente a descrição do caçador. Ele encarava o céu e acabou fazendo o mesmo.

— O que são? – tentou ver, mas, era impossível.

— *Não faço ideia.* – Yone continuava a ouvir o som do bater de asas. — *Mas, são voadores, muito deles.*

— Então, essas coisas levaram os soldados.

— *Provavelmente, mas o sangue daquele lugar não era dos soldados.* – ele franziu o cenho. — *Estão indo embora...*

Elran se aproximou, encarando o pequeno espaço onde se podia, em teoria, ver o céu, mas, infelizmente, ele não consegue enxergar no escuro, mas uma silhueta se moveu.

— Viu isso?

— *Vi... está indo para mais fundo na floresta.*

Yone sentia o cheiro da criatura, mas não fazia ideia do que era, além do mais, se segui-la terá a companhia do idiota ao lado e isso não seria bom. Qualquer criatura mais forte e ele teria que tornar-se babá de cavaleiro. Mas, parece que Elran pensava a mesma coisa, se virou vendo-o caminhar para dentro da floresta.

— Agradeço a ajuda, mas preciso saber o que está acontecendo aqui. É bem-vindo se quiser me acompanhar.

O caçador deu aquela risada baixa, apontou a ponta da lâmina para frente e chamas ergueram-se a frente de Elran como um muro. O príncipe passou o olhar pelo fogo e deu um passo para trás ou se queimaria.

— Me diga, é aliado ou inimigo? Há relatos sobre você em todos os lugares, desde soldados à viladinos, até mesmo dentro do castelo.

— *Para mim tanto faz, não me importo com o que os outros pensam ou falam de mim.* – guardou as espadas e ajeitou o chapéu. — *Tenho mais o que fazer.*

— O que *algo* como você faz aqui? – se virou o vendo tomar distância. — Também anda ao redor do castelo... Devo me preocupar?

Yone parou, sabia que isso aconteceria.

— *Se ficar no meu caminho...* – olhou por cima do ombro. — *Deve correr.*

— Não sou inimigo, caçador.

— *Tão pouco é amigo.* – voltou a caminhar. — *A conversa acabou "trindade", volte antes que tenha uma hemorragia interna, não que eu ligue, pode morrer aqui se quiser.*

Elran não respondeu mais, ele tinha razão, foi arremessado entre os troncos diversas vezes pelos devoradores, sem mencionar o grande impacto que aguentou junto ao escudo. Sentia que algo dentro dele estava mais do que ferido, as costelas doíam, seu braço esquerdo latejava, provavelmente uma fratura. Seria prudente voltar mesmo não querendo.

Yone saiu dali o mais rápido que pôde, na verdade, tomou uma distância segura, pois, apesar de seu discurso, ele não podia deixar o imbecil morrer, por um único motivo.

Aimee.

Se ela soubesse que teve a oportunidade de salvá-lo e simplesmente o deixasse morrer ali, ficaria desapontada e triste. E ele não quer vê-la dessa maneira, a opinião dela importava. Então, contragosto, o observou voltar para onde a égua estava, o garoto, não fugiu, ficou escondido esperando-o. Yone achou grande burrice, pois seria morto caso houvesse mais devoradores, mas ignorou, não era da conta dele. E assim que ambos tomaram rumo para o castelo, ele também voltaria, só que um pouco mais tarde, precisava deixar Elran se distrair antes que possa identificá-lo novamente.

Yone não gosta da ideia de ter um obstáculo, muito menos alguém como Elran. Ele é esperto demais, não pode se arriscar.

Estava claro quando voltou ao castelo, mas, ao invés de seguir em direção ao quarto de Aimee, fora para a estufa da elfa. E lá estava ela, concentrada e mal lhe deu atenção.

— Como ela está? – perguntou ele após abaixar a máscara.

— A febre diminuiu, vou fazer outro chá acredito que até a hora do almoço esteja melhor. – respondeu sem encará-lo. — E você, algo me diz que teve problemas.

— Mais devoradores. – comentou encostando na mesa próxima. — Muitos deles... Preciso da sua ajuda para uma coisa.

— E o que eu ganho com isso?

— Seus dentes na boca.

— Que gracioso você.

— Há algum invocador no reino, a caverna que encontrei os devoradores na semana passada têm sinais de um ritual e agora, havia sangue demais, sangue animal e os soldados foram levados.

Cornélia por fim o encarou.

— Sacrifícios? – o viu acenar. — Que merda...

— A situação vai piorar e preciso saber sobre a área leste do castelo.

— Não posso entrar lá e nem você. – adiantou ela. — Há caçadores arcanos aqui.

— O que?!

— Exato. – bufou. — Por que acha que escondo Aimee e a mim mesma com uma poção? Minhas magias serão identificadas aqui. Eles ficam naquela área e é protegida até os dentes. Curiosidade sempre tenho, mas prefiro viver.

— Justo. – ele suspirou cruzando os braços.

— Vai me dizer como sabe da área leste?

— Não te interessa.

— Então, eu não te ajudo.

— Sabe que eu posso invadir e fazer uma chacina, não?

— Sim, mas também sei que não fará... caso contrário... – segurou-lhe o queixo. — Sua princesa o odiará pra sempre.

Yone deu um forte tapa em sua mão a fazendo rir.

— Viu, todos nós temos nossas armas secretas. Perto de Aimee, você é tão cãozinho quanto eu.

— Vai se fuder.

— É um convite?

Ele revirou os olhos lhe dando as costas, sairia dali antes que desse um soco na cara dela.

— Está bem. – disse ela. — Mas, acho melhor levar uma amiga até o local desse ritual, ela é melhor que eu com isso. – cruzou os braços. — Depois me conta sobre o que tem nesse lugar.

Parando na porta, ele pensou por alguns instantes e então acenou.

— Feito.

— Nós podemos conversar que nem pessoas normais. – zombou ela. — Agora, limpe essa roupa, está sujo de barro e sangue, não ouse entrar no quarto dela dessa maneira.

— Eu não posso ficar mais lá.

— Com medo do príncipe?

— Você tem medo dele, eu não. – explicou. — Aquele desgraçado já sabe o que eu sou.

— Que descuidado você. – provocou. — Já foi melhor, Yone.

— É, realmente, poderia deixá-lo morrer lá.

— Entretanto, mais uma vez, você preferiu ouvir a voz da razão... – Cornélia deu a volta com um balde e alguns panos para entregá-lo. — Que no caso é de Aimee, já que juízo você não possui.

— Acha que me engana, Cornélia. Está o evitando exatamente pelo mesmo motivo, vai saber que é uma elfa.

— Talvez... – suspirou. — Ele é interessante..., mas prefiro que seja longe de mim e dela.

Yone a encarou enquanto passava o pano úmido sobre armadura de couro.

— Não pode mentir pra sempre, por sorte, o idiota não percebeu a essência dela.

— Essa é a questão. – soou bem preocupada. — Acredito que tenha percebido, só não sabe identificar. Que merda, por que justo um homem como ele têm que aparecer para atrapalhar tudo?

— Veja só, concordamos em alguma coisa.

— Você também não fala a verdade para ela, então por que me julga?

— Ela tem que ouvir de você e não de mim. – ergueu a sobrancelha. — E zero chances de colocá-la em risco.

— Você é idiota? Só pode...

— Quer mesmo perder os dentes.

— Yone... Você é idiota. – lhe jogou um pano na cara. — Vindo aqui já está exposto e coloca ela em perigo. Quer causar a mesma coisa?

— A culpa nunca foi minha, sempre fui muito discreto, alguém me denunciou. – ao invés de apenas jogar o pano de volta, bateu na elfa com ele.

— Ai! Babaca! – o socou no peito. — Não vou voltar nesse assunto.

Ele terminava de limpar-se, nem ao menos revidou o soco ou até mesmo a provocação dela, e Cornélia franziu o cenho.

— Está preocupado... Por quê?

— Porque...

Yone suspirou deixando o pano no balde.

— Prometi ficar com ela, mas sei que não vou poder cumprir se essa situação continuar. – coçou trás da cabeça. — Elran nos rastreia, consegue sentir nossos poderes. Um soldado ou o próprio Lyonel podem entrar no quarto... É perigoso e eu sei, não quero repetir o mesmo erro de antes.

— Tenho um feitiço pra isso, o mesmo que fiz para me manter escondida de Elran, posso fazer isso por você.

— E o que vai me custar?

— Nada.

Yone ergueu as sobrancelhas em surpresa.

— Isma e eu não queremos você perto dela, confesso. – andou de um lado para o outro. — Mas, como disse, antes... Por mais que tentássemos mantê-los distantes... parece que as deusas os queriam junto de novo. – deu de ombros. — Ela confia em você, te ama e sabe disso.

— É um amor fraternal. – explicou ele desviando o olhar.

— O dela, sim...– deu um sorriso de canto, mas ignorou o obvio. — Yone, você foi longe ontem apenas para buscar belladonna, essa planta nem existe mais aqui. Está exausto, só não externa, então, faça o seguinte...

Cornélia, pegou a garrafa de vidro fechada e colocou a sua frente.

— Dê isso a ela, e aproveite para descansar. – suspirou pesado e ergueu os ombros. — Estou sendo bondosa, não se preocupe com os demais, darei um jeito para que não se aproximem sem que perceba, está bem?

— Por quê?

— Por ela... Aimee está cansada e entendo o medo dela de usar os próprios poderes, então... Se está sentindo-se bem na sua presença... acho que merece ficar feliz assim. Só não vou garantir que isso acontecerá com frequência, e sabe o motivo.

— Sei... – pegou a garrafa com o chá. — Obrigado.

Ela acenou cruzando os braços e o viu sair.

— Deusas... o que estão planejando? – deu as costas voltando para suas plantas. — Talvez, Seris saiba.

CAPÍTULO 20
DIGA MEU NOME

Havia neblina naquela manhã pelo frio, Yone entrou no quarto sem problema algum, eram quase oito, alguns dos guardas trocavam suas rondas. Ele entrou e trancou a porta da janela logo puxando a cortina para evitar que a luminosidade atrapalhasse o sono de Aimee. Essa que dormia profundamente na cama, o rosto afundado no travesseiro, até mesmo assim, conseguia ser a coisa mais graciosa.

Fora até o sofá próximo a lareira apagada, tirou o sobretudo, o chapéu e a máscara, respirou fundo passando as mãos nos cabelos.

— Aquela coisa... Queria que a seguisse. – pensou alto. — Por quê?

As criaturas voadoras são controladas por alguém, provavelmente o invocador que ele procura, e sabendo disso, foi inteligente o bastante para evitar segui-las, afinal, tinha certeza de que foram embora apenas para atraí-los. Ele sussurrou algo e sua armadura de couro aos poucos desapareceu em breves chamas, deixando aquela roupa mais leve, ajeitou a blusa branca e logo massageou o próprio pescoço.

— Seja quem for, quer nos enganar. – comentou novamente devaneando. — Que inferno.

— *Yone?*

A voz completamente sonolenta de Aimee o cortou dos pensamentos e o fez sorrir indo em sua direção.

— Falei alto?

— Não... Eu tive outro sonho estranho. – ela mais parecia uma sonâmbula. — Eram... criaturas horríveis... comiam pele? – balançou a cabeça lentamente. — Não sei.

Surpreso, ele pegou aquele chá e sentou do outro lado da cama, a oferecendo.

— Toma, vai ajudar com o resto dessa febre. – entregou-a e ajudou a beber. — Não pense nesse sonhos, está tudo bem.

— É que... – ela colocou a mão em frente a boca por conta do chá. — Você estava nele assim como Elran e toda vez... tenho medo de que seja alguma premonição.

— Estou bem aqui, não? – encostou a testa a dela. — Não se preocupe tanto comigo.

— Você... vai embora?

— Quer que eu vá? – Aimee negou deitando a cabeça sobre seu ombro. — Então... – acariciou seu rosto. — Ficarei.

— Está cansado. – ergueu o olhar.

— Um pouco. – afastou-se apenas para deixar aquela garrafa sobre o criado-mudo. — Mas, estou feliz.

— Com o que? – ela continuou a segui-lo com olhar.

Yone riu baixo e ajeitou-se na cama fazendo aquele silêncio, não demorou muito para Aimee aproximar-se curiosa. Ele sorriu ao fitá-la.

— Com você. – pegou a mão enfaixada. — Por estar aqui... Mesmo que for por pouco tempo. – deu um beijo sobre seus dedos. — Precisa se curar Aimee, isso deve doer muito.

Ela ficou sem jeito com tal comentário. Fitou por alguns instantes a própria mão, não queria, mas, realmente, doía ao ponto de não conseguir mexê-la, o sutil toque dele machucava. Então, fechou os olhos, concentrando-se naquela dor, cada parte ferida, e sua bela magia azulada brilhou, sutil, Yone sentia o calor aconchegante.

— Melhor? – perguntou ele que puxou aquela mecha rosada para frente.

Aimee acenou e então deitou ao lado dele.

— Às vezes acho que meus poderes são na verdade... uma maldição.

— Qualquer coisa que venha de você é uma dádiva, Aimee. — ele se ajeitou deitando a cabeça sobre o próprio braço. — Seu poder é gracioso e lindo, assim como a dona.

Ela sorriu tímida, escondendo o rosto no travesseiro, mas não deixou de entrelaçar os dedos ao dele.

— Sei que está arriscando-se por estar aqui... – ficou brevemente em silêncio. — Mas, obrigada, fico muito feliz.

— Faço qualquer coisa por você.

O rosto dela ficou vermelho, mas soube que daquela vez não era por conta da febre. Aproximou-se um pouco mais

— *É minha alegria.*

— Pare com isso! – finalmente escondeu o rosto com as mãos.

— Por quê? – ele riu com a situação. — Estou dizendo a verdade.

Aimee o empurrou dando-lhe tapas no ombro. Segurou o punho dela sem força, apenas para impedir que voltasse a agredi-lo.

— Se consegue me bater quer dizer que já melhorou. – provocou ele. —Posso ir embora.

— Não!

Mal conseguiu terminar a frase, Aimee o interrompeu lhe dando um abraço.

— Você é tão mimada. – brincou ele enquanto a admirava.

— *Não sou não.*

Riu de novo ao ouvir aquela voz abafada.

— É sim... – disse dando um beijo na curva exposta de seu pescoço. — *A culpa é minha, mas, não pretendo mudar.*

Um toque tão simples fez com que a pele dela arrepiasse, como de costume, ela retraiu-se, envergonhada.

"Um amor fraternal".

Foi o que ele mesmo disse alguns minutos atrás. Muitas vezes têm dúvidas das próprias ações, se é certo agir daquela maneira com ela, apesar de demonstrar seu carinho, teme estar forçando-a corresponder. Afinal de contas, Aimee é genuinamente inocente, sempre aprendeu as coisas observando.

Com esse pensamento, Yone deteve-se em somente acariciar seu rosto e os cabelos, continuando abraçado a ela.

Mas, Aimee percebeu, o sentimento agora estava misto entre alegria e culpa. Ajeitou-se nos braços dele, fitando-o, tentando compreender o porquê de tal mudança. Colocando a mão sobre o peito de Yone, a luminosidade fraca e rosada preencheu-o com aquela ternura e ele tocou sua mão.

— O que foi? – abriu os olhos vendo mais algumas mechas cor-de-rosa surgindo. — Estou bem.

— Sente culpa. – disse ela preocupada. — Não sei o motivo, mas não quero que tenha isso, estava tão feliz.

— Continuo feliz. – não mentia. — Só acho que não devo forçar você a corresponder minhas… Atitudes.

Ela finalmente entendeu, levantou um pouco e então lhe deu um beijo rápido e doce, o que o pegou de surpresa.

— Eu… não me sinto forçada.

O coração dela estava tão acelerado, as palavras quase não saíram.

— É um pouco confuso, confesso, mas, está longe de ser algo ruim. Eu gosto e amo estar com você, o mundo lá fora não existe pra mim.

Como lidar com tamanha sinceridade? Nem mesmo Yone sabia. Ele cobriu brevemente o rosto com uma das mãos, escondendo o sorriso, é tão meiga, torna-se impossível não se sentir cada vez mais apaixonado.

— Você não está ajudando. – comentou ele vendo-a franzir o cenho.

— Como assim?

— Estou tentando ter autocontrole, garota. – disse encurtando a distância entre eles. — Sua presença já me abala, agora, falando dessa maneira…

A mão passou sobre o pescoço dela, mas fora em direção a nuca.

— *Eu perco completamente o juízo.*

O toque de Aimee foi delicado sobre o rosto dele, não pensou muito apenas o beijou. Ele apreciou demais tal atitude, não hesitou em correspondê-la, a puxou pelo quadril obrigando-a passar os braços sobre seu ombro, assim ficavam mais próximos, muito para ser sincero. Gostava da sensação de ter o corpo dela daquela maneira, sentia cada respiração, as batidas aceleradas de seu coração. E o que ele dizia para si ser obra das deusas: As curvas bem acentuadas.

Os anos conseguiram transformá-la em uma mulher belíssima, apesar de ser mais nova, o corpo dela poderia dizer o contrário. E que as deusas o perdoem, mas Yone queria muito tê-la de uma maneira mais... Íntima.

Sem usar força, mas jeito, os dedos dele seguraram-lhe os cabelos puxando para trás, os beijos tornaram-se um pouco mais intensos, a ponta da língua tocou sobre o lábio superior dela antes de adentrar lhe boca de forma sedenta. Deitou-a novamente, prensou o braço livre acima da cabeça, próximo ao travesseiro enquanto sua outra mão, acariciou suavemente a coxa exposta, pedindo de forma silenciosa que lhe desse passagem e a teve no mesmo instante.

Aimee tinha alguns daqueles fios prateados entre seus dedos, acariciava sua nuca que tinha uma sensação estranha, na verdade, era como se sentisse a pele dele, mas, ao mesmo tempo, descendo um pouco mais, era diferente, mais liso e com pequeninas fissuras. Ele logo tirou sua mão dali, prendendo-a assim como a outra, os lábios dela sibilaram algo, mas Yone a interrompeu com o beijo.

Ela sentia um misto de ansiedade e desejo, sim, sabe o significado de "desejo". Aimee é ingênua, mas não burra. Pode não entender algumas situações, ou ter um filtro na hora de falar, pois, para ela, as coisas são simples. A diferença é que não existe malícia em seus atos, nunca tem segundas intenções, por esse motivo, demora um pouco mais para entender o contexto.

Mas, naquele momento, compreendia bem e ela o queria na mesma intensidade.

Yone e Aimee se conhecem há muitos anos e isso causa uma ruptura nos limites, estão dispostos quebrar regras, no caso, ele está, pois nunca ligou para elas. Já a menina tem um amor confuso dentro do coração jovem, mas muito verdadeiro no final das contas.

Os lábios dele desceram pelo pescoço, traçando um caminho até a parte mais decotada da camisola, onde diminuiu a velocidade, eram beijos mais lentos e atrevidos, a ponta da língua aproximou-se da curva dos seios cobertos pelo pano. Ainda impedia os braços dela acima da cabeça com uma mão, a outra desceu com agilidade até os cordões que mantinham aquele decote fechado, os desfez e conteve a imensa vontade de tirar-lhe toda a roupa. Não sabe mesmo como conseguiu se conter, apenas abaixou o suficiente para ter a bela visão de seus ombros desnudos, a curva dos seios, o deslumbre mesmo coberto era... Enlouquecedor.

Desceu novamente a mão parando sobre sua cintura, logo no quadril apertando-lhe com demasiada força enquanto movia-se suavemente ali, entre suas pernas. As marcas avermelhadas de seus beijos começavam a ficar sobre a pele intocada, não se detinha ao usar a língua por puro aproveitamento. Ouvir os suspiros pesados, o leve arfar contido tornava o momento único, alucinante se podemos definir assim.

Ele estava fora de controle, e para dizer a verdade, aquele ato era o resquício do ciúme, a cena que vira ali mesmo, no meio do quarto ainda o perturbava, irritava, e o deixou cheio de ódio. Não dela, mas de Elran e a ousadia de cogitar tocá-la. *O cheiro dele ainda estava nos lençóis misturados ao doce aroma de Aimee e isso, o deixava ensandecido.*

Por fim soltou os braços dela, precisava da própria liberdade para continuar. E apesar de corresponder a outro beijo igualmente intenso dele, Aimee forçou-se empurrá-lo o suficiente para recuperar o fôlego e a consciência.

— Não podemos fazer *isso*. – disse ela ofegante.

Yone tinha aquele olhar instigante, o sorriso atrativo da sua maneira maliciosa.

— E não seria o proibido o mais... gostoso?

A beijou novamente enquanto envolvia seu corpo, acariciando as costas enquanto abaixava um pouco mais sua roupa.

— Yone, por favor.

Ela pedia, mas, ao mesmo tempo não conseguia soltá-lo, segurava seus ombros com firmeza, arfando em desejo. Tudo o que acontecia entre eles é novo, Aimee se via tentada a continuar pelo simples fato de ser ele ali, e em sua mente, Yone é o único que a compreende. No final, quer resistir sabendo das consequências, mas, o outro lado, anseia por sua atenção, seu amigo sempre fora o sinônimo de descobertas e aventuras.

— Eu sei o que teme.

Disse enquanto a puxava para mais perto, ajeitando-a perfeitamente abaixo de si, debruçou-se um pouco sobre ela, analisando cada detalhe de seu rosto, tirou alguns fios que cobriam a face. E aquele maldito sorriso dissimulado continuava ali e então aproximou-se de seus lábios sussurrando.

— *Não vou tirar-lhe a "virtude".* – a frase era tão carregada de malícia e ironia que seria impossível não entender. — *Mas, farei com que deseje o contrário.*

A mão direita desceu agilmente, passou pela perna subindo até a coxa, as unhas dele deixaram leves marcas pelo curto trajeto e apertou-lhe a parte interna com vontade. Ele não havia desviado sua atenção dela, pelo contrário, memorizava cada preciosa reação aos seus toques e certamente, nunca esqueceria seu olhar sempre meigo, arder em euforia.

A expressão dela ao sentir os dedos dele simplesmente roçarem sobre o tecido da roupa íntima foi impagável. Fechou os olhos, apertou a camisa que ele usava mordendo os lábios, uma mistura de ansiedade e desejo tomavam seu corpo de uma maneira avassaladora. Ao mesmo tempo que está curiosa, sente medo do que possa acontecer.

Ele passou o polegar sobre o lábio inferior dela no mesmo instante que a outra mão adentrou as vestes e lentamente passou os dedos por ali, sem pressa, queria que gostasse e não ficasse nervosa. O sorriso dele foi sutil, beijou o canto da boca dela, voltando a admirá-la.

— *Quer saber qual a sensação?*

O tom baixo soava tão sedutor, o dedo médio subia e descia de forma gentil na pura intenção de estimulá-la.

— É errado.

Ela disse aquilo, mas a verdade é que não raciocinava direito, estava receosa.

— *Mais um motivo para fazermos.* – continuava aquele movimento aumentando a intensidade gradualmente. — *Seguir as regras nunca te trouxe alegria, não é?*

— Nó-nós... deveríamos... parar. – mexia as pernas lentamente, sentia-se envergonhada. — Está formigando.

Ele sorriu de canto, gosta de como os pensamentos dela não se escondem. Beijou de forma lenta mordendo seu lábio inferior.

— *Devíamos?* – sussurrou ainda naquele beijo. — *Por que só não fecha os olhos e relaxa?*

Afastando-se minimamente, desceu o olhar pelo corpo dela, então usou dois dedos para continuar aquela provocação e cada vez mais, eles deslizavam com facilidade, podia sentir o quanto entregava-se aos poucos. As mãos dela o agarravam, puxavam contra seu corpo como se pedisse por mais, os gemidos eram contidos, cheios de vergonha.

Ele admirava aquele belo rosto, suas expressões, aproximou-se de seu ouvido e sussurrou.

— *Não é bom?* - riu baixo ao vê-la desviar o olhar. — *O que foi? Está tão excitada que não consegue responder?*

— Pa-Pare de dizer coisas assim!

— *Olhe para mim, Aimee.* - sussurrou ele novamente, mas havia algo diferente. — *Só deixe fluir, como sua magia, a sensação é boa, não é?*

Ao ouvi-lo parecia que Yone sabia de algo que ela não compreendia. A voz dele parecia mais melodiosa, assim como seu perfume mais atrativo. Ela nunca reparou nessas coisas antes, mas agora eram tão sedutoras. Por algum motivo, seu cabelo voltou a cor rosada os olhos também. Yone segurou seu rosto o virando para encará-lo.

O azul-acinzentado dos olhos dele pareciam mais ferozes, ele aparentava algo mais animalesco, longe de ser assustador, achou extremamente curioso e atraente. Será que estava tão afoitada que não enxergava bem?

Quis tanto controlar aqueles gemidos que aumentaram com os movimentos mais intensos e circulares que ele lhe fazia. Foi praticamente impossível, os dedos dele entre suas pernas, a maneira que a estimulava era uma sensação nova e enlouquecedora.

— *Yone...*

Ah, não. Todo o juízo que Yone pensou que tinha, aquele autocontrole, desvaneceu por completo quando seu nome saiu daquela boca. O desejo, a paixão, a sutileza do tom com luxúria. Nem pensou quando puxou a perna dela para deixá-la entre as dele, a usando como estímulo, dois dedos a penetraram se movimentando com mais rapidez.

— *De novo.* – pediu ele com os lábios em seu pescoço. — *Diga meu nome, mais uma vez.*

Yone queria que pensasse nele, e só nele. Quer que nunca deseje outra pessoa. Seu ciúme e egoísmo gritavam aos ouvidos que não permitirá que *Elran Kinvaror tome o que é seu.* O instinto dele ordenou que mordesse aquele pescoço tão alvo e marcasse como sua, mas, ele se deteve, não podia perder o controle assim.

Aimee, por outro lado, tão ingênua, entregue a ele daquela maneira. Sentia a adrenalina do medo por fazer algo errado e ao mesmo tempo era animador. Sentiu a alegria dele e o ciúme, mas, não raciocinava, o corpo apenas relaxou ao chegar no orgasmo.

Ele a beijou, abafando os gemidos, as línguas se entrelaçavam um pouco descoordenadamente, estavam ofegantes.

O silêncio foi breve. Yone passou as pontas dos dedos naquele líquido deixando-os melados, e sua clara intenção era de levá-las a boca, mas a menina o impediu no mesmo momento.

Foi uma luta corporal, Yone era infinitamente mais forte que Aimee, mas a insistência dela foi tanta que ambos acabaram capotando para fora da cama. Ela lançou o olhar pra cômoda e avistou o pano usado para abaixar sua febre, não demorou em pegá-lo e limpar a mão dele. Yone riu com o rosto rubro dela, estava sentada sobre seu colo depois daquele tombo e ainda limpava seus dedos.

— Podia usar a boc- Aí! Caralho!

Aimee o agrediu com o pano, repleta de vergonha.

— Calado! Seu sem-vergonha.

A puxou com facilidade para perto e a beijou novamente. Ela o empurrou instantes depois.

— *Idiota...* - murmurou.

— *Minha princesa.* - sorriu travesso, mas feliz.

Aimee não deixou de sorrir timidamente e o abraçou. Recebeu uma carícia sutil nos cabelos e ficaram algum tempo assim, até ele dizer que precisavam se limpar e a menina correr envergonhada para o banheiro.

Ela estava feliz, mas, agora tinha ansiedade e medo de ter feito algo errado.

CAPÍTULO 21
PALAVRAS DE SABEDORIA

Elran acordou algumas horas depois, mas da maneira rápida que se levantou, assustou a pobre moça ao lado da cama que limpava os curativos de seu rosto. Ela se afastou colocando a mão sobre o peito e quase cortando o dedo com a tesoura em mãos.

— Perdão... – pediu ele pousando a mão sobre a costela. — Não quis assustá-la.

— Tu-Tudo bem, senhor.

A mulher ficou nervosa ao observá-lo, estava sem camisa, como antes o lençol o cobria, não havia reparado, as faixas cobriam seu ombro, o braço esquerdo e o lado das costelas. Desviar o foco, fora um pouco difícil, Elran era um homem muito bonito e robusto, aquelas cicatrizes deixadas na pele fariam qualquer pessoa ter curiosidade e no caso, deleite.

Ele checou para ter certeza de que vestia calças, e para seu alívio, sim.

— Faria a gentileza de dizer as horas?

— Ah... hm... perto do meio-dia, senhor. – disse ela ainda um pouco atordoada.

— Obrigado. – se levantou da cama sentindo cada parte do corpo doer, mas ignorou. — Pode ir, estou bem.

Foi um pouco óbvio, mas, a empregada ficou encarando-o fixamente dos pés à cabeça, hipnotizada. Ele pigarreou pegando a camisa limpa sobre a cadeira.

— Senhorita...

— Cla-Claro... senhor... é perdão... eu... – largou as coisas sobre a mesa e acelerou os passos até porta quase esquecendo de se curvar. — Ah, me perdoe, com licença.

Abaixou e saiu praticamente correndo. Ao fechar a porta abanou-se procurando o fôlego.

— *Que homem é esse... Deusas.* – proferiu ela indo embora.

Elran se vestiu, o braço doía, mas conseguia se mexer, tanto que recolocou aquela armadura de couro. Estava cedo e não deixaria aquela caçada para outro dia. Tem certeza de que não haverá uma viva alma para tentar localizar as criaturas, os corpos dos soldados ou simplesmente relatar o acontecido. Com o rei acamado e soldados perdidos, ele se via no dever de ajudar.

Saiu do quarto ajeitando a correia da espada, o movimento fez o ombro estralar, mas não o impediu de seguir em frente. Acabou encontrando o médico no corredor enquanto descia as escadas, muito educado como de costume, acenou para o homem e ignorando os chamados e alertas.

— Espere! Senhor Elran! – o homem segurava uma maleta. — Suas costelas estão trincadas e o impacto do escudo por pouco não transformou seu braço em migalhas.

— Agradeço a preocupação. – ele ergueu o braço abrindo e fechando a mão. — Mas, estou bem.

— Ah, senhor, não, qualquer esforço pode feri-lo ainda mais, por favor.

Elran continuava mesmo assim.

— Senhor...

— Onde está o garoto, o recruta? – perguntou enquanto ainda o ignorava.

— Não vou dizer.

Ele riu, olhando por cima do ombro.

— Tudo bem, está no seu direito, doutor. – ainda tinha o sorriso no canto. — Mas, existem outros que podem responder.

Entrou pela cozinha recebendo o olhar surpreso dos empregados que se curvaram.

— Vossa alteza..., mas, já está de pé? – o cozinheiro aproximou-se secando as mãos no pano. — Quer algo para comer?

— Sou bem resistente. – sorriu. — E obrigado, estou sem fome, viu um garoto, dessa altura? Viktor é o nome dele.

— Ah, sim. – apontou para porta. — Está conversando com a senhorita Cornélia há algum tempo, ele parecia bem abalado. – suspirou. — Nem quero imaginar o que viram.

— Não queira mesmo. – acenou sutil e abaixou o tom. — *Pode tirar o doutor da minha sombra?*

— Claro, senhor. – bateu continência. — Oh da maleta.

O cozinheiro jogou o pano sobre o ombro impedindo-o de seguir Elran. Saindo para o grande quintal, ele passou o olhar pelo local já avistando menino sentado de cabeça baixa ao lado da mulher de longos cabelos negros. Mas, antes mesmo de se aproximar, ele franziu o cenho, havia algo diferente ao redor da mulher, a aura dela parecia tremular. No instante seguinte, Cornélia se virou, encarando, deu um sorriso e acenou.

— Príncipe... – ela levantou. — Está bem? Soube que foi uma luta difícil.

— Senhorita Cornélia, certo? Acho que finalmente nos conhecemos. – a viu se curvar.

— Por certo, não tivemos tempo, muitas coisas aconteceram essa semana. – se virou para o jovem. — Estava conversando com Viktor, é um garoto corajoso.

— Não sou não. – evitou encarar Elran. — Fiquei caído e escondido... Vi aquele bicho na minha frente e tudo o que pude fazer foi tremer.

Elran tocou sobre o ombro de Cornélia que ficou bem incomodada com o toque, ele dera um passo para frente. Ela manteve a calma, mas sabia que mero deslize e seu disfarce seria inútil. Mas, observou e ele não demonstrou nada além de compaixão ao rapaz desiludido e traumatizado.

— Uma vez... – começou o príncipe. — Me disseram que um homem sem medo nunca poderá ter coragem. – riu baixo. — Não entendi a frase quando era mais novo, mas depois de algum tempo, fez todo sentido.

Aproximou-se e abaixou a frente do menino.

— *Um homem que não tem medo de perder nada... Nunca saberá como proteger algo.*

— O senhor poderia ter morrido lá e... Eu só ouviria... como sempre faço.

Elran olhou por cima do ombro e acenou para a Cornélia que entendeu o sinal e saiu dali.

— Quantos anos você tem? 15?

— Sim, senhor.

— Sozinho todo esse tempo, estou certo? – o viu acenar novamente e então sentou-se ao lado dele. — Acha que sua vida vale menos que a minha?

— É uma pergunta difícil.

— Para alguns não. – apoiou os braços sobre as pernas. — Existem pessoas que tiram vidas assim como bebem água. Para elas, nada tem valor. Minha vida para eles seria preciosa, pois sou um príncipe, haveria toda uma comoção... Sou "importante" para o reino.

Acenou sutil na direção dos soldados.

— Para esses guardas, para Cásper... – segurou a língua para não prolongar a lista. — Sou apenas um peso morto, um obstáculo.

— Porque é honrado, as pessoas têm raiva gente como o senhor, outros... se inspiram.

O príncipe virou-se para fitá-lo, Viktor tinha os olhos avermelhados, mas não chorou, estava controlando as emoções, mas a face amedrontada o denunciava. Tocou sobre o ombro do rapaz que o encarou.

— Você não foi embora, escondeu-se e esperou até que eu voltasse, sem saber se realmente sobreviveria. – acenou. — Poucos fariam isso diante a uma ordem de retirada. Não me importo se lutou ou se escondeu... Nem todos os guerreiros lutam uma guerra na linha de frente.

— Mas são eles que são lembrados...

— Lutaria a guerra por um status? – riu fraco. — Eu luto para salvar vidas e proteger aqueles que precisam. – respirou fundo sentindo a costela levemente. — Não sou ninguém para julgar a decisão alheia, mas, acredito que devemos ter um propósito, um para erguer a espada e deitar a cabeça no travesseiro sem peso.

Voltou atenção ao menino.

— Um propósito que não vire um fardo.

— Como vencer o medo, senhor?

— O que nos apavora é o sentimento da ansiedade, das coisas que nos espreitam, à espera, é pior que o próprio medo.

Se levantou massageando o ombro.

— Em Oarya, o rei Ariel III, repetia uma frase. *"Mesmo que caia em batalha, encare seu inimigo, mostre a ele que nunca o temeu..."* – as memórias foram intensas. — *"Ele lembrará de você."*

— Senhor... como pode não temer? Sinto muito..., mas eu... não consigo tirar a face daquela criatura da minha mente.

— Não quero isso, não quero que deixe de sentir medo. – o encarou. — O medo é um instinto natural, ele mostra nossos limites é bom ouvi-lo. A questão é saber quando deve-se ignorá-lo.

O chamou com um aceno.

— As lembranças sempre ficarão com você, é sua experiência, aprenda com elas, torne-a sua força e não fraqueza. – o viu se aproximar. — Eu vou voltar para a cidade e fazer uma busca pela floresta, quer me acompanhar? Se não quiser, saiba que não vou julgá-lo.

O menino abaixou a cabeça, nervoso, mexia na ponta dos dedos.

— Viktor, lembre-se que você saiu no meio da noite para ajudar seus companheiros, veio até mim, me acompanhou e esperou mesmo dentro do perigo. Você é um garoto de muito valor, nunca esqueça isso.

Viktor deu um sorriso acanhado e acenou, respirando fundo erguendo a cabeça.

— Eu vou! Darei meu melhor.

Elran sorriu dando alguns tapas sobre a cabeça dele. Começaram a andar quando ambos viram o doutor vindo, mas logo em seguida, aquela menina com um longo vestido bege usando um sobretudo bordo, correndo em sua direção. Ele não pode esconder a surpresa.

— Aimee?

Ela só não o abraçou pois conseguia sentir toda a dor que estava, parou o observando de cima a abaixo, claramente preocupada.

— O doutor disse que ia sair... Não pode!

Ele sorriu genuinamente.

— Ei... É você que estava doente, eu deveria me preocupar. – comentou colocando a mão sobre sua testa. — Está melhor, mas não poderia sair correndo assim, precisa descansar.

— Não mude de assunto! – ela segurou sua mão. — Elran, eu soube o que aconteceu, por favor, não volte para a floresta.

— Escute a princesa, senhor Elran. – o médico se aproximou cumprimentando o rapaz ao lado. — Não pode segurar seu escudo, seu braço vai quebrar, os ossos estão frágeis.

— Já chega, doutor. – o príncipe encarou o homem que já passava dos limites, não deveria contar as coisas assim, ainda mais com Aimee ali. — Acho que deveria deixar as coisas entre nós.

— Eu deixaria, se o senhor escutasse, não pode ir agora, precisa tomar os remédios e descansar.

Elran respirou fundo, estava pronto para responder, mas, a menina puxou sua mão com sutileza.

— *Por favor... Posso falar com você?*

Os olhos praticamente imploravam, então, acenou e afastou-se com ela.

— Aimee, sei que está preocupada, mas preciso fazer isso, estou bem.

Ficou um pouco surpreso ao vê-la segurar seu braço ferido. O toque dela era gentil, a sensação era boa até mesmo parecia aliviar a tensão e o formigamento da dor. Ela tinha a expressão triste.

— Aimee...

— Eu tive um sonho. – segurou a mão dele com força. — Aqueles monstros o matavam. – ergueu o olhar. — Por favor, não volte a floresta, não siga os sons das asas.

Agora Elran ficou atento.

— Como soube disso? – questionou sem desviar o olhar, só havia uma pessoa naquele lugar com ele. — Aimee, quem te contou sobre isso?

— Ninguém me contou... Eu sonhei. – não parecia que

mentia. — O lugar era tão escuro, não havia nada além do som das asas, o chão gosmento, o cheiro da podridão.

Ela fechou os olhos com força como se tentasse esquecer a imagem.

— Quando vi o corpo caído, não identifiquei, porque estava esfolado a carne viva, mas... as criaturas aladas sobrevoam, o devorador vestia uma pele. – ela ergueu novamente o olhar para ele. — E era você.

Como ela saberia daquelas coisas? Os detalhes são tão concretos que Elran não poderia dizer que era invenção. Aimee teve pesadelos durante aqueles dias e piorou com a febre, estava assustada, amedrontada, não existe motivo para mentir. Mas, mesmo assim, é intrigante como pode ter sonhos premonitórios. Analisando-a ali a sua frente, ele não conseguia dizer se existia magia e sinceramente, era a primeira vez que não conseguia identificar. Aimee é sincera, está ali preocupada, mas nada tira da mente dele como ela pode conhecer algo que aconteceu algumas horas atrás.

— Não acredita em mim. – disse ela se afastando.

— Não é isso. – segurou sua mão enfaixada. — Me surpreendo como pode ter esses sonhos...

— Mas, não acredita. – Aimee puxou a mão de volta. — Acha que estou escondendo algo.

A frase dela não soou brava, mas extremamente magoada. Aimee não podia dizer a total verdade, dizer que consegue sentir o caos a distância seria loucura e exposição demais de seus poderes. Entretanto, a preocupação é muito maior, o corpo de Elran é muito forte e resistente, isso podia ver, mas, ele não pode entrar em outro combate nas condições de agora, pois morrerá. Enfrentar criaturas caóticas exigirá demais e ele não têm como vencer. Ela sabe disso.

Aimee está controlando o desejo de curá-lo, a dor dele é tão grande e não entende como pode aguentar-se de pé. Mas, infelizmente, não deve agir como gostaria, sua mãe e Cornélia sempre avisaram disso. Ninguém deve saber de seus poderes e por esse motivo, deve ficar calada, acabam não acreditando no que diz.

— Me perdoe. – pediu afastando-se um pouco mais. — É que... o pesadelo foi tão real. Não quero que se machuque, por favor... Tome cuidado.

Ela se curvou, lhe dando as costas, acelerou o passo, acenou breve para o rapaz e o doutor entrando de volta para o castelo. Elran massageou o pescoço incomodado e intrigado, Aimee ficou decepcionada por duvidar de suas palavras, apesar de claramente mostrar seu medo e preocupação. Não pretendia soar grosseiro, pelo contrário queria entender.

Suspirou.

— O que disse a ela? – perguntou o médico aproximando-se junto ao menino. — A princesa ficou chateada.

Elran o encarou sério.

— Faça o favor de manter a boca fechada. – deu um passo à frente. — Não devia ter dito absolutamente nada para a princesa sobre meus ferimentos, muito menos a envolvido, não sabe o quanto teve febre intensa esses dias?

— Mas, eu não disse nada sobre seus ferimentos... A senhorita apareceu com pressa procurando pelo senhor, só achei que poderia convencê-lo a não se expor ao perigo novamente.

Ele desviou o olhar e balançou a cabeça.

— Viktor, vá até o estaleiro e prepare a minha égua, vamos assim que eu conversar com Aimee.

— Senhor... – bastou outro olhar do príncipe que o doutor se calou. — Desculpe.

Elran seguiu em frente, perguntou para alguns dos funcionários por onde a princesa poderia ter ido. Aparentemente Aimee não voltou para o quarto, mas seguiu para o jardim da frente, ele soltou um suspiro pesado, não devia ter sido tão rigoroso nem mesmo com o médico.

Mas, estava com pressa, quanto mais luz do dia perder, mas difícil será para localizar qualquer coisa, criaturas caóticas ficam mais fortes durante a noite e locais igualmente escuros. Elran está mesmo preocupado.

Ele parou pelo caminho de pedra, olhando para os lados,

e lá estava o jardineiro caminhando com seu regador, passou pelo príncipe fazendo uma reverência.

— Vossa alteza. – cumprimentou o senhor de forma gentil, sorriu e apontou. — Ela está ali.

Elran se virou vendo outro caminho de pedra que levava a uma área com mais árvores. O jardineiro nem esperou um agradecimento, apenas saiu assoviando tranquilamente.

Voltando a caminhar, Elran ergueu o olhar para cima reconhecendo a sacada do quarto dela, isso lhe deu um outro cenário, analisou as árvores. Haveria como alguém ficar por ali? Talvez, mas, deixou de lado, passando pelos troncos facilmente encontrando aquele belo jardim de flores rosadas. Ela estava sentada em um banco de ferro, cabeça baixa, ele sentiu-se tão mal.

Pegou uma flor e aproximou-se por trás, estendeu a sua frente. Aimee se virou calmamente e ergueu o olhar para ele.

— Pode me perdoar? – perguntou Elran.

— Você não fez nada de errado. — Aimee pegou a flor. — Sou eu que devo desculpas, por ser uma intrometida. Se acha que deve ir...

Ele tirou os fios soltos do cabelo dela que caiam sobre o rosto e deu um sorriso.

— Obrigado por se preocupar. Eu vou, mas voltarei antes do anoitecer.

A viu acenar em silêncio. Ele acariciou sua bochecha sutilmente com os dedos.

— Estou feliz que tenha melhorado, teve uma febre alta demais noite passada.

— Você ficou comigo, muito gentil da sua parte, obrigada.

Apesar de soar amigável, ele conseguia ver que alguma coisa ainda a incomodava. Então ele, acariciou seus cabelos castanhos e inclinou-se um pouco mais para frente.

— Sei que está pensando nos meus ferimentos, minhas dores logo passarão.

— Mas, se lutar...

— Não irei. – deu um beijo sobre sua cabeça. — Prometo.

— Volta antes da janta?

Ele riu baixo ao vê-la se virar o corpo quase por inteiro, o fitou segurando sua mão.

— Eu sei dos seus ferimentos pois... Entendo bastante anatomia, sei quando os nervos, os músculos estão inflamados ou rompidos, o corpo demonstra. Agora seus ossos...

— Oh! Isso é muito interessante e incomum. – ele segurou sua mão. — Não se preocupe, como disse, não vou lutar, apenas iriei vasculhar o lugar, aproveitar a luz. Não farei nada sozinho.

— Tome cuidado, por favor.

— Tomarei. – sorriu. — E sabendo que conhece bem sobre medicina, pode tomar o lugar daquele doutor e cuidar de mim.

Ela finalmente riu e precisa dizer que é o sorriso mais fofo que já viu. Aqueles dentinhos à mostra tiraram o chão de Elran.

— Ele é um bom homem. - disse ela cortando seus pensamentos.

— Sei que é..., mas, é muito chato. – brincou e deu um beijo nas costas de sua mão. — Preciso ir, para assim, voltar mais rápido.

Ele ia soltar sua mão quando Aimee o segurou, inclinou-se um pouco para frente com aqueles olhinhos típicos de um animal pidão. Por incrível que possa parecer, entendeu o que queria e isso o fez rir novamente.

— Você é muito fofa. – acariciou seu rosto e deu lhe outro beijo no topo da cabeça. — Bonitinha.

Aimee sorriu, acenou novamente vendo-o se afastar. Seus pesadelos andam frequentes demais, sonhar com Yone já lhe dava tensão, agora, vendo também o corpo de Elran, a deixou ainda mais assustada. Quando sentiu os ferimentos dele, imaginou o pior, não o deixaria ir para outra luta.

— Que as deusas protejam a todos nós. – pediu ela encarando as pétalas.

Mas, aquele homem caminhava em direção ao fim.

CAPÍTULO 22
A SINA DA VALENTIA

Elran seguiu em direção ao portão principal, perdido nos próprios pensamentos, massageava o braço, mas não sentia dor necessariamente, estava mais para um gesto involuntário. Quando se aproximou do menino que segurava as rédeas da égua, notou que falava com ele, mas sua distração não o fez escutar.

— Perdão, o que disse? – se virou para ele.

— Que está com um sorriso preso no rosto.

Elran imediatamente desviou seu olhar para o animal, pela quentura das bochechas soube que estava vermelho. Pigarreou na tentativa de disfarçar.

— Impressão sua.

O riso baixo de Viktor foi contido.

— Claro, senhor.

— Sobe logo, garoto. – ordenou subindo logo em seguida.

A metade do caminho até a cidade fora silencioso, não havia nada incômodo, apenas não tinham o que dizer. Apenas Viktor tinha mente inquieta, com algumas coisas que ouviu dentro do castelo.

— Senhor...

— Sim?

— É mesmo o noivo da princesa?

Elran levou a mão até a curva no nariz e logo apertou os olhos.

— Eu vou colocar cera de abelha nos seus ouvidos. – o garoto riu atrás de si. — Como pode ser tão bisbilhoteiro?

— Em minha defesa, eu estava sentado na cozinha, os empregados que não cochichavam baixo o suficiente... ai!

Recebeu uma cotovelada não forte, mas dolorida mesmo assim.

— Não justifica.

— Perdão... não sei evitar. – passou a mão no peito. — Mas, ainda não me respondeu.

— Acho que estou te dando liberdade demais. – a frase fora mais para si do que para Viktor. — Sim, sou o noivo dela.

O rapaz ergueu as sobrancelhas.

— E o rei, está mesmo doente?

— Ok, melhor fazer um resumo do que ouviu.

— Não foi muito.

— Aham, começa a falar.

— Disseram que o rei voltou muito mal da ronda junto ao rei Kinvaror, passou mal por toda a viagem como se estivesse com febre e dores de estômago. E piorou durante a noite, ficou mais violento, ele no caso..., mas desmaiou assim que chegou aos portões.

Sobre o dia, ele não sabia, mas na chegada, Elran tinha certeza de que não aconteceu assim. Mas, mostrou que as poções de Cornélia funcionaram.

— Os empregados tiveram medo de que fosse contagioso, já que a princesa teve alguns dos sintomas e bem, mencionaram como o senhor passou a noite cuidando dela, temeram que ficasse acamado também. – o menino ergueu os ombros. — Mas, claramente está saudável.

— Eles exageraram um pouco. – comentou Elran. – Não passei a noite toda com ela, assim que a rainha voltou a deixei. Precisava ler alguns relatórios.

— Conseguiu os papeis? – o viu acenar. — Isso é ótimo, senhor. Falam sobre as criaturas e o caçador?

— Relatam sobre as criaturas sim, mas... o caçador, nem sequer uma vírgula. – umedeceu os lábios pensativo. — O querem longe.

— Nossa..., mas ele é... tão forte. – pensou o rapaz em voz alta. — Se não fosse por ele, eu teria morrido.

— Como assim?

— Ah é, desculpe senhor, não cheguei a dizer. – ele inclinou-se um pouco para fitá-lo. — Quando saiu correndo, saí pelo lado oposto, mas havia mais um devorador que ficou para trás... Ele me encontrou e jurei que seria minha morte. Foi aí que o caçador chegou, ele simplesmente matou a criatura num só golpe.

— Não viu a direção que ele veio, não é? O caçador?

— Não senhor, eu sinceramente nem pensei nisso.

— Tudo bem.

— Mas, por quê?

— Curiosidade.

O menino passou o olhar pela cidade que se aproximava, a cada dia, aquele lugar parecia vazio, quase abandonado.

— Ele é um bom homem? – perguntou o menino.

— Duvidoso. – respondeu Elran. — Parece agir pelos próprios interesses.

— Que seriam?

— Já não posso responder o que não sei.

Eles chegaram à guarnição e desceram da égua que logo seguiu para o bebedouro.

— Senhor, o fato dele tentar eliminar esses monstros... não faria dele um de nós? Digo... um benfeitor?

Elran não respondeu de imediato, caminhou ao lado do menino enquanto entravam na guarnição vendo alguns soldados correrem entre os corredores.

— Outra hora conversamos. – disse ele. — Ei, o que está acontecendo?

— Senhor! – um soldado bateu continência. — O capitão Cásper chamou alguns dos soldados e seguiram para a floresta a procura dos outros.

O príncipe respirou fundo.

— Aquele cara... – pensou por alguns instantes. — O resto de vocês não foram por minha causa?

— Sim, senhor.

— Então, chame-os, peguem as armas, vamos atrás deles.

— Sim, senhor capitão.

Disse e saiu correndo. Elran apoiou as mãos sobre a cintura pensando.

— Senhor... - chamou Viktor que apenas recebeu o olhar

do mais velho. — O capitão Cásper... não estava aqui ontem à noite, mesmo que os outros soubessem o caminho, não sabem as criaturas que nos atacaram.

Viktor tinha razão. Eles não avisaram ninguém depois do ataque, Elran e ele apenas voltaram para o castelo.

— Merda... – acenou em direção a porta. — Vamos.

Ambos também correram de volta para Cristal que se assustou, mas logo se acalmou ao ver o dono. Saíram em disparada, guiando os soldados para dentro da floresta. Por mais que esteja claro, há partes que a luz não ultrapassa as densas folhagens das árvores, quanto mais escuro, e para mais dentro da floresta eles forem as chances dos devoradores atacarem é muito maior.

Elran têm outra preocupação, com os soldados sendo atacados durante a noite pelo menos sete a oito deles foi morta pelos devoradores, a quantidade de homens diminuirá rapidamente se continuarem a agir por impulso. Ao contrário das aberrações, eles não se multiplicam.

Aproximando-se do local daquela madrugada, conseguiram encontrar as pegadas dos cavalos, seguindo-as, chegaram ao mesmo local onde Elran e o caçador deixaram as carcaças dos devoradores que por algum motivo, pareciam estar presos as raízes das árvores.

— Como isso é possível? – perguntou Viktor que seguia Elran.

— Não faço a menor ideia. – estava abaixado analisando. — Em questão de horas eles estão sendo... consumidos pelo solo.

Viktor sentiu um arrepio na espinha, balançou a cabeça para espantar os pensamentos e virou-se no instante que viu um dos soldados quase tocar no corpo da criatura.

— Não, não! – alertou correndo em sua direção. — Não toque!

— Sai moleque! – o homem puxou o braço violentamente.

— Viktor está certo, não toquem nos corpos, muito menos no líquido que eles soltam. – Elran lançou aquele olhar sério. — Prestem atenção, estão infectando o solo.

Elran, pegou um graveto qualquer no chão, aproximou-se dos soldados e estendeu o pedaço de madeira próximo a gosma, que se moveu, agarrou o graveto o puxando rapidamente apodrecendo quase no mesmo instante.

— Pelas deusas…. Essa merda está viva?! – gritou um deles dando passos para trás.

— Ele se alimenta de seres vivos. – explicou o príncipe. — Qualquer coisa próximo a ele morrerá para que viva.

— *Capitão!*

Elran virou na direção do grito de Viktor que estava no alto de uma das árvores. Como ele chegou ali tão rápido, ele não sabe, mas o menino apontava para uma direção.

— *Há mais dessa coisa nojenta aqui em cima, em algumas das árvores e… uma parte mais à frente da floresta está morta, MUITO morta.*

— O que ele quer dizer com esse muito morta? – o soldado parou ao lado de Elran.

— Que provavelmente metade da floresta já foi corrompida – aquilo o deixou em alerta. — Merda, isso aqui é grande demais, uma paliçada não ajudará em nada.

Aproximou-se da árvore olhando para cima.

— Viktor, consegue dizer exatamente quanto da floresta foi consumida?

Pode ouvir um grito de "pera aí". Gravetos e folhas caíam indicando que o menino subia um pouco mais. Ao chegar no topo, Viktor segurou-se bem, apoiou os pés nos galhos, ficando quase em pé, não tinha medo de altura, muito pelo contrário, ficar no alto era sua paz. Seus olhos admiraram a paisagem, mas, havia uma parte quase formando um círculo perfeito no meio de todo aquele verde que estava escuro, não havia mais folhas nas árvores apenas pode ver os troncos secos. Não havia mais vida ali, disso tinha certeza, como se tudo tivesse sido queimado, acinzentado e triste.

Viktor forçou os olhos como se aquilo fosse ajudá-lo a ver melhor, teve certeza de que algo se mexeu, mesmo daquela distância. Foi aí que algumas árvores começaram a cair, os pássaros voaram para longe, a terra tremeu e uma grande nuvem de poeira subiu aos céus.

E veio o silêncio, sem demora começou a descer da árvore.

Elran assim com os outros soldados ficaram próximos, procurando ao redor, os cavalos estavam agitados, o tremor os assustou. Logo em seguida ouviram o trotar das patas de mais animais, assim, Cásper e os outros voltavam passando entre os troncos em velocidade.

Cásper puxou a rédea e encarou Elran que se aproximou.

— Enlouqueceu? – perguntou o príncipe. — Como entra no meio dessa floresta sem saber o que vai encontrar?

— Não é pra isso que somos treinados? Para tudo?

— Não seja um néscio. – aquilo para quem conseguia entender era um insulto. — São devoradores de pele, a floresta está corrompida, não teria chances perderíamos mais homens.

— Meus homens estão preparados pra morrer, já os se-

Elran aproximou-se ao ponto de conseguir agarrar-lhe as correrias da armadura e o puxou com violência derrubando-o do cavalo, caiu de bruços no chão. O silêncio fora perturbador, os soldados se entreolharam, mas não ousaram a dizer nada.

— Você conseguiu, Cásper. – disse irritado. — Conseguiu mexer com a minha paciência. – andava de um lado para o outro. — Levanta!

A voz grossa e cheia de raiva de Elran ecoou, encarava o homem ruivo que cuspiu no chão e levantou.

— O que foi "general"? Se ofendeu?

— Não ligo para as coisas que bosteja por essa boca, seu imbecil. Mas, não permitirei que perca mais homens por puro orgulho! Já foram muitos em uma única noite, quer aniquilar a todos nós?

— Somos guerreiros Kinvaror, pare de ser medroso e enfrente o perigo, seu lixo de armadura!

— Guerreiros e não sacrifícios. – ficou frente a frente a ele. — Mas, acho que seu cérebro pequeno não sabe a diferença.

Cásper tentou intimidá-lo o peitando, mas, a expressão dele continuou a mesma, Elran não moveu um músculo nem mesmo quando o outro tentou empurrá-lo. O príncipe que sempre têm o olhar calmo e gentil, desapareceu, parecia outra pessoa.

— No dia que for capaz de morrer por alguém, Cásper, vai conseguir me derrubar, enquanto isso...

Elran arrancou o emblema do hipogrifo que o outro carregava no peito, como um símbolo de sua patente.

— Volte para formação, soldado.

— Não pode fazer isso!

O puxou assim que tentou se afastar, mas o príncipe torceu seu braço, não chegou a quebrar, porém a dor foi intensa, lhe deu uma rasteira, e Cásper estava novamente no chão.

— Parece que já fiz. – o deixou ali e jogou o emblema na mão de Viktor que o pegou por pura sorte. — Guarde isso.

Mandou ele.

— Vocês, voltem aos cavalos, enquanto não descobrirmos exatamente a área da contaminação, não devemos andar livremente por essa floresta, muito menos separados.

— Senhor... – o menino se aproximou guardando aquela coisa dentro da bolsa. — Acho que o lugar é bem no coração da floresta, seguindo o rio que leva a cidade do porto, é um círculo de natureza morta.

— Sabe me dizer mais ou menos quanto?

— Em hectares senhor... Muitos. – ergueu os ombros. — Cinco ou seis, está tudo podre é possível de ver bem do alto.

— E só vai piorar... Se chegar na água, será como em Nysma a contaminação em massa.

— Nysma está contaminada, senhor? – perguntou um dos soldados que se aproximou.

— O mar está começando a não ter mais peixes, a vida aquática está prejudicada com a poluição. Está vindo bem do fundo do mar... gradualmente, vai matando, nem mesmo poderemos velejar.

Explicou ele. Se virou para verificar os outros, alguns

soldados estavam ao lado de Cásper, provavelmente em seus cochichos venenosos, mas não se importou, se estivessem agrupados para evitar serem pegos um por um, era o suficiente. Entretanto, ainda precisa achar uma solução, pelo menos temporária para proteger os rios e isolar a área morta, isso não era tudo. Aberrações andando livre assim trará muito mais mortes e sinceramente, ele sabe que os homens de Depurya não estão preparados para o tipo de monstro que surgirá.

Só que... a cidade capital deixou claro que não se envolverão com nada de Saranyu ou seja... Nada de exércitos extras.

O que faria? Tinha tempo para pensar em alguma estratégia?

E a resposta dessa última pergunta, veio mais rápido do que gostaria.

Elran, olhou por cima do ombro, tendo certeza de que sentiu algo atrás, mas ao se virar, não viu nada, caminhou um pouco e Viktor percebeu o seguindo.

— Senhor, tudo bem?

Não recebeu resposta, apenas o viu abaixar tocando sobre o solo, fechou os olhos sentindo aquela vibração estranha, o arrepio gélido subiu sobre sua coluna e levantou alarmado.

— Caos... – correu de repente na direção dos soldados. — SEPAREM-SE, AGORA! CORRAM!

Elran tropeçou assim que a terra se moveu abaixo de si, um terremoto começou, a criatura escamosa gigantesca saiu do solo, a explosão arremessou boa parte dos homens para longe, mas dois deles não tiveram sorte sendo engolidos no mesmo instante. A criatura saiu por inteiro, rastejou, quase derrubando Elran e Viktor que puderam se esquivar a tempo da cauda.

Escamas num tom marrom acinzentado, havia espinhos afiados como pedras por todo seu corpo, assim como os chifres no canto da cabeça chata, olhos vermelhos vibrantes. A mandíbula se abriu de forma sobrenatural, poderia engolir uma casa facilmente, o veneno que escorreu era borbulhante, igualmente parecido com a gosma que viram antes.

— Mas... que porra é essa?! – gritou um dos homens.

— Basilisco!

— Não! – Elran gritou de volta. — Apenas corram, agora!

A criatura se virou para os soldados, pareceu sorrir de maneira macabra e avançou contra eles, que entraram pela floresta fazendo-a bater contra os troncos que foram estilhaçados. Elran se levantou passando o olhar pelo local já todo destruído, avistando o arco e flecha.

— Viktor. – encarou o menino que tremia, mas estava de pé. — O arco e a aljava!

— Si-Sim, senhor. – apavorado ele correu na direção da arma.

Um dos soldados acertou o corpo do monstro com sua espada, mas ela quebrou assim que se chocou contra as escamas, a cauda rebateu o homem, sendo arremessado para dentro da floresta.

— O que é isso Kinvaror?! – gritou Cásper do outro lado enquanto corria a procura do cavalo que fugiu.

— Wyrm. É uma espécie de dragão. — o príncipe pulou sobre o tronco. — Nossas armas não servem de nada contra ele, entrem na floresta e fujam.

Cásper estava pronto para responder, mas a cauda do monstro o agarrou pela cintura e apertou, pode se ouvir os ossos estralando, quebrando. Elran nem pensou duas vezes ao correr na direção da criatura, assim que ela abriu a boca na intenção de devorar sua presa, a flecha atravessou a gengiva. Pelo seu tamanho, aquilo não lhe fez muito dano, mas incomodou, pois virou a cabeça na direção do menino acima do galho da árvore que já tinha outra flecha preparada.

O wyrm, arrastou-se ainda mantendo Cásper preso a seu corpo, avançou contra aquela árvore onde Viktor se manteve acertando-lhe flechas dentro da boca, o único lugar onde as pontas conseguiam atravessar. O menino apesar de tremer muito, continuava a lutar contra o próprio medo, a criatura abriu a boca em sua direção, vindo em velocidade e violência contra o galho, seria uma única mordida.

A cena fora tão rápida, Elran surgiu de repente, sobre a cabeça do monstro, a espada atravessou o olho direito, fazendo-o recuar, urrar e tentar debater-se para livrar-se do que estava o ferindo. Cásper fora solto, a cauda balançou de um lado para o outro derrubando árvores, mas ele se afastava ainda na tentativa de arremessar Elran que segurava firmemente nos chifres.

Mesmo os soldados longe e correndo para se protegerem viram a cena. A bravura daquele homem é descomunal, arriscar-se para salvar até mesmo o ser que o mais odeia. Ele é louco? De onde pode tirar tamanha coragem para enfrentar algo como aquilo, sem ter a arma certa para conseguir matá-la?

Wyrm, afastava-se, ia cada vez mais fundo na floresta, quando tentava enterrar-se na terra, a espada fincada no olho direito era estocada ainda mais. Elran se pendurava no braço esquerdo, justamente aquele que não deveria, o ombro estralou, a pressão e força que fazia para manter-se ali, mostrava o quanto estava ferido, pois conseguia sentir totalmente seus ossos quebrarem. Largando a espada presa no globo ocular, voltou a escalar, mas, ainda assim, estendeu a mão puxando sua arma de volta.

— Se eu cair... – disse ele erguendo o olhar para frente, a velocidade dela é demais, estavam próximos da área mencionada por Viktor. — Você vai comigo!

Assim que ela entrou na área, o ar ficou denso, pútrido, respirar tornou-se impossível, mas Elran, voltou a pendurar-se do outro lado da cabeça, encarou bem aquele olho vermelho e assim como antes, enfiou sua lâmina o deixando cego por completo, o sangue espirrou nele a criatura bateu a própria cabeça contra uma das rochas finalmente conseguindo livrar-se do homem.

Ombro esquerdo descolado, o corpo dolorido, as costas chocaram-se contra a rocha, Elran usou tudo o que tinha para ajoelhar-se. Está sujo de sangue e a gosma pútrida, o lugar têm o ar tão denso que os pulmões ardiam por tentar manter um ritmo na respiração, ele apoiou-se da melhor maneira na pedra ao lado apenas para colocar-se de pé.

Seus olhos percorreram aquele solo desolado, havia corpos, carcaças, marcas de fogo perfeitamente desenhadas na terra, símbolos que ele pode não entender, mas sabe seu significado. O local está tomado pela magia necrótica, especificamente... Caos. Estava consumindo toda a vida até mesmo a dele, naquele instante, sentia-se ser drenado. Encarou a palma da mão, os dedos tinham a massa corruptora, a pele formigava com o ácido.

— *Invocação.*

Assim que murmurou aquelas palavras, o wyrm virou em sua direção furiosamente. Elran, tendo ainda fôlego, correu, jogou-se no chão desviando de seus dentes. Parou ajoelhando, não conseguia se mexer, a escuridão sobrenatural tomou o local, como um domo, o fechando, num piscar de olhos, Elran, não enxergou mais nada.

Silêncio.

De repente, um som distinto, como de areias caindo abundantemente o cercou, o barulho dos ponteiros de um relógio surgiu da mesma maneira.

— *Tique-taque... tique-taque...*

A voz do homem soou ao longe.

— *Velha alma... Hmm, interessante... Uma vida passada.*

Havia interesse naquela frase.

— *Homens como você têm uma aura radiante, a personalidade de um guerreiro honrado cujo arrisca a própria vida por pessoas que não se importam com você.*

Cada vez mais, sua voz aproximava-se.

— *Não passa de um suicida. Morrer por outros não te torna herói, apenas substitui um cadáver por outro.*

Não o viu, mas podia senti-lo e tamanha energia maligna não precisava nem mesmo da luz para conseguir vê-lo. Estava ali, a sua frente.

— *Entretanto, você possui algo interessante, apesar de me enojar.*

A mão invisível lhe tocou o rosto, erguendo-o.

— *Eu vejo agora.* - o riso foi baixo. — *Oh, sim...*

Elran sentiu a mão dele pesar sobre seu ombro.

— *O sacrifício ideal, precisava de alguém com essa centelha divina... E mais...* – o riso foi cruel. — *Você me dará mais do que eu precisava.*

"As deusas o abandonaram, cavaleiro"

CAPÍTULO 23
DENTRO DAS SOMBRAS

Momentos depois da saída de Elran, a menina continuou sentada, admirando a flor que ele lhe dera. A preocupação ainda está ali, algo dentro dela dizia que deveria ter insistido mais, sua intuição dificilmente erra. Fechou os olhos ainda com as imagens grotescas.

— Por favor, proteja-o... – suspirou pesado.

— *Está preocupada demais com um homem que está caminhando pra morte.*

Aimee deu um pulo no banco, encarou Yone que estava encostado na árvore de braços cruzados.

— O que faz aqui? Se alguém aparecer? – ela levantou vasculhando ao redor.

—*É comigo mesmo que está preocupada? –* ironizou ele.

Aimee franziu o cenho, confusa.

— Não entendi.

— Claro que não entendeu. – revirou os olhos. — Nunca entende.

Ela escondeu-se nas sombras das árvores, encostou no tronco ao lado dele que encarou aquela flor com certo desprezo.

— Yone... Me perdoe, mas, o que aconteceu? Por que está tão irritado assim?

— Sua ingenuidade às vezes me tira do sério. – tentou tirar aquela flor de sua mão, mas ela foi mais rápida escondendo o braço. — Me dá isso!

— Não! É minha. – soou exatamente como uma criança. — Elran me deu, por que está implicando tanto comigo?

— Ok, vai pedir outro beijo pra ele também? – se aproximou fazendo-a recuar. — Parece que gostou bastante.

— É só uma maneira de ser carinhoso, ele é assim e eu gosto. – ela acabou batendo contra outra árvore. — Qual problema?

— "Ele é assim". Ah, faça-me o favor... Você termina a frase ainda com "eu gosto." – Yone ajeitou o chapéu na intenção de tentar controlar a raiva. — Não precisa dele e nem do "carinho".

— Minha nossa... Qual é o problema?! – repetiu ela. — Ele é meu amigo.

Ele riu de forma irônica.

— Sabe quem mais é seu amigo? – perguntou ele apontando para própria cara.

Mas, Aimee ergueu os ombros ainda sem entender.

— Idaí? Não posso ter mais de um? É proibido?

— Amigos também possuem segundas intenções, conhece ele ao que... Duas semanas?

— Conheci você em um dia, matou muita gente, ainda assim confiei. – desviou o olhar.

— Eu salvei sua vida, Aimee, é diferente.

— Diferente quanto? – o encarou. — Há diversas maneiras de salvar alguém. Elran é um homem gentil e carinhoso por natureza, em nenhum momento ele agiu de má-fé, pelo contrário ficou ao meu lado mesmo...

— Aimee, você ainda não sabe a malícia do mundo e das pessoas. - interrompeu ele.

— Conheço a sua. - a frase o pegou de surpresa. — Está com raiva, irritado... Acha que não devo ter amizade com Elran. Sendo que ele me trata como uma irmã mais nova.

— Veja bem, eu também te tratava. - aproximou-se. — E onde estamos agora?

Ele a impediu de passar, deixando prensada naquele tronco.

— Quanto mais nos conhecemos, mas íntimos ficamos... – acariciou seu rosto. — E não é nada difícil se apaixonar por você. Quanto tempo acha que "essa amizade" vai durar quando ele disser que "te ama"?

Aimee finalmente entendeu e o encarou.

— Está com ciúmes?

— Não. – desviou o olhar. — Estou sendo precavido.

— Acha que posso gostar mais dele do que de você?

Yone revirou os olhos em desprezo e deu um passo para trás, não queria responder e nem cogitar aquela maldita ideia. Achava o verdadeiro absurdo. Pôde ouvir o riso baixo da menina.

— Tá rindo do que? – se virou irritado. — Estou com cara de bobo da corte?!

Ela continuou rindo, colocou a flor sobre o cabelo e depois lhe estendeu a mão, mas Yone ignorou, puto.

— Yone... – chamou ela. — Esperei por você, todo esse tempo. O fato de eu adorar o Elran, não vai mudar o que sinto.

Ela aproximou-se, aproveitou que ele estava de costas para retirar aquele chapéu o que claramente o deixou mais irritado. Yone bufou, passando a mão no cabelo. Se virou a vendo parada ali, não tentava provocá-lo, pelo contrário, só queria sua atenção.

— E por acaso você sabe o que sente? – perguntou ele.

O sorriso dela foi tímido e a viu colocar seu chapéu.

— Sei. – ajeitou a aba. — Porque... Se me dissesse, "vamos fugir", eu iria a qualquer lugar com você. Entende?

Yone ouvia o coração acelerado, a voz baixa deixando claro sua timidez ao dizer aquelas palavras. A observava com atenção.

— Isso é uma confissão? – provocou ele.

Aimee envergonhada, cobriu brevemente o rosto com a mão.

— A-Acho que sim.

E lá fora ele, erguer o rosto dela com a ponta dos dedos, as bochechas agora brevemente avermelhadas, os olhos tinham aquele brilho de sempre. Os cabelos dela estavam para trás, presos, então, ele fez o favor de soltá-los e ajeitá-los para frente.

— Não podemos fugir. – disse ainda com os fios entre os dedos. — Infelizmente não posso garantir sua segurança muito menos felicidade. – ele retirou aquela flor jogando-a no chão. — Mas, continuo tentando.

Aimee acariciou a bochecha dele, colocou-se na ponta dos pés para diminuir sua altura e o beijou. Yone não hesitava, nem pensava quando se tratava dela, correspondeu e abraçou-a de forma possessiva.

Ela afastou-se um pouco.

— Está arriscando-se demais aqui. – comentou. — Sair do meu quarto em plena luz do dia é pedir para que te encontrem, Yone.

— Isso está sendo um convite para voltarmos ao quarto? – a viu afastar-se um pouco mais com aquela expressão confusa. — Posso passar o dia e a noite com você naquela cama o quanto quiser.

— O que?! – Aimee lhe deu um tapa no ombro. — Você é um pervertido! Não foi isso que eu quis dizer.

— Está nervosa, seu coração acelerado e o rosto vermelho, acho que gostou da ideia. As lembranças estão boas? – aquele sorriso provocativo estava estampado no rosto dele.

Aimee tirou aquele chapéu jogando em sua cara e lhe chutou o joelho.

— Babaca!

— Aí, oh...

— Estou preocupada e você falando essas coisas!

Lhe deu as costas e saiu andando prendendo o cabelo novamente. Ele riu ajeitando o chapéu, correndo atrás dela.

— Aimee, volta aqui.

— Sai!

Ela seguiu pelo canto, caminhando diretamente para a estufa de Cornélia, Yone ainda a segurou pelo braço, mas ambos pareciam duas crianças briguentas enquanto entravam.

— Me larga! – Aimee lhe dava diversos tapas.

— Para de ser birrenta!

— Vou te morder!

— Você não é doida!

— OH! PAROU! OS DOIS!

No momento que ela abriu a boca para morder seu braço, Cornélia apareceu abismada com tanta gritaria.

— O que é isso? Parecem dois animais no cio. – ela se aproximou separando-os. — Querem chamar atenção do castelo inteiro?

— Ele começou. – apontou Aimee.

— Quanta maturidade. – provocou ele.

Aimee mostrou a língua e recebeu aquele sorriso de canto dele.

— Cuidado com isso aí.

— Eu disse chega! - Cornélia bateu no chapéu que tampou toda a visão dele. — Que inferno. O que aconteceu? Você nem deveria perambular a luz do dia Yone.

— Era o que eu dizia a ele.

— Irresponsável. – a mulher massageou as têmporas. — Eu lido com duas crianças.

— Não sou eu que caminhei para a morte duas vezes. – disse ele cruzando os braços.

— Do que está falando agora? – a elfa o encarou.

— Elran. – explicou Aimee. — Ele saiu algum tempo para investigar os ataques dos devoradores, mas não está fisicamente bem para isso.

— Espera? Ele saiu do castelo? Ah pelo amor das deusas, não é possível!

— Eu tentei convencê-lo, mas... Ele está preocupado demais com a segurança de todos nós.

— Ba-le-la! – ironizou Yone encostando na porta.

— Você deveria ir também. - Cornélia apontou. — Não é o que está fazendo o tempo todo? Caçando monstros? Não o deixe sozinho, idiota, vai atrás dele.

— É o que? Eu não, ele que se foda. – deu de ombros. — Já salvei a vida dele hoje, se o imbecil quis voltar lá, problema é todo dele.

— Yone, não pode ser assim. – Aimee se aproximou. — Se consegue ajudá-lo deve ir.

— Só porque eu posso, não quer dizer quero ajudar. – a encarou. — Não ligo pra ele.

— Mas, eu ligo!

— Então, vá você atrás dele! - ele praticamente cuspiu aquela frase rispidamente. — Vá atrás do seu queridinho cavaleiro, e morra por ele!

— Chega! – Cornélia se colocou no meio deles.

— Você... - ela tinha lágrimas nos olhos. — É um egoísta!

— Percebeu só agora sua -

Cornélia o calou com um fortíssimo tapa na cara, Aimee se assustou e abaixou a cabeça.

— Essa é a diferença entre vocês! Elran é bom e amável, não só com uma pessoa.

Extremamente magoada com a grosseria dele, a menina saiu dali, ignorando até mesmo Cornélia que segurou o garoto para que não a seguisse.

— Para, agora! – brigou ela. — Você já fez merda o suficiente em menos de dois minutos!

— Vai se fuder você também.

— Não pensa antes de falar? Veja as coisas que disse, seu idiota.

Suspirou pesado e balançou a cabeça.

— Estou cansado de limpar a bagunça das pessoas, elas aparecem com os problemas e eu tenho que resolver? – Yone a encarou. — Já me arrisquei demais tirando o idiota daquele lugar essa madrugada, se ele decidiu voltar, que arque com as consequências.

— Seu ciúmes a afastará e sua ignorância nos matará. Elran precisa da sua ajuda e se não quer que ela realmente te odeie, suma da minha frente e vá para a porra daquela floresta.

Ordenou a elfa que o fez se calar novamente.

Ele sabe que falou merda, mas não dá pra evitar, quando se irrita as coisas saem sem pensar. Ajeitou o chapéu, vestiu a máscara e contra vontade dele seguiu em direção a saída do castelo.

Yone não estava nem na metade do caminho escondido na floresta quando o tremor o pegou de surpresa. Smoky relinchou, mas manteve-se no lugar, bufando logo em seguida. Franziu o cenho, a terra ainda vibrava, a pele arrepiou com a essência necrótica, a distância era grande, mesmo assim pôde senti-la, então, o cheiro familiar lhe invadiu as narinas.

— Isso... é um dragão? – disse para si mesmo enquanto batia as rédeas e Smoky voltou a trotar até correr. — Merda!

Aquele cheiro era similar à de um dragão, mas a

presença era diferente, não poderia ser um, algo o confundia, provavelmente culpa do poder caótico. O tremor estava frequente, ficava cada vez mais forte, os ouvidos de Yone conseguiram captar o som das árvores, alguns gritos, os urros da criatura. Ele passou ao redor da cidade onde as pessoas estavam desesperadas, quando chegou mais dentro da floresta, avistou o grupo de soldados correndo, outros nos cavalos, avistou dois rostos familiares.

O garoto, o idiota que esperou o príncipe, sendo carregado, estava com alguns ferimentos, mas estava apenas desmaiado. E Cásper, aquele filho da puta. Esse já sangrando demais, era levado por dois soldados, mal conseguia respirar.

Entretanto, Yone não localizou Elran. E isso foi um péssimo sinal.

— Aquele imbecil... – deu atenção ao caminho que vieram.

Acelerou o passo, mas ao chegarem próximos ao local, Smoky parou brutalmente, Yone pôde segurar-se, puxando a katana e partiu a criatura alada que surgiu do nada. Franziu o cenho e ergueu o olhar para o céu.

— Sabia que estávamos vindo. – pulou do cavalo e apontou. — Cai fora daqui Smoky, fica longe.

Seu cavalo relinchou em resposta.

— Não é pra discutir comigo, vai, é perigoso, essas aberrações matam animais. Vai!

Smoky bateu os cacos irritado, mas o empurrou com o focinho.

— Eu vou ficar bem. – lhe deu um breve carinho. — Vai, por favor.

Contra a vontade, o cavalo balançou a cabeça e deu meia volta. Yone, se virou para analisar aquela coisa nojenta o qual ele partiu no meio.

— Que merda é essa? – se questionou ajoelhando no chão. — O pernilongo tomou sangue podre e se metamorfoseou pra isso... – segurou a asa arrancada. — Sei já lá o que for.

Deixou no chão, limpou as luvas e então caminhou para onde, com toda certeza, houve uma batalha. Analisou o sangue, o grande buraco no chão, os troncos estilhaçados, estando ali, Yone não precisou de muito para descobrir o que os atacou.

— Wyrm...– passou a mão na terra, sentindo a consistência pegajosa. — É claro, não basta ser da espécie dracônica, têm que estar corrompida... Ótimo.

Ficou de pé e literalmente farejou o ar, o cheiro do sangue da criatura estava por todo lado.

— Desgraçado... Ele é bom. – não sabem o quão difícil fora pra Yone dizer aquelas palavras. — Babaca.

Encontrou o rastro do sangue e o seguiu para o fundo da floresta. Ele parou, assim que seus olhos já não conseguiam mais ver um passo à frente, o que é estranho, por dois motivos. Primeiro, ele enxerga no escuro e segundo... Não passavam das duas da tarde, mas a escuridão era total.

— Escuridão mágica.

Yone respirou fundo, as chamas surgiram de seus pés e subiram rapidamente por todo seu corpo, aquela armadura de escamas escuras tomou o lugar das roupas comuns, ajeitou a máscara e logo seus olhos tomaram o brilho azulado.

— *Cara... se você não estiver morto.* – ele puxou as katanas. — *Faço questão de matá-lo.*

Assim entrou na escuridão.

Yone não sentiu tanto os efeitos do caos, era resistente apesar do cheiro pútrido incomodar, não era nada. A escuridão deveria deixá-lo vulnerável, mas os ouvidos dele são bons o suficiente, sem mencionar que pode sentir a vibração do solo. Em outras palavras, pegá-lo de surpresa será difícil mesmo completamente cego.

O lugar é silencioso, um nível sepulcral, apenas seus passos no solo grudento são identificados. Seu olfato pôde sentir o cheiro do sangue do wyrm, misturado a outro, provavelmente de Elran, havia vários odores, disso ele tinha certeza, mas aqueles são os mais frescos. Parou assim que o som familiar das asas o rodeou, além disso, a terra tremeu aos seus pés.

Entretanto, não foram as criaturas que fizeram Yone parar, mas o cheiro de uma terceira pessoa e ele não gostou de reconhecer.

— *Você...*

— Vejam só... o garotinho órfão, sobreviveu. – não havia surpresa alguma na sua voz rouca e arrastada. — Que surpresa magnífica. Ah perdão onde estão meus modos... não consegue me ver, não é?

Um estalo de dedos e a escuridão se desfez. E Yone encarou aquele homem com fúria e ódio.

— *Krul'llu Jaffar.*

O homem cujo a face estava mais desfigurada do que a primeira vez que se encontraram, abriu os braços e deu um sorriso macabro.

— Em carne e osso... por enquanto. – limpou a fina saliva que escorreu no canto do lábio torto. — É... uma coisa que disse naquele dia é verdade. Nunca me esqueci de você.

— Eu deveria tê-lo matado. – apertou o cabo das katanas.

O viu acenar, apoiava-se em uma bengala.

— É... devia. – balançou a cabeça. — Mas, agora é tarde demais.

— Esqueceu-se com quem está falando... Seu velho maldito!

Yone avançou agilmente na direção daquele homem, nem mesmo as criaturas aladas puderam pará-lo, foram dizimadas com sua investida, entraram em combustão. Krul'llu endireitou-se, puxou a bengala que se transformou diante dos olhos, a espada de lâmina negra que atravessou a barriga do rapaz com facilidade.

— Pelo contrário. – disse com calma. — Sei exatamente com quem estou lidando.

O rapaz chutou o estômago de Krul'llu, a dor da espada saindo da pele foi intensa, mas ele continuou de pé, afastando-se.

— Ferro negro! – o homem falou com animação encarando a lâmina pingando sangue. — A única coisa que pode desmembrar... – o fitou. — *Um dragão.*

— Mago... filho da puta. – rosnou ele.

— Achou mesmo que eu viveria isolado? Depois daquele dia? Como eu disse garoto, aquela era sua única chance de me matar. E claro, me aperfeiçoei ainda mais nas minhas magias.

— Aperfeiçoou... – cuspiu o sangue e endireitou-se. — Só tornou-se o que sempre foi, uma aberração, abraçou o Caos.

— O Caos me salvou, sim, e será ele a me erguer. – apontou. — Por que não, procura um lugar bom para assistir minha ascensão. E faz amizade com meus amiguinhos.

Ele levantou a espada, os corpos decompostos moveram-se ao redor de Yone que encarou o chão, afastando-se. Mais daquelas criaturas voadoras desceram dos céus num rasante quase acertando as patas afiadas nele que desviou, mas, suas pernas eram agarradas pelos mortos-vivos.

Krul'llu bateu a ponta da espada no chão que voltou a ser uma bengala, as marcas de queimado no solo brilharam, mas logo apagou, uma fumaça negra surgiu das runas e no centro delas, desfazendo a ilusão, estava Elran. Dependurado com os braços acima da cabeça, o pescoço também tinha um ferro mantendo o rosto erguido, o torso dele estava desnudo e exposto com diversas dilacerações espalhadas.

Assim que o mago se aproximou, as marcas no corpo do príncipe brilharam como as runas no chão, a fumaça escura saía delas. Elran tinha os punhos cerrados, no rosto lagrimas de sangue, saiam pelas orelhas, nariz, boca. Krul'llu segurou o rosto do cavaleiro o virando em direção a Yone.

— Ah, não. – Yone cambaleou assistindo aquela cena.

Krul'llu sorriu.

— Veja minha ascensão.

As runas continuaram brilhando arrancando de dentro dele não só a alma, mas sua essência.

Elran Kinvaror estava morto.

CAPÍTULO 24
O SACRIFÍCIO DA BENEVOLÊNCIA

Krul'llu sorriu vitorioso.

— A centelha de Fay... – suspirou como se aproveitasse aquela tortura. — As deusas zombam de vocês o tempo todo e ainda assim, as servem. Para que dar um traço como esse? Encontrar a morte mais rápido?

Krul'llu nem olhou para trás, apenas ergueu a mão, um escudo de corpos o protegeu das lâminas flamejantes do rapaz logo atrás.

— Você continua insistente, Yone. Conte-me... A menina... como ela está? – ainda observava seu sacrifício. — Ouvi dizer que se tornou uma bela mulher, bem, julgando pelo que ela é... Seria impossível não ser.

— Não vai chegar perto dela. – esbravejou ele enquanto em outro golpe queimou dezenas de mortos-vivos. — Vou arrancar sua cabeça antes.

— Ah, não vai não. – estalou o dedo e aquele Wyrm, emergiu. — Está ocupado demais. – ergueu os ombros. — Meu mestre disse algo que concordo, nada é mais bonito do que uma alma corrompida.

Ele se virou um pouco vendo a dificuldade do rapaz.

— E terei o prazer de corromper cada pedacinho da sua pequena... Aimee.

O corpo do cavaleiro pareceu dar um espasmo assim que disse aquele nome. Encarando, o mago, analisou, a essência divina parecia mantê-lo de alguma maneira, por isso ainda não conseguiu arrancar sua alma.

— Que irritante.

Krul'llu olhou por cima do ombro, ergueu novamente a bengala, a espada apareceu e partiu a monstruosidade daquele wyrm ao meio, as duas partes caíram uma de cada lado. Ele encarou Yone, que já não parecia tão humano assim, as katanas estavam longe demais dele, suas mãos eram patas, garras afiadas, tinham o sangue das criaturas e não precisava ser um gênio para saber que ele tinha arremessado seu monstro.

— Finalmente mostrando sua verdadeira forma? – apoiou a espada sobre o ombro. — Pena que não tenho tempo para me divertir com você.

Só que Yone não o ouvia, avançou em sua direção em fúria, era ágil e forte. Krul'llu teve um pouco dificuldade para desviar de suas ataques, ele nunca pode subestimar aquele garoto. Apesar de conseguir feri-lo novamente com a espada, bem no peito, parece que não causou efeito, as garras atravessaram seu braço quase o arrancando, o chute que recebeu na face o jogou para longe.

Usou sua magia para proteger-se das chamas que ele lançou em sua direção. E riu desaparecendo.

— Um dragão é sempre um dragão.

Yone virou-se para trás, passou os olhos pelo lugar o procurando.

— Mas, sabe de uma coisa, rapaz... – a voz veio do lado esquerdo de Yone. — Eu sou um matador de dragões.

Krul'llu surgiu no lado oposto, a lâmina quase cortou a garganta de Yone, mas ele parou o ataque, o machucou e muito, mas, encarou o mago que deu um sorriso. As feridas dele se curavam, nenhum dos ataques do rapaz, surtiram efeito.

— Você é bom, mas não é o melhor.

A imagem do mago se desfez, a espada atravessou as costas de Yone que caiu de joelhos.

— Sou um mago poderoso, o Caos está comigo e depois de hoje... Serei imortal.

Krul'llu sorriu, surgindo a frente do jovem Elran, seu feitiço enfim fazia efeito e por esse motivo, conseguiu recuperar-se tão depressa. A alma e a essência dourada saiam da boca do cavaleiro e o mago deleitava-se com tamanho brilho.

— Ah... Que coisa bela. Logo terei meu estimado poder. – ergueu os olhos para o céu que se tornava acinzentado. —

Mestre... pouco a pouco o libertaremos.

Krul'llu virou-se depressa, agarrando o pescoço de Yone que atravessou as garras em seu peito. Irritado, o mago jogou-o no chão.

— Você... – analisou enquanto pegava a espada, o brilho do garoto tornou-se outro. — Outra essência divina, que sorte a minha.

Moveu a mão e o corpo de Yone fora preso da mesma forma que o guerreiro.

— Gosto quando as coisas ficam ao meu favor.

Sorriu.

— Venha para mim, furor de Elkie.

Ergueu a espada na intenção de perfurar lhe o coração, assim que tentou estocar sua lâmina, Krul'llu foi repelido por uma proteção cristalina, ao tentar novamente, viu aquele escudo multicolorido. Virou-se para a esquerda, ergueu seu próprio escudo, mas ele não aparou o golpe, a flecha dourada atingiu o peito, jogando para longe. Ele balançou a cabeça, sentindo aquela energia tão pura, aquilo sim o machucava demais.

— Por que não brinca com alguém do seu tamanho?

Ele não conhecia aquela voz, virou-se vendo a elfa de longos cabelos prateados puxar outra flecha.

— Uma... sacerdotisa.

— É sumo-sacerdotisa, pra você.

A flecha fora lançada sobre o solo que o purificou e no mesmo instante o fechou um domo dourado. Krul'llu não pode se mexer, apenas lançou o olhar para trás da elfa, reconhecendo aquele brilho.

— Olá... Madrepérola.

Aimee estava ali, parada encarando-o, ela tremia em medo ao encarar a face daquele homem cujo lhe deu pesadelos durante meses. Foi como se os flashes daquele dia voltassem à tona.

— Surpresa? Imagino que a resposta seja sim. – ele ficou de pé, mas não se aproximou daquele domo. — Realmente, eu tinha razão, tornou-se uma moça belíssima.

Continuava em silêncio, atrás dela, Cornélia tentava tirar os dois presos, mas os poderes não funcionavam ali. Krul'llu deu um sorriso e apontou.

— A barreira, foi sua não? Protegeu seus queridinhos, mesmo que um deles já esteja morto. – riu baixo e encarou a outra elfa. — Aimee, eles já contaram o porquê tem esse poder e... Essa aparência?

— Aimee, por favor, não o escute, vá ajudar Cornélia. – Seris disse assim que ajeitou a alabarda em mãos.

Mas, ela não se mexeu, não conseguiu tirar o foco de Krul'llu. Havia mais alguém ali, nas sombras, a silhueta escura e perversa que observava em puro deleite.

— Me responda, eles ainda mentem pra você?

A voz de Krul'llu está misturada com outra, e por algum motivo, ela conseguia ter familiaridade, como se já tivesse a ouvido antes. Os chamados dos outros ficaram cada vez mais distantes, ao ponto de desaparecerem, o lugar ao redor dela tornou penumbra, entretanto, ainda conseguia ver a si mesma, pois, sua luz própria a protegia.

— Eles mentem pra você, usam você... Seus poderes vêm de uma linha extraordinária.

Ele caminhou tranquilamente para sua frente, o mesmo homem encapuzado de seus sonhos.

— Quer saber a razão?

Ele não se deteve ao chegar perto, ergueu seu rosto com a ponta dos dedos, a sensação era fria e desolada, o corpo dele emana aquela aura sombria, a mistura de suas energias tão distintas dera um leve arrepio em ambos.

A escuridão, encontrava-se com a luz, Aimee, deixou as lágrimas escorrerem pelo rosto.

— Oh não, não chore princesinha, não precisa ter medo de mim. – ele aproximou-se ainda mais. — Deve temer aqueles que ainda mentem pra você. Pôde confiar tanto nos outros, mas, eles são incapazes de confiar em você.

Apesar do toque dele em seus braços ser gentil, a sensação foi como se agulhas de gelo perfurassem sua pele, não havia nada além de angústia e tormento, ela já sentiu isso antes, nos próprios sentimentos e quando chegava perto das criaturas corrompidas pelo Caos. Ele a virou, diversas pessoas que passaram em sua vida durante os anos, estavam à sua frente. Os momentos de terror, medo, raiva que viveu eram relembrados como se acontecessem outra vez.

A tristeza a pegou, o sentimento é de puro abandono.

— Eles destrataram você, machucaram, abandonaram... Por que continuar tentando salvá-los?

Fora dali Seris estava ajoelhada, a alabarda enfincada ao solo mantinha-o puro, criando uma cúpula protetora. A densa escuridão que emergiu de Krul'llu é tão poderosa que quebrou sua magia, consumindo tudo ao redor. Ela conseguiu protegê-los, mas, infelizmente, Aimee acabou sendo engolida pelo breu.

— Seris, precisa acabar com essa escuridão.

— Se eu pudesse Cornélia, já teria feito. – mantinha o foco. — Mas, esse poder é muito mais forte, não vem do mago.

— Yone vai morrer de tanto sangrar, os grilhões que o prendem têm um feitiço, não posso rompê-lo e Elran... – Cornélia encarou o rapaz. — Está morto.

— Ele sabia que o garoto era um dragão, por isso enfeitiçou as correntes, inibe os poderes dracônicos. – Seris lançou o breve olhar para o outro. — O brilho da alma deles é diferente.

— Seris não é hora disso.

— Esse é o problema... – a interrompeu. — Vivi o bastante para saber que algumas pessoas não se conhecem por coincidência.

Respirou fundo apertando mais o cabo da arma.

— A balança está pendendo para o lado do caos... a escuridão se alastra mais rápido por aqui. Primeiro Oarya, agora, Depurya... Ele quer romper o equilíbrio pra tornar-se livre.

— Quem Seris?

Os olhos púrpuras a encararam.

— O deus do tempo, Valerius. – as imagens que vinham em sua mente eram visões quase não conseguia manter a concentração. — A menina... é a coisa mais pura dessa província, ele precisava matá-la para conseguir enfim dominar as terras. Aimee é mais poderosa do que vocês possam imaginar.

Seris, sentiu sua arma vibrar o que nunca aconteceu, pulsava como batidas de um coração, estava sendo atraída por algo.

— Sabe o que ela é...

— Sei... Minha família descende da raça dela. – encarava a alabarda. — Os dragões de madrepérola. Ela é a última...

— Seris... Ei!

A elfa estava perdendo a consciência, o poder da sua arma estava fazendo isso.

— A chave das deusas... se eu a soltar... a escuridão vai nos engolir, mas... – tossiu sangue. — Se... não... soltar...

Aquilo ficou mais forte, o corpo dela, queimava de dentro para fora, o poder divino estava maior, Seris, não entendia, mas, assim que fechou os olhos a pulsação lhe mostrou uma direção. Ela abriu a mão deixando que sua arma fosse para outra direção, no mesmo momento, a escuridão os absorveu instantaneamente. Mais uma vez aquele silêncio atordoante os cercou, é muito fácil os medos e pavores virem à tona na penumbra, diante a tanta morte e tortura.

De repente o urrar dos monstros ecoou pela floresta, eles se aproximam, não importa o plano que Krul'llu tinha, eliminaria qualquer um que entrasse em seu caminho.

A luz radiante, dourada, atravessou a floresta dizimando os desmortos e outras criaturas, levando a escuridão junto. Krul'llu protegido com a própria magia, abaixou o braço e ficou abismado, não era possível.

— Não, não! Algo como você, não deveria existir aqui!

Seris e Cornélia, ainda um pouco atordoadas por conta da magia caótica, apoiaram-se uma à outra olhando na mesma direção.

— Você... Está vendo a mesma coisa que eu? – Cornélia estava tão pasma quanto o mago.

— As deusas... – a mulher ainda tinha a respiração fraca. — Têm seus preferidos.

Em pé, carregando a espada grande que brilhava tanto que poderia cegar alguém ao encarar demais, estava o guerreiro da trindade. Os olhos castanhos, agora brilhavam em dourado, foram em direção a Krul'llu, atrás dele havia uma sombra densa, cobria praticamente o corpo inteiro de Aimee, parecia sugar sua vitalidade, a pele cada vez tornava-se mais pálida.

Ao lado de Elran, as correntes se quebraram, Yone arrancou aquela coleira do pescoço, caiu no altar, mas logo se levantou. Muito diferente de sua aparência costumeira, os cabelos dele são loiros, dourados como as escamas que agora subiam pelo pescoço, chegando ao maxilar até as têmporas. Os olhos azuis acinzentados não eram humanos, a pupila vertical dilatou quando encarou a mesma cena.

Yone rosnou dando um passo para frente, mas fora impedido pelo braço de Elran, ele não disse nada, apenas acenou na direção das elfas. Portais enevoados surgiam próximo, criaturas altas e robustas com chifres saiam carregando machados ainda maiores indo diretamente a elas. Cornélia logo se levantou tentando fechar alguns deles, mas, outros surgiam.

— Você estava morto.

Era estranho. Yone conseguia ouvir o coração dele bater, mas, não parecia real, a aura de Elran estava muito mais intensa, tanto que fora capaz de quebrar o feitiço das correntes e por esse motivo conseguiu libertar-se. A espada em suas mãos era a resposta, ela o mantinha vivo, mas, por quê?

— *Protegeremos vocês.*

"Essa é a diferença entre vocês..." A voz de Aimee surgiu-lhe a mente. *"Elran sabe ser bom e amável, não só com uma pessoa."*

Yone ergueu as sobrancelhas, pasmo, foi como ouvir duas vozes, e uma era totalmente feminina. Elran, já está morto, mas sua devoção ao proteger os demais é tão grande que as deusas estão lhe dando um último ato. Esse... É seu sacrifício.

Ele recebeu um aceno do cavaleiro e então, Yone pulou daquele altar, encarou os monstros, alguns devoradores também apareceram, indo em direção as elfas. Deixou seus pensamentos de lado, não havia tempo para entender as ações alheias, a situação é crítica e só precisa tirar todos daquele lugar amaldiçoado. Com agilidade e destreza, ele aproximou-se destroçando as criaturas com facilidade apenas usando as garras, chutou um dos demônios para longe, as chamas subiram pelas palmas até os braços e foram lançados no desgraçado que queimou.

— Vamos vocês duas, fechem esses portais, vou segurá-los.

E assim fizeram, mas Seris, mantinha sua atenção dividida. O rapaz que correu em direção ao mago, agora vestia uma armadura mágica, dourada, o poder totalmente divino. De longe, a coragem e habilidade daquele homem é digna dos guerreiros de Fearor.

Elran Kinvaror, pode ter nascido em Nysma, mas sua alma bondosa e cheia de bravura é claramente fruto de um Oary. Ele nasceu em outro lugar exatamente para levar essa aura aos demais? Mas, o que isso quer dizer? Por que Seris não conseguia entender o plano divino? Suas visões não são poucas, ela pode ver a linha do destino, e ele deveria morrer aqui, então... Por que as deusas estão o usando?

— *O que não estou vendo?*

Se perguntou ainda presa ao rapaz que eliminava os demônios com habilidade, aproximava-se da parte tomada pela escuridão de Krul'llu. Ela mudou o foco assim que aquele machado veio em sua direção. O garoto, Yone, agarrou o cabo, o impulso para baixo arremessou o demônio e ele apoiou a arma no chão.

— Acorda pra vida! – ele praticamente rosnou as palavras.

O chão tremeu quase derrubando a todos, seus olhares foram na direção do mago que se protegia com sua magia necrótica, a sombra sobre o corpo da menina agarrou-a com aquelas mãos finas e escuras, começava carregá-la para longe. Os feitiços do mago, mal conseguiam atingir aquele homem que se aproximou ainda mais, o escudo bateu em sua face, as defesas do Caos não são nada próximo a um poder radiante, a lâmina da espada passou rente ao peito de Krul'llu que apenas conseguiu desviar pois outra sombra surgiu e morreu por ele.

— Na-Não é possível, por que ainda vive?!

Elran ergueu a espada que brilhou, o corte dourado passou rente ao rosto do mago, mas atingiu a sombra que tentou passar o portal enevoado, mas explodiu em partículas cintilantes, o corpo de Aimee caiu no chão e o portal se fechou.

— *Nós nunca abandonaremos nosso povo.*

Os olhos brilhantes foram na direção de Krul'llu, mas a voz do rapaz estava misturada com outra. Foi breve, mas, a imagem de uma mulher de longos cabelos loiros apareceu, tinha orelhas de elfo, entretanto também tinha escamas verdes em sua pele, os olhos brilhavam como esmeraldas, a face era bela mais extremamente intimidadora, a armadura pesada denunciava que era uma guerreira.

Fayriel, a Deusa da Bravura.

— *Isso não acabará aqui. O que você sabe, eu também sei.*

O olhar dela não estava em Krul'llu, mas, atrás dele, com um sorriso cruel e repleto de escárnio.

— ***Eu consumirei tudo...***

Krul'llu desapareceu nas brumas. Levando com ele todas as criaturas e a essência do poder caótico.

Elran, caiu de joelhos, exausto, mas pode lançar o olhar para o corpo desacordado de Aimee e esforçou-se para aproximar-se. Tocou sobre o rosto pálido, segurou sua cabeça com gentileza.

— Acorde... Por favor...

"Solte a espada, Elran."

A voz feminina soou gentil.

"Você conseguiu, os salvou."

— Eu não... posso ir. – ele começava a sentir toda aquela dor novamente, mas abaixou-se para encostar a testa a da menina. — *Eu não posso...*

"Nós estamos orgulhosas... Escolhido."

Ele sentiu a espada ser retirada de sua mão, a visão começou a ficar turva, o corpo pesado, a dor intensa, cada parte latejava, tudo estava quebrado e sem condição alguma de manter-se, acabou caindo sobre o corpo da menina.

A escuridão o alcançou, mas era um tipo diferente, aconchegante.

"Deixe que o destino os leve."

A escuridão o alcançou, mas era um tipo diferente, aconchegante.

"Deixe que o destino os leve."

CAPÍTULO 25
SONATA DO CORAÇÃO

— *Não! Não, por favor, eu não fiz nada, por favor não me tranca ali! Papai, por favor!*

A pobre menina era arrastada pelo punho, havia marcas avermelhadas, os dedos do rei apertavam tanto a pele sensível, mas ele não se importou. Assim que abriu o portão de ferro, arremessou-a para dentro, ela bateu a cabeça no banco de madeira, teve o tórax pisado com a bota suja dele.

— *Eu não sou seu pai e nunca será minha filha, sua criança nojenta.* – ele alcançou os grilhões prendendo-lhe os punhos próximo ao chão. — *Isso é para aprender, nunca mais trazer rumores para dentro do meu castelo. Esterco!*

— *E-Eu não fiz nada! Têm que acreditar em mim.*

Ele agarrou seus ombros empurrou-a contra a parede fazendo ela perder o ar.

— *Não acredito, sabe por quê?* – apertou seu rosto. — *É uma mentirosa, veio de uma mentira e nada, nem mesmo essa sua pouca idade pode me convencer que não seja uma puta.*

Ela soluçava em desespero, doía tanto, não apenas o corpo, mas sua dignidade. O viu sair e trancar o portão. Não havia luz ali, nem mesmo uma pequena abertura, puxou as pernas para próximo do corpo, chorou em silêncio, tirou algo escondido do bolso, um colar, o encarou e abaixou a cabeça.

— *Yone...* – não conseguia parar de chorar. — *Não me deixe.*

Não foi apenas aquela agressão física que ela sofreu, a humilhação em público em um discurso cujo uma garotinha de oito anos teve que fazer, anunciando sua pureza e que houve um mal-entendido. Foi submetida a um exame, o médico de confiança do rei fora chamado para verificar se não havia algum sinal em seu corpo de violação.

Bem e a única violação fora aquele homem expor o

corpo dela na frente de testemunhas, da rainha que chorou incapaz de proteger a própria filha. Aimee, nunca se sentiu tão envergonhada, acanhada, queria esconder-se do mundo, das pessoas, da vida e nunca mais aparecer. Ninguém nunca lhe dava ouvidos, suas palavras sempre desacreditadas.

Era apenas uma criança.

Daquele dia em diante, Aimee sofreu agressões, físicas, psicológicas, o rei a impedia de fazer qualquer coisa, não podia falar, correr, brincar, apenas seguir suas ordens. Isolada, sozinha, o coração sentia-se solitário.

Ela chorou... Chorou por tantos anos.

— Por que... Por que me odeiam tanto? O que eu fiz?

Aimee estava sentada naquela escuridão, as pernas junto ao corpo, a luz que emanava dela começava a ceder, tornando-se opaca, quase desaparecendo. O coração dolorido, estava sozinha novamente, sempre solitária.

— Por que ninguém pode me amar? E-Eu... Não quero nada em troca.

Chorou e ergueu olhar para aquela escuridão.

— Estou cansada... – as lágrimas desciam pelas bochechas. — Cansada de lutar por aqueles que não se importam comigo.

— *Eles nunca se importaram.* – disse a voz sussurrada. — *Eles te deixaram, veja, está sozinha de novo.*

— Estou sempre sozinha.

— *Arriscou-se para salvá-los e agora... Onde estão?*

— Onde estão?

Ela sentiu algo quente, caloroso sobre a bochecha, era familiar, os dedos trêmulos tocaram o próprio rosto.

Havia uma voz longínqua, pairando pela escuridão, ela não conseguia entender.

Ela ergueu a cabeça procurando.

— *Vamos sua mimada, não é hora de dormir!*

Rapidamente Aimee levou a mão esquerda sobre o peito, apalpando algo e então encontrou o cordão o puxando, vendo aquela pedra rosada.

Um feixe de luz surgiu ao longe. Ela o viu, aquele menino

de cabelos raspados, corria pela neve atrás dela sem piedade de arremessar as bolas de neve em suas costas até mesmo caía no chão. Logo, estavam sentados na varanda, ele no parapeito balançando as pernas enquanto apontava para as estrelas, ele sorria.

Ela sorriu junto, chorando.

Outra voz surgiu, o feixe de luz também, a elfa de longos cabelos negros, a empurrava pelos largos corredores obrigando-a entrar na biblioteca. Mudaram para o jardim florido, onde Cornélia a balançava de um lado para o outro em seus braços. O beijo que ela deu no joelho vermelho depois de cair do pônei, fez que seu corpo esquentasse a sensação continuava ali.

Isma apareceu, sua mãe cantava aquela música de ninar que tanto amava. Estavam na cozinha juntas, queimando o bolo porque nenhuma delas sabia o tempo certo e o cozinheiro veio correndo ajudá-las.

Aimee levantou correndo, chorou, estendeu a mão desesperada, não conseguia alcançá-los. A escuridão se fechava ao redor dela novamente.

Aquela voz outra vez soou, tão longe, mas, ao mesmo tempo tão perto.

"— Mesmo que partirmos, nos perdemos pela morte, ainda te amarei... Encontrarei você, te protegerei não importa aonde for, amarei para sempre."

Onde estava? Quem era? Por que seu coração sentiu uma dor tão intensa?

Aimee chorou, colocando a mão sobre o peito. Era tão familiar e ao mesmo tempo tão estranho, uma sensação excruciante.

"— Meu coração, meu amor sempre lembrarão de você, mesmo que minha memória definhe, mesmo que tentem arrancá-lo de mim..."

Ela abaixou a cabeça, apesar da escuridão seu corpo ainda brilhava, e nesse instante viu algo no chão, um fio, uma linha vermelha que brilhava fraco. Aimee se abaixou e a segurou, sentiu ser puxada causando uma leve dor no dedo mindinho.

Estava amarrada a sua mão.

— *Você é a pessoa mais amável que já conheci.*

Outra voz, mas aquela voz...

— *Prometo ser-te fiel, amar-te e respeitar-te, na alegria e na tristeza, na saúde e na doença... Todos os dias da nossa vida.*

Ela seguiu aquela linha que ia em direção a voz.

— Elran. - chamou ela.

Não houve resposta imediata, apenas a densa e terrível pressão do Caos.

"Você deveria ter morrido naquela carroça."

A voz de fundo disse de repente, e ela encolheu os ombros.

"Nunca será nada nessa vida. É um verme, sanguessuga."

A voz de Lyonel foi alta, preencheu o espaço fazendo-a fechar os olhos e correr mais rápido, tremia em pavor.

— ELRAN! - ela gritou o mais alto que pôde.

As pernas dela foram presas na massa caótica, quase a impedindo de continuar a correr, soluçou tentando se soltar. A linha em seu mindinho foi puxada novamente ficando esticada, o vermelho por instantes tornou-se dourada. E algo segurou seu punho, a puxou para fora do caos e foi abraçada no mesmo instante.

Aquele abraço aconchegante, a gentileza do toque em seus cabelos.

— *Quer se esconder do mundo?* – a voz dele a fez relaxar. — *Lembra? Ser pequena tem suas vantagens.*

Ao abraçá-lo, sentiu algo além da calma, era como se estivesse alguma coisa faltando. O fitou, Elran parecia mais translúcido, ele sorriu tranquilo, seus olhos tinham orgulho. Naqueles instantes, toda a memória dele passou para ela. Sentiu suas dores, como lutou contra criaturas caóticas, quando foi preso e torturado por Krul'llu. Até mesmo as runas sendo entalhadas sobre o corpo ela sentiu.

E agora, entendeu aquela dor no peito.

A dor da perda.

— Não... Elran.

— É hora de voltar para casa, pequena, eles estão te esperando.

Ela negou, as lágrimas desceram pela face novamente. Por que sente que aquilo já aconteceu? Por que sente que foi um erro deixá-lo partir?

— Se eu voltar sem você. – ela chorou. — Quem vai me ensinar a ler um mapa? Ou me levar para ver os jardins de Eltend?

Tocou em seu rosto, mais visões vieram. Elran perdeu duas pessoas importantes na vida, há tristeza profunda em seu coração, o sentimento de impotência. Faria qualquer coisa para que pudesse ter mais tempo e salvá-las, por esse motivo, dedica-se tanto a proteger os outros.

"Nada acontece sem um propósito."

Era outra voz feminina, o toque suave sobre o ombro de Aimee lhe deu mais visões, mas a cabeça pesou.

"Você pode trazer a luz de volta, abra seu coração, deixe-o soar, nossa princesa."

"Não existe caos que possa corromper seu coração... lute contra ele e vença."

A voz daquela mulher, agora, ela consegue se lembrar. A bela mulher no rio.

Sanya, a deusa do amor.

Só uma coisa despertaria o coração benevolente dela daquela dor e escuridão. Seu amor pelo próximo.

Os feixes luminosos saíram dela, Aimee era a própria luz, a aura cristalina cresceu, partículas multicoloridas cercaram todo o lugar dissipando a escuridão. Abraçou Elran com mais força, e fechou os olhos. Sentiu todos os ferimentos no corpo de Yone, o cadáver de Elran, o solo morto da floresta, todo o caos espalhado que contaminava o ambiente.

— Eu não vou perdê-lo outra vez.

Disse ela com todo coração.

••••

Já havia escurecido, o tempo passou diferente para eles

depois de encontrarem Krul'llu, a magia usada os fizeram perder a noção da hora. Yone estava igualmente ferido, custou muito para Seris curá-lo, pois ele não saía do lado de Aimee que a cada instante ficava mais pálida, suava frio, a respiração ofegante. Cornélia, abismada e muito irritada com a breve conversa que tiveram, cobria o corpo de Elran com o pano que fazia parte de sua vestimenta, não o deixaria exposto daquela maneira, precisa levá-lo de volta para um enterro digno.

— É um absurdo. – resmungou ela, passando a mão próximo as runas na pele do rapaz. — Eles podem virar o mundo de cabeça para baixo, quebrar o equilíbrio e nós... Pagamos o preço de não conseguir fazê-los sofrer da mesma maneira.

— Cornélia, alguém precisa quebrar o ciclo, se formos todos iguais, a desordem aumentará, um de nós precisa ceder. Para algo viver...

— Outra tem que morrer e blá, blá, blá, eu sei disso, é quase seu mantra essa merda.

— Quando viver o que vivi.

— Ah vai começar... - a interrompeu.

— Você é muito impaciente.

— Calem essa boca. – Yone foi curto e grosso. — Se não tiverem a solução para trazê-la de volta, então parem de falar merda.

— Eu tentei Yone, você viu, fui repelida pela magia necrótica. – Seris suspirou. — E eu ainda preciso terminar de curá-lo, ou as feridas internas te matarão.

— Estou bem.

— Todos dizem isso até começarem a mijar sangue. – cruzou os braços olhando para o céu. — Krul'llu se tornou o escolhido de Valerius... Isso é péssimo.

— Parece conhecer esse deus.

— Mais do que eu gostaria... - fechou os olhos. — Era para ser eu... Eu era sua discípula.

— Como é que é? – Cornélia a encarou. —Então, era cúmplice de seus atos?

— Não! – Seris se virou. — Eu o seguia logo no começo,

quando cheguei em Tyrania, nos estudávamos, treinávamos, Valerius era apenas o oráculo, muitos vinham de longe apenas para se consultar. Nós o tínhamos como um guia, seus conhecimentos sobre a vida eram de longa data...

Abaixou o olhar.

— É uma longa história, só posso resumir dizendo que fiquei cega com suas palavras em meus ouvidos, me convenciam do pior e quando despertei quase me afundei pelo Caos. Então, fugi... Sai de Tyrania e comecei a viajar pelas terras, com meu próprio propósito.

— Que é? – perguntou a outra.

— Não te interessa.

— Conveniente...

— Cornélia, me conhece a tempo suficiente para saber que não sou maluca por poder.

— É por conhecimento e artefatos mágicos. Isso a tornaria muito poderosa.

— Apenas sigo minha intuição.

— Calem a boca!

— Fica quieto você, Yone. – retrucou Cornélia.

— Não, façam silêncio, alguma coisa está se aproximando. – disse ele lançando o olhar para floresta. — São caçadores arcanos.

— Aah, ótimo, era só o que faltava.

— Mas, faz sentido, o pico de magia os alarmou. – Seris se virou caminhando um pouco.

Cornélia estava pronta para deixar o corpo do rapaz de lado para levantar e vasculhar, mas, ao tocar a mão sobre o solo, se assustou com a grama. Então, olhou novamente, havia flores, grama crescendo ao redor de Aimee. Franziu o cenho, confusa.

— Pessoal... – chamou ela. — O solo, está se regenerando.

Yone voltou sua atenção a menina, a pele começava a ter a coloração saudável, Seris correu aproximando-se.

— Ela -

— *Ali! É um elfo! Chamem os outros.*

Gritou a voz masculina ao fundo interrompendo outra vez a sumo-sacerdotisa.

— Merda de caça... – Yone se virou, mas parou quando ouviu o coração da menina bater mais forte. — Aimee? Aimee, acorde!

— *Corram, não deixem que escapem!*

O solo começou rapidamente a se curar. O que antes estava acinzentado e apodrecido, tomou a bela cor esverdeada, flores cresceram, os troncos caídos transformaram-se em altas árvores. A folhagem ergueu-se atrapalhando o caminho dos caçadores, alguns foram atingidos por rochas que simplesmente emergiram do solo. Até mesmo o ar denso se desfez, a chuva caiu de repente, onde havia restos de corpos, viraram belos canteiros floridos. A água da chuva caiu sobre eles, os ferimentos se curavam igualmente.

De repente, Aimee e Elran puxaram o ar desesperadamente, como se finalmente algo tivesse os libertado. Ela pendeu a cabeça para o lado, desacordada, mas, percebia-se que estava apenas dormindo, o rosto escondeu-se no peito de Yone que nem pensou duas vezes abraçando-a com força.

— Ele está vivo! – Cornélia não conteve a emoção, então reparou que Aimee, segurava na mão de Elran. — Ela...

— Aimee lutava com o Caos. – Seris não compreendeu. — E procurava o espírito dele.

A sumo-sacerdotisa olhou, os caçadores arcanos se aproximaram, não havia tempo. Então, estalou os dedos, seu sino veio a mão e não demorou muito para que todos eles desaparecessem.

Tique-taque.

— *Senhor... Eu não pude fazer nada.*

— *Não se precipite, meu súdito, há outras maneiras de chegar a ela. Tudo no **tempo** certo.*

— *Mestre... E o homem com a centelha?*

— *Fay não usará o corpo dele mais uma vez se quer que ele viva. Nos preocupamos com isso depois.*

— *Sim, mestre.*

— *Veremos quem vencerá, Fayriel.*

SOBRE O AUTOR

Beatriz Gomez Do Prado

Comecei a escrever aos sete anos, vivendo num mundo de fantasia das minhas fanfics de Legend of Zelda. Foi através desse jogo que me apaixonei pelo tema da magia, lutas de espadas e principalmente criar personagens. Mas, a verdade é que escrever para mim é mais uma libertação das palavras que não consigo expressar verbalmente. Hoje aos 29 anos, amante de jogos, K-Pop, D&D e livros, vivo dentro do mundo criado em minha mente e desejando intensamente trazer mais pessoas para essa fantasia.

www.ingramcontent.com/pod-product-compliance
Lightning Source LLC
LaVergne TN
LVHW091447170726
843492LV00001B/76